LA BÊTE NOIRE

Collection dirigée par Glenn Tavennec

L'AUTEURE

Rhys Bowen, auteure best-seller du *New York Times*, a été nommée dans tous les plus grands prix de romans policiers, et en a gagné de nombreux, dont les Agatha et Anthony Awards. Elle a écrit entre autres la série *Son Espionne Royale*, qui se déroule dans les années 1930 à Londres, la série *Molly Murphy Mysteries*, au début du XXe siècle à New York, et la série *Constable Evans Mysteries*, au pays de Galles. Elle est née en Angleterre et partage aujourd'hui son temps entre la Californie du Nord et l'Arizona.

RHYS BOWEN

SON ESPIONNE ROYALE MÈNE L'ENQUÊTE

Tome 1

Traduit de l'anglais par Blandine Longre

LA BÊTE NOIRE
Robert Laffont

Titre original : HER ROYAL SPYNESS

ISSN : 2431-6385
ISBN : 978-2-221-24937-6
(éd. originale : ISBN 978-0-425-22252-2, The Berkley Publishing Group, a division of Penguin Group, New York, 2008)
Dépôt légal : juillet 2020

Note

Ceci est une œuvre de fiction. Si quelques personnages historiques font de brèves apparitions dans ce roman, Georgie, ses amies et sa famille n'existent que dans l'esprit de l'auteure. Je me suis assurée que les personnages royaux ne font rien qui ne leur ressemble pas et qu'ils jouent leur propre rôle avec exactitude.

1.

Château de Rannoch
Perthshire
Écosse
Avril 1932

Il y a deux inconvénients à être un membre mineur de la famille royale d'Angleterre.

Pour commencer, on est censé se comporter comme il sied à quelqu'un appartenant à la royauté, sans que vous soient donnés les moyens de le faire. On attend de vous que vous embrassiez des bébés, fassiez acte de présence au château de Balmoral (vêtu d'un kilt, comme il convient) et portiez des traînes lors des mariages. Les moyens de subsistance ordinaires ne sont pas vus d'un bon œil. Il n'est par exemple pas autorisé de travailler au rayon des cosmétiques d'un grand magasin londonien comme Harrods, ainsi que je m'apprêtais à le découvrir.

Lorsque je me hasarde à faire observer l'injustice de cette situation, on me rappelle le second point de ma liste. Apparemment, le seul destin acceptable d'une jeune femme de la Maison Windsor consiste à épouser un membre d'une des autres Maisons royales qui, semble-t-il, parsèment encore l'Europe – bien qu'il ne reste de nos jours que très peu de monarques régnants. Même une Windsor aussi insignifiante que moi est une prise séduisante pour ceux qui souhaitent forger une alliance précaire avec la Grande-Bretagne en ces temps instables. On me répète sans cesse qu'il est de mon devoir de faire un bon mariage avec un membre parfaitement affreux d'une famille royale européenne – un individu à demi aliéné, aux dents de lapin, dépourvu de volonté et de courage – et ainsi de nouer des liens avec un ennemi potentiel. C'est ce qu'a fait ma cousine Alex, la pauvre. Son exemple tragique m'a servi de leçon.

Avant d'aller plus loin, je suppose qu'il me faut me présenter. Je suis Victoria Georgiana Charlotte Eugénie, fille du duc de Glen Garry et Rannoch – mais tout le monde me surnomme Georgie. Ma grand-mère était la moins attirante des filles de la reine Victoria et par conséquent ne réussit jamais à prendre au piège un Romanov ou un Kaiser, ce dont je lui suis infiniment reconnaissante – et j'imagine qu'elle le fut elle aussi. On la casa alors avec un maussade baron écossais, à qui l'on offrit un titre de duc afin qu'il acceptât de débarrasser la vieille reine de ma grand-mère. Elle mit consciencieusement au monde mon père, le deuxième duc, avant de succomber à l'une de ces maladies que provoquent les alliances consanguines et un excès de grand air. Je ne l'ai jamais connue. Je n'ai jamais rencontré non plus mon terrifiant grand-père, bien que les domestiques affirment que son fantôme hante toujours le château de Rannoch et joue de la cornemuse sur les remparts (ce qui est en soit étrange, étant donné qu'il n'en avait jamais joué de son vivant). Lorsque je naquis au château de Rannoch – la demeure familiale, encore moins confortable que le manoir royal de Balmoral –, mon père, désormais duc, était fort occupé à dilapider la fortune dont il avait hérité.

Il avait lui aussi fait son devoir en épousant la fille d'un comte anglais des plus convenables. Elle donna naissance à mon frère, contempla le paysage absolument lugubre des Highlands et mourut promptement. Ayant engendré un héritier, mon père commit alors l'impensable : il épousa une actrice – ma mère. Les jeunes hommes comme son oncle Bertie, qui devint plus tard Édouard VII[1], étaient autorisés, voire encouragés, à batifoler avec des actrices, mais jamais à les épouser. Toutefois, maman appartenait à l'Église anglicane et venait d'une famille britannique respectable, quoique modeste, à une époque où la menace de la Grande Guerre planait au-dessus de l'Europe, et l'on approuva donc cette union. Maman fut présentée à la reine Mary, qui la trouva remarquablement civilisée pour une personne originaire du comté de l'Essex.

Le mariage fut cependant de courte durée. Même les gens dotés de moins d'entrain et de vivacité que ma mère ne pouvaient tolérer le château de Rannoch. Les gémissements du vent dans les vastes cheminées, ainsi que le papier peint à motif tartan dans les cabinets, avaient pour effet presque instantané de plonger quiconque dans la dépression, voire la folie. Il est franchement surprenant qu'elle ait pu tenir le coup aussi longtemps. Je crois que l'idée d'être une duchesse la séduisait sur le principe. Elle prit toutefois conscience de ce qu'être mariée à un duc signifiait : passer la moitié de l'année en Écosse. Elle décida de décamper – j'avais alors deux ans – et fila d'abord avec un joueur de polo argentin. Suivirent de nombreuses autres fugues. Avec un coureur automobile français, mort tragiquement à Monte-Carlo, un producteur de cinéma américain, un fringant explorateur et, plus récemment, d'après ce que j'ai pu comprendre, un industriel allemand. Je la vois de temps à autre, quand elle passe brièvement à Londres. Chaque fois plus maquillée qu'avant, portant des chapeaux de plus

1. Fils de la reine Victoria, il lui succède en 1901. À sa mort en 1910, son propre fils sera couronné et régnera jusqu'en 1936 sous le nom de George V. (*N.d.T.*)

en plus exotiques et coûteux, tandis qu'elle s'efforce désespérément de se raccrocher à ses airs de jeune femme, lesquels incitaient les hommes à se battre pour elle. Nous nous embrassons, joue contre joue, et parlons du temps qu'il fait, de vêtements et de mes perspectives de mariage. Cela revient à prendre le thé avec une inconnue.

J'eus au moins la chance d'avoir une gentille nurse ; mon éducation au château de Rannoch fut solitaire, mais pas si affreuse que cela. Il arrivait que je sois soudain emmenée loin de chez moi afin de séjourner avec maman, lorsqu'elle était mariée à quelqu'un de convenable et vivait dans un pays salubre, mais elle n'était pas vraiment taillée pour être mère. De même, il était rare qu'elle restât très longtemps dans un même endroit, si bien que le château de Rannoch devint mon point d'ancrage, un lieu connu et fiable, quoique lugubre et isolé. Mon demi-frère, Hamish (que l'on surnomme généralement Binky), fut quant à lui envoyé dans ce genre de pensionnat où les douches froides et les courses à l'aube sont de rigueur, conçu pour façonner les futurs gouvernants de l'empire, et je le connaissais à peine. Pas davantage que mon père, à dire vrai. Après la fuite notoire de ma mère, il perdit en quelque sorte courage et erra dans les stations thermales d'Europe, dépensant de plus en plus d'argent aux tables des casinos de Nice et de Monte-Carlo, jusqu'au tristement célèbre krach boursier de 1929. Quand il apprit qu'il avait perdu ce qui restait de sa fortune, il s'en fut dans la lande et se tua avec son fusil de chasse, bien que l'on continue de se demander comment il y parvint, n'ayant jamais été un tireur particulièrement doué.

Je me rappelle avoir essayé de ressentir du chagrin quand la nouvelle me fut annoncée, en vain. Mais l'idée d'avoir un père me manquait, le fait de savoir qu'il serait là pour m'offrir protection et conseil si j'en avais vraiment besoin. J'éprouvai une vive inquiétude en prenant conscience que, à l'âge de dix-neuf ans, j'étais essentiellement toute seule.

Binky devint ainsi le troisième duc, épousa une jeune fille assommante issue d'une lignée irréprochable et hérita du château de Rannoch. Entre-temps, j'avais pour ma part été expédiée en Suisse, dans une institution privée où je fréquentais les filles délurées de gens riches et célèbres. On nous apprit à parler un français plutôt passable et pas grand-chose d'autre, hormis à organiser des dîners, à jouer du piano et à marcher avec affectation. Entre autres activités extrascolaires, nous fumions derrière le cabanon du jardinier et escaladions le mur afin de retrouver des moniteurs de ski dans la taverne locale.

Par chance, certains membres plus aisés de ma famille se cotisèrent pour payer mon éducation et m'autorisèrent à rester en Suisse jusqu'à ma première saison mondaine. Pour ceux d'entre vous qui l'ignoreraient, une jeune fille de bonne famille se doit de prendre part à cette succession de bals, fêtes et autres divertissements lors desquels elle débute dans le grand monde et est présentée à la cour. C'est une manière polie d'annoncer : « La voilà, messieurs. Maintenant, pour l'amour du ciel, que quelqu'un l'épouse et nous en débarrasse. »

« Saison mondaine » est en réalité un terme plutôt prétentieux pour ce qui se révéla être un défilé de soirées dansantes à mourir d'ennui, qui s'acheva en beauté par un bal au château de Rannoch au cours de la saison de la chasse à la grouse. Le soir venu, tous les jeunes hommes qui y participaient furent trop fatigués pour danser. Rares étaient ceux qui, de toute manière, connaissaient les danses traditionnelles des Highlands ; en entendant les cornemuses résonnant à l'aube depuis la tourelle nord, plusieurs d'entre eux prirent conscience que des rendez-vous urgents requéraient leur présence à Londres.

Il va sans dire qu'aucune demande en mariage convenable n'était à espérer ; ainsi, à l'âge de vingt et un ans, je me retrouvai coincée au château de Rannoch sans avoir la moindre idée de ce que j'allais faire pendant le restant de mes jours.

2.

Château de Rannoch
Lundi 18 avril 1932

Je me demande combien de personnes ont vécu une expérience qui a bouleversé leur existence alors qu'elles étaient aux cabinets. Je devrais préciser que nos toilettes n'ont rien à voir avec les petites pièces que l'on trouve dans les maisons ordinaires. Ce sont de vastes salles caverneuses, hautes de plafond, tapissées de papier peint à motif tartan, dont la plomberie siffle, gémit, cliquette et a déjà provoqué plus d'une crise cardiaque, de même que de soudains accès de folie – un invité ayant un jour sauté dans les douves depuis la fenêtre ouverte d'un cabinet. Je devrais ajouter que les fenêtres sont toujours ouvertes – c'est une tradition au château de Rannoch.

Cette demeure n'est pas l'endroit le plus charmant qui soit, même dans les plus propices des circonstances. Elle est située au-dessous d'un impressionnant rocher escarpé, à la source d'un loch noir, protégée des plus violents coups de vent par une futaie – une sinistre forêt de pins. Même le poète Wordsworth, qui y fut invité au cours d'un voyage en Écosse, ne sut qu'en dire, hormis un distique griffonné sur une feuille que l'on retrouva dans une corbeille à papiers.

Depuis ces pics redoutables à ce lac aux mornes rives
Vous qui entrez ici, abandonnez tout espoir.

Et les circonstances n'étaient pas des plus propices. On était en avril. Dans le reste du monde, une profusion de jonquilles et d'autres fleurs commençaient à éclore, et on portait des chapeaux printaniers. Au château de Rannoch, il neigeait – ce n'était pas de la merveilleuse poudreuse comme il en tombe en Suisse, mais une neige mouillée, lourde et fondue qui s'accroche à vos habits et vous frigorifie en quelques secondes. Je n'étais pas sortie depuis des jours. Mon frère Binky, que le pensionnat avait accoutumé à cette activité, tenait à sa promenade matinale autour de la propriété ; à son retour, il ressemblait à l'abominable homme des neiges – ce qui poussait son fils Hector, que nous surnommions affectueusement Podge, à courir vers sa bonne en hurlant.

C'était le genre de temps à se blottir avec un bon livre près d'une agréable flambée. Malheureusement, ma belle-sœur Hilda – généralement surnommée Fig – essayait de faire des économies et ne nous autorisait qu'une bûche à la fois dans la cheminée. C'était sans nul doute une économie de bouts de chandelles, ainsi que je l'avais fait observer en maintes occasions. Les tempêtes arrachaient en effet des arbres au quotidien. Mais la réduction de nos dépenses était chez Fig une idée fixe. Les temps étaient durs pour tout le monde, et nous devions montrer le bon exemple aux classes sociales inférieures. Notamment en mangeant du porridge au petit déjeuner plutôt que du bacon et des œufs ; un soir, après le dîner, on nous servit même des haricots blancs en guise de petit plat salé[1]. *La vie est morne*, écrivais-je dans

1. En Grande-Bretagne, dans les milieux aisés, il était traditionnellement courant de servir un léger plat salé après le dessert. Les haricots blancs à la sauce tomate étaient en revanche généralement consommés par les classes populaires. *(N.d.T.)*

mon journal intime. Je passais beaucoup de temps à écrire dans mon journal ces derniers temps. Il fallait que je trouve de quoi m'occuper, je le savais. Cela me démangeait de faire quelque chose ; or, ainsi que ma belle-sœur me le rappelait sans cesse, un membre de la famille royale, même mineur, a le devoir de ne pas décevoir les siens. Son regard insinuait que j'étais susceptible de tomber enceinte ou de danser nue sur la pelouse si je me rendais dans un grand magasin comme Woolworths sans chaperon. Mon devoir consistait apparemment à attendre qu'on me trouvât un bon parti. Une pensée qui ne m'enchantait guère.

Je ne peux dire combien de temps j'aurais patiemment attendu mon funeste destin si, par un après-midi d'avril, je n'avais été assise sur les cabinets – où je m'efforçais d'éviter le gros des rafales de neige que le vent fouettait dans ma direction en tenant devant moi un exemplaire du magazine équestre *Chevaux et chiens de chasse*. Je perçus alors des voix qui couvraient les gémissements du vent. La bizarrerie de la plomberie du château de Rannoch, installée des siècles après la construction de l'édifice, permettait d'entendre des conversations se déroulant plusieurs étages en dessous. Ce phénomène contribuait probablement aux hallucinations et aux accès de folie qui accablaient même les plus sains d'esprit de nos invités. J'y étais habituée depuis toujours et m'en étais souvent servie à mon avantage, entendant par hasard nombre de choses qui n'étaient pas destinées à mes oreilles.

— La reine attend de nous quoi donc ?

Ces paroles suffirent à me faire dresser l'oreille et à éveiller ma curiosité. J'étais toujours avide de commérages à propos de notre parente royale, et Fig avait laissé échapper un cri perçant et horrifié, ce qui ne lui ressemblait pas du tout.

— C'est seulement pour un week-end, Fig.

— Binky, j'aimerais vraiment que ces américanismes affreux et vulgaires cessent de s'insinuer dans votre conversation. Un de ces jours, vous apprendrez à Podge à dire « drugstore » au lieu de « pharmacie » et « cookie » plutôt que « biscuit ».

— Dieu m'en garde, Fig. Simplement, le mot « weekend » me paraît bien résumer ce qu'il désigne, n'est-ce pas ? Quel autre terme avons-nous en effet pour vendredi, samedi et dimanche ?

— Il sous-entend que nous sommes esclaves d'une semaine de travail, ce qui n'est pas le cas. Mais n'essayez pas de changer de sujet. Je pense que c'est rudement culotté de la part de S. M.

— Sa Majesté cherche seulement à se rendre utile. Il faut bien que l'on fasse quelque chose pour Georgie.

J'étais à présent des plus attentives.

— Je suis d'accord, elle ne peut passer le reste de sa vie ici à broyer du noir et à faire des mots croisés.

La voix acerbe de Fig résonna d'une manière alarmante, et l'un des tuyaux émit un ronronnement.

— Enfin, d'un autre côté, elle pourrait s'occuper de Podge, poursuivit-elle. Ainsi, nous n'aurions pas besoin d'engager de gouvernante avant qu'il n'aille à l'école primaire. J'imagine qu'elle a dû apprendre quelque chose dans son établissement suisse aux frais de scolarité exorbitants.

— Vous ne pouvez pas exploiter ma sœur comme gouvernante bénévole, Fig.

— Tout le monde doit y mettre du sien par les temps qui courent, Binky ; et, très franchement, elle n'a rien d'autre à faire, pas vrai ?

— Et que devrait-elle faire, selon vous ? Travailler comme serveuse au pub local ?

— Ne soyez pas ridicule. Je veux voir votre sœur établie et heureuse tout autant que vous. Mais apprendre que je dois inviter un prince et donner une fête en son honneur, avec l'espoir de l'imposer à Georgiana – vraiment, c'en est trop, même venant de S. M.

J'avais maintenant l'oreille carrément collée au tuyau. Le seul prince auquel je pensai était mon cousin David, le prince de Galles. C'était certainement un bon parti, que je n'aurais assurément pas refusé d'épouser. Il était beaucoup plus âgé, il est vrai, et pas aussi grand que moi, mais il avait de l'esprit et était excellent danseur. Et gentil, avec ça. J'aurais même été prête à porter des chaussures à talons plats pour le restant de mes jours.

— À mon avis, cela entraînera des dépenses considérables, gaspillées pour une cause désespérée, reprit la voix acerbe de Fig.

— Je ne qualifierais pas Georgie de « cause désespérée ». C'est une magnifique jeune fille. Un peu trop grande pour un homme de taille moyenne, peut-être, encore un peu gauche, mais en bonne santé, solidement constituée et intelligente. Beaucoup plus futée que moi, il faut bien le reconnaître. Elle fera une épouse formidable quand elle aura rencontré le mari qui lui convient.

— Elle a jusqu'à présent rejeté tous les candidats que nous lui avons trouvés. Qu'est-ce qui vous porte à croire qu'elle s'intéressera à ce Siegfried ?

— C'est un prince, l'héritier de la couronne.

— Quelle couronne ? Le peuple a assassiné son roi.

— Il est question de restaurer la famille royale dans un avenir proche. Siegfried est le prétendant au trône.

— Leur famille royale ne restera pas assez longtemps en place pour qu'il y parvienne. Ils seront tous assassinés, eux aussi.

— C'en est assez, Fig. Et inutile de parler de tout cela à Georgie. Sa Majesté nous a fait une demande, et personne ne refuse quoi que ce soit à S. M. Une simple petite fête chez nous, rien d'autre. En l'honneur du prince Siegfried et de quelques-unes de ses relations anglaises. Suffisamment de jeunes hommes pour que Georgie ne devine pas nos projets.

— C'est une proposition coûteuse, Binky. Vous savez à quel point ces jeunes gens boivent. À cette époque de l'année, nous ne pouvons même pas leur offrir une partie de chasse. Ni une battue. Qu'allons-nous faire d'eux toute la journée ? Je suppose que ce Siegfried n'aura guère envie de gravir une montagne.

— Nous nous débrouillerons, d'une façon ou d'une autre. Je suis le chef de famille, après tout. Il m'appartient d'établir ma sœur.

— Votre demi-sœur. Que sa mère lui trouve quelqu'un. Dieu sait qu'elle a assez d'anciens amants dont elle ne veut plus, et la plupart d'entre eux sont millionnaires.

— Allons, ne soyez pas vache, Fig. Répondez à S. M., je vous prie, et dites-lui que nous serons ravis d'organiser cette fête prochainement.

Mon frère et ma belle-sœur s'éloignèrent, hors de portée d'oreille. Je restai à la fenêtre des toilettes, indifférente aux bourrasques de neige. Le prince Siegfried de Roumanie, ça alors ! Je l'avais rencontré quand j'étais encore élève aux Oiseaux, mon école privée en Suisse. Il m'avait fait l'effet d'un type froid et morose, doté d'un regard fixe, d'une poignée de main molle et d'une mine laissant entendre qu'une odeur nauséabonde planait en permanence sous son nez. Lorsqu'on me l'avait présenté, il avait claqué des talons et murmuré : « *Enchanté**. » La manière dont il avait prononcé ce mot m'avait donné l'impression que c'était à moi que cet honneur aurait dû être accordé, et non l'inverse. Je ne pensais pas qu'il soit plus enchanté à l'idée de me revoir aujourd'hui.

— Il est temps de prendre les choses en main ! hurlai-je dans la tempête.

J'étais désormais majeure. Je pouvais aller où bon me semblait sans chaperon, prendre des décisions qui ne

* En français dans le texte original.

regardaient que moi et choisir comment mener ma vie. Ce n'était pas comme si j'étais l'héritière du trône ou une potentielle remplaçante. Il y avait devant moi trente-trois autres prétendants. En tant que femme, je ne pourrais jamais hériter du titre de duc ni du château de Rannoch, quand bien même Binky n'aurait pas engendré un fils. Je n'avais pas l'intention de rester ici une minute de plus, à attendre que l'avenir vienne à moi. J'allais partir dans le vaste monde afin de choisir ma propre destinée.

Je refermai la porte des cabinets et remontai le couloir à grands pas pour rejoindre ma chambre, où je surpris ma domestique occupée à ranger des chemisiers fraîchement repassés.

— Peux-tu aller chercher ma malle au grenier, s'il te plaît, Maggie ? lui dis-je. Et prépare des tenues de ville. Je pars à Londres.

J'attendis que Binky et Fig soient dans le grand salon pour y prendre le thé avant d'entrer en coup de vent. Ce qui était en réalité chose facile, où que ce soit dans le château de Rannoch, étant donné qu'une bise mugissante parcourait d'ordinaire les couloirs en faisant claquer les tapisseries. Binky se tenait dos à la cheminée, empêchant ainsi la chaleur de l'unique bûche de se diffuser dans le reste de la pièce. Le nez de Fig était bleu au point d'être assorti à son sang, et je remarquai qu'elle tenait délicatement la théière entre ses mains, plutôt que de laisser Ferguson, la bonne, verser le breuvage.

— Ah, Georgie, te voici, dit chaleureusement Binky. Tu as passé une bonne journée ? Quel temps de chien. Je suppose que tu n'as pas fait de promenade à cheval ?

— Ça aurait été cruel pour ma monture, répondis-je avant de soulever le couvercle en argent d'un des plats. Des toasts, constatai-je, désappointée. Pas de crumpets, à ce que je vois.

— C'est par souci d'économie, Georgiana, déclara Fig. Nous ne pouvons manger des crumpets si le reste du monde ne peut se le permettre. Ce ne serait pas correct. Dieu sait que nous pouvons à peine nous en offrir désormais. Et, si nous ne possédions pas un troupeau de vaches laitières, nous serions contraints de consommer de la margarine.

Je la vis étaler sur son toast une généreuse couche de confiture de cassis achetée au luxueux magasin Fortnum's, mais m'abstins sagement de tout commentaire. J'attendis qu'elle en prenne une bouchée avant d'annoncer :

— Je vais aller faire un saut à Londres pendant quelque temps, si cela ne vous ennuie pas.

— À Londres ? Quand ça ? demanda Fig en me lançant un regard noir de ses petits yeux perçants.

— Demain, sans doute. Si nous ne sommes pas bloqués par la neige.

— Demain ? s'étonna Binky. C'est un peu soudain, non ?

— En effet, pourquoi ne pas l'avoir mentionné avant ? renchérit Fig.

— Je n'ai moi-même été mise au courant qu'aujourd'hui, dis-je, tout en m'appliquant à beurrer un toast. L'une de mes meilleures camarades d'école se marie et souhaite que je l'aide pour les préparatifs. Et puisque je n'ai rien d'utile à faire ici, j'ai pensé qu'il me fallait répondre à son appel de détresse. Baxter pourra m'emmener à la gare en automobile, n'est-ce pas ?

J'avais inventé cette histoire tout en descendant au rez-de-chaussée. J'en étais plutôt fière.

— C'est extrêmement fâcheux, Georgie, dit Binky.

— Fâcheux ? Pourquoi cela ? demandai-je en posant sur lui un regard innocent.

— Eh bien, vois-tu…

En quête d'inspiration, il se tourna vers Fig, avant de reprendre :

— Nous envisagions d'organiser une petite partie de campagne et d'inviter quelques jeunes gens pour te tenir compagnie. Nous sommes conscients que ce doit être barbant d'être coincée ici avec un vieux couple marié comme nous, privée de danses et de divertissements.

Je m'approchai de lui et plantai un baiser sur sa joue.

— Tu es trop gentil, Binky. Mais je refuse absolument que tu fasses des dépenses pour moi. Je ne suis pas une enfant. Je me rends compte que l'argent manque terriblement en ce moment et je sais qu'il t'a fallu régler des droits de succession exorbitants quand tu as hérité du domaine.

Binky était manifestement torturé par l'indécision. Il savait que Sa Majesté exigerait qu'on accédât à sa demande, et j'étais maintenant sur le point de décamper. Pourtant, il ne pouvait m'avouer la raison pour laquelle il voulait que je reste, car c'était censé être un secret. C'était décidément la chose la plus amusante qui me soit arrivée depuis une éternité.

— Ne te tracasse pas pour moi. À Londres, je fréquenterai des gens de mon âge, j'apporterai mon aide à une amie et je ferai mon chemin dans la vie. Tu m'autorises à faire de Rannoch House mon point de chute, n'est-ce pas ?

Je vis Binky et sa femme échanger un bref regard.

— Rannoch House ? répéta celle-ci. Vous voulez rouvrir Rannoch House pour vous toute seule ?

— Non, pas vraiment la rouvrir. Je n'utiliserai que ma chambre.

— Nous ne pouvons nous passer d'aucun domestique, prévint Fig. Nous sommes déjà réduits au strict minimum. Binky a eu toutes les peines du monde à recruter suffisamment de rabatteurs lors de la dernière partie de chasse. Et Maggie n'accepterait jamais de quitter sa mère infirme pour vous accompagner à Londres.

— Aucun problème, répondis-je. Je n'aurai pas besoin de domestique. Je ne compte même pas allumer le chauffage central.

— Mais si vous aidez cette fille à préparer son mariage, vous allez loger chez elle, je suppose ? demanda Fig.

— Pas dans l'immédiat. Elle n'est pas encore revenue d'outre-Manche.

— C'est donc une Européenne ? Elle n'est pas anglaise ? Fig paraissait horrifiée.

— Nous ne sommes pas anglais, déclarai-je. Du moins en ce qui nous concerne, Binky et moi. Nous sommes à moitié écossais, avec une bonne part de sang allemand.

— Permettez-moi alors de rectifier et de dire « britannique ». Vous avez été élevée comme une Britannique. Là est toute la différence. Cette fille est une étrangère, n'est-ce pas ?

Je mourais d'envie d'inventer une mystérieuse comtesse russe, mais, par ce froid, mon cerveau tournait au ralenti.

— Elle réside à l'étranger pour des raisons de santé. Elle est plutôt délicate.

— Dans ce cas, c'est à se demander pourquoi un pauvre type souhaite l'épouser, déclara Binky avec vigueur. Elle aura probablement bien du mal à produire un héritier.

— Il l'aime, Binky, répliquai-je, prenant la défense de mon héroïne fictive. Certaines personnes se marient par amour, tu sais.

— Oui, mais pas dans notre milieu, répondit-il d'un air décontracté. Nous faisons notre devoir en épousant quelqu'un de convenable.

— J'aime à penser que l'amour s'en mêle un petit peu, Binky, ajouta Fig d'un ton glacial.

— Si la chance nous sourit, Fig. Comme dans notre cas.

Il n'était pas aussi idiot qu'il en avait l'air, me dis-je. C'était un homme candide, qui avait des besoins et des plaisirs simples, mais certainement pas idiot.

À mon étonnement, Fig parvint à sourire.

— Faut-il que l'on envoie quelqu'un chercher votre diadème dans la chambre forte ? demanda-t-elle, revenant à présent à des questions d'ordre pratique.

— Je ne crois pas que ce soit le genre de mariage à porter des diadèmes.

— Il ne se déroulera donc pas à l'église Sainte-Marguerite de Westminster ?

— Non, il doit être célébré dans l'intimité. La future mariée est de santé fragile, je vous l'ai dit.

— Je me demande dans ce cas pourquoi elle a besoin de vous pour les préparatifs. Organiser une cérémonie toute simple est à la portée de n'importe qui, fit-elle remarquer avant de prendre une autre large bouchée de toast à la confiture.

— Elle m'a appelée à l'aide, et j'ai accepté, Fig. Je vous encombre, ici, et, qui sait, je rencontrerai peut-être quelqu'un à Londres.

— Bien, mais comment ferez-vous sans domestique ?

— J'embaucherai une fille du quartier.

— Assurez-vous de bien vérifier ses références, conseilla Fig. Ces jeunes Londoniennes ne sont pas fiables. Et gardez l'argenterie sous clé.

— Il est peu probable que j'en aie besoin. Je vais seulement passer quelques nuits à Rannoch House.

— Ma foi, si vous devez partir, c'est ainsi, je suppose. Mais vous nous manquerez terriblement, pas vrai, Binky ?

Celui-ci s'apprêta à dire quelque chose, puis se ravisa.

— Tu vas me manquer, ma vieille, se contenta-t-il de déclarer.

C'était sans aucun doute la chose la plus gentille qu'il m'ait jamais dite.

★

Par la fenêtre du train qui filait à toute allure vers le sud, je contemplais l'hiver se dissiper et céder la place à un printemps resplendissant. Il y avait des agneaux blancs dans les prairies, les premières primevères sur les talus. Mon enthousiasme grandissait à mesure que nous approchions de Londres. J'étais seule, réellement seule, pour la première fois de ma vie. Et pour la première fois je prendrais mes propres décisions, j'organiserais mon futur – j'accomplirais quelque chose. À ce moment précis, je n'avais pas la moindre idée de ce en quoi cela consisterait, mais on était dans les années 1930. Les jeunes femmes n'étaient plus obligées de se cantonner à la broderie, au piano ou à l'aquarelle. Et Londres était une grande ville où les perspectives d'avenir abondaient pour une jeune personne comme moi.

Cet élan d'enthousiasme s'était envolé lorsque j'arrivai à Rannoch House. Il s'était mis à bruiner aux abords de Londres et, quand le train entra en gare de King's Cross, il pleuvait à torrents. Dans Euston Road, je vis une file d'hommes à l'aspect piteux devant une soupe populaire, et des mendiants à chaque coin de rue. Je descendis du taxi et pénétrai dans une maison aussi froide et morne que notre château en Écosse. Rannoch House est située sur le côté nord de Belgrave Square. Dans mon souvenir, c'était un lieu animé et joyeux, où les gens allaient et venaient, se rendant au théâtre, à des dîners ou partant faire les boutiques. Le mobilier était à présent enseveli sous des housses de protection, la demeure était aussi glaciale qu'une tombe. Je me retournai vers la porte d'entrée, prise d'appréhension. Étais-je idiote d'être venue à Londres sans personne ? Comment allais-je m'en sortir seule ?

Je me sentirai mieux après un bon bain et une tasse de thé, pensai-je. Je montai dans ma chambre. La cheminée était vide, le foyer éteint. J'avais besoin d'un bon feu pour me remonter le moral, mais je n'avais pas la moindre idée de la manière dont on s'y prenait. À dire vrai, je n'avais jamais vu comment on préparait un feu ni comment on l'allumait. Au réveil, on découvrait une flambée joyeuse et crépitante, sans jamais avoir vu la domestique qui se glissait dans la pièce à six heures du matin afin de l'allumer. Fig comptait sur moi pour engager une domestique, mais je n'avais pas l'argent nécessaire. Il allait donc me falloir apprendre à faire les choses par moi-même. Je ne me pensais cependant pas capable d'affronter une première leçon pour le moment. J'étais lasse, fatiguée par le voyage, et j'avais froid. Je me rendis dans la salle de bains et entrepris de faire couler un bain. La baignoire était déjà remplie d'une bonne quinzaine de centimètres d'eau quand je m'aperçus qu'elle était froide. La chaudière avait de toute évidence été éteinte, et je ne savais absolument pas à quoi ressemblait ce genre d'appareil ni comment je parviendrais à le remettre en marche. Je commençai à m'interroger sur la folie de mon départ si précipité. Si j'avais attendu et m'étais mieux organisée, j'aurais certainement pu me faire inviter par quelqu'un vivant dans une demeure chauffée et confortable, où des domestiques m'auraient fait couler un bain et servi du thé.

À présent plongée dans la plus profonde mélancolie, je regagnai le rez-de-chaussée et bravai la porte qui menait à l'office, la partie de la maison réservée au personnel. Je me rappelais m'y être rendue enfant ; je m'asseyais sur un tabouret, et Mme McPherson, notre cuisinière, me laissait racler le bol dans lequel elle faisait des gâteaux ou découper des bonshommes en pain d'épices. L'immense cuisine, à moitié en sous-sol, était impeccable. Je dénichai une bouilloire et même une boîte d'amadou et un allume-feu pour le gaz. Très fière de moi, je fis bouillir de l'eau. Je trouvai même une boîte à thé. Bien entendu, je pris alors conscience qu'il n'y avait pas de lait et qu'il ne risquait pas d'y en avoir – à moins que je ne contacte le laitier. Le lait arrivait sur le pas de la porte. Ça, au moins, je le savais. Je fouillai dans le garde-manger et découvris un bocal de Bovril. Je m'en préparai donc une tasse chaude, accompagnée de biscuits secs, puis j'allai me coucher. *Tout me sourira forcément davantage demain matin*, écrivis-je dans mon journal intime. *J'ai franchi la première étape d'une aventure nouvelle, palpitante. Au moins, je suis débarrassée de ma famille.*

3.

Rannoch House
Belgrave Square
Londres
Vendredi 22 avril 1932

Même le membre le plus insignifiant de la famille royale n'est pas censé arriver à pied au palais de Buckingham. La moindre des choses, c'est de faire une entrée convenable en Rolls Royce ou, au pire, en Bentley ou en Daimler. Dans l'idéal, un carrosse tiré par des chevaux parfaitement assortis – quoique nous soyons de nos jours peu nombreux à pouvoir nous permettre d'acheter un équipage. À la vue d'une personne du sexe féminin traversant furtivement l'avant-cour à pied, ma très estimée parente par alliance, Sa Majesté Royale et impératrice des Indes, la reine Mary, hausserait sans nul doute un sourcil. Disons qu'elle ne le hausserait peut-être pas à proprement parler, les personnages de sang royal étant exercés à ne pas réagir, même à la plus inconvenante des situations. Si, dans quelque région obscure des colonies, un indigène arrachait son pagne et se mettait à danser en remuant joyeusement son vous-savez-quoi sans aucune retenue, pas même un frémissement de sourcils ne serait autorisé. Une seule réaction serait acceptable une fois la danse terminée : des applaudissements polis.

On nous enfonce dans le crâne cette maîtrise de soi dès notre plus jeune âge, un peu comme on dresse un chien de chasse à ne pas réagir au son d'un coup de feu tiré à bout portant, ou un cheval de la police montée à ne pas faire de mouvement brusque dans une foule. Mlle MacAlister, qui fut ma gouvernante avant que je sois envoyée en Suisse, avait pour habitude de scander, telle une litanie : « Une lady est toujours maîtresse d'elle-même, une lady est toujours maîtresse de ses émotions, une lady est toujours maîtresse de son expression, une lady est toujours maîtresse de son corps. » Et la rumeur court en effet que certains membres de la famille royale, quand ils ne sont pas chez eux, parviennent à se dispenser de se rendre aux toilettes pendant des jours entiers. Mais je ne serais pas grossière au point de dévoiler l'identité des personnes capables d'accomplir un tel exploit.

Heureusement, il existe d'autres moyens pour entrer dans le palais de Buckingham ; je les préfère à ces redoutables grilles surmontées de dorures et à la traversée de la vaste avant-cour sous l'œil vigilant des gardes incroyablement grands, coiffés de leurs bonnets à poils, et peut-être de Sa Majesté elle-même. Il suffit de contourner le palais par la gauche, en direction de la gare de Victoria, et de passer par la cour des Ambassadeurs, réservée aux visiteurs. Solution plus tentante encore, on peut suivre cette même rue et longer le haut mur de brique jusqu'à ce que l'on tombe sur une discrète porte noire. D'après ce que je sais, Bertie, l'oncle de mon père – dont le règne en tant qu'Édouard VII fut bref mais heureux –, l'empruntait lorsqu'il souhaitait rendre visite aux plus louches de ses maîtresses. Je suppose que mon cousin David, l'actuel prince de Galles, la franchit de temps à autre lors de ses séjours chez ses parents. Je comptais assurément l'emprunter ce jour-là.

Je tiens à préciser que je n'ai pas l'habitude de me rendre au palais de mon plein gré. On n'y passe pas à l'improviste un après-midi pour boire le thé et bavarder un moment, même quand on fait partie de la famille. Deux jours après mon arrivée à Londres, on m'avait sommée de venir. Mon estimée parente la reine possédait l'un des meilleurs réseaux de renseignement clandestins du pays. Sans que Fig l'ait contactée, du moins à ma connaissance, la reine avait appris, d'une manière ou d'une autre, que j'étais en ville. J'avais reçu une lettre à en-tête du palais, de la part de sir Giles Ponsonby-Smythe, secrétaire particulier de la reine, m'informant que Sa Majesté serait ravie que j'accepte de prendre le thé avec elle. Raison pour laquelle, en ce vendredi après-midi, je remontai furtivement Buckingham Palace Road.

J'étais évidemment très curieuse de découvrir le motif de cette convocation. En fait, une idée m'avait traversé l'esprit : et si S. M. me faisait asseoir pour le thé avant de faire apparaître le prince Siegfried et, chose commode, l'archevêque de Canterbury afin de célébrer sur-le-champ la cérémonie de mariage ? En vérité, j'éprouvais ce qu'Anne Boleyn avait dû ressentir lorsque Henri VIII lui avait demandé de passer boire un pichet de bière et de ne rien porter qui ne fût généreusement décolleté.

Je ne me rappelais pas avoir revu mes lointains parents depuis ma présentation en tant que débutante – une occasion que je ne suis pas près d'oublier ; eux non plus, j'en suis convaincue. Je fais partie de ces personnes qui ont parfois du mal à se faire obéir de leurs bras et de leurs jambes dans des situations critiques. Avec ma robe munie d'une longue traîne, sans parler des trois grandes plumes d'autruche ridicules oscillant au-dessus d'un ornement pour cheveux, j'allais droit au désastre. Entrant dans la salle du trône au signal donné, j'avais entendu qu'on m'annonçait d'une voix retentissante – « Lady Victoria Georgiana Charlotte Eugénie de Glen

Garry et Rannoch ! » – et j'avais alors exécuté une révérence parfaite, telle que je l'avais pratiquée des millions de fois dans mon école pour débutantes. Cependant, quand je voulus me redresser, l'un de mes hauts talons s'était semble-t-il pris dans ma traîne. J'essayai de bouger, mais la pointe dudit talon m'en empêcha. Je tirai dessus – avec grâce, consciente du regard royal posé sur moi. Sans succès. Je sentis un mince filet de transpiration couler dans mon dos nu. (Oui, je sais que les ladies ne suent pas, mais il y avait bien quelque chose qui coulait goutte à goutte dans mon dos.) Je tirai plus fort. Le talon fut libéré et, comme expulsée d'un canon, je fus catapultée au loin dans la salle du trône à l'instant même où j'aurais dû sortir à reculons afin de prendre congé. Même Sa Majesté parut légèrement étonnée, mais l'incident ne fut pas mentionné, ni ce jour-là ni par la suite. Je me demandais si le sujet serait abordé cet après-midi-là autour d'un plateau de crumpets.

J'entrai sans encombre dans un étroit couloir qui contournait les cuisines du palais ; je me frayai un passage le long du corridor de l'étage inférieur, passant devant diverses pièces réservées aux domestiques, surprenant en chemin bonnes et valets de pied, quand je fus à mon tour surprise par une voix horrifiée s'exclamant :

— Hé, vous, jeune fille ! Où croyez-vous aller comme ça ?

Je me retournai et vis un vieux monsieur à l'air sévère qui fonçait sur moi.

— J'ignore qui vous êtes, dit-il d'un ton accusateur.

— Je suis lady Georgiana, la cousine de Sa Majesté le roi, répondis-je. Je suis venue prendre le thé avec Sa Majesté la reine. Elle m'attend.

Il y a certains avantages à être un membre mineur de la famille royale, il faut l'avouer. Le vieil homme devint rouge comme une tomate.

— Toutes mes excuses, lady Georgiana. Il est impensable que je n'aie pas été informé de votre arrivée. Sa Majesté vous attend dans le salon jaune. Par ici, je vous prie.

Je le suivis dans un escalier de service qui menait au *piano nobile* – lequel n'a rien à voir avec l'instrument de musique : il s'agit de l'étage où se déroule la majeure partie de la vie de la famille royale. Le salon jaune est situé au coin sud-est ; ses fenêtres donnent sur le Mall, qui se prolonge jusqu'à l'arche de l'Amirauté, ainsi que sur le début de Buckingham Palace Road. Un excellent point de vue, en fait. Malgré tout, en tant que pièce, l'endroit ne m'a jamais plu. Il est meublé principalement d'objets provenant du Pavillon royal de Brighton et collectionnés par le roi George IV à une époque où les chinoiseries étaient du dernier cri. Des tas de dragons, des chrysanthèmes et de la porcelaine peinte aux tons vifs. Je trouvais ce salon un peu trop fleuri et tapageur à mon goût.

— Lady Georgiana, madame, annonça à voix basse mon guindé compagnon.

Sa Majesté n'était pas assise à la table placée devant la fenêtre, mais debout, occupée à scruter l'une des vitrines qui ornaient les murs. À mon entrée, elle leva brièvement les yeux.

— Ah, Georgiana. Je ne vous ai pas vue arriver. Êtes-vous venue en taxi ?

— Non, à pied, madame.

Je devrais préciser que les membres de la famille royale sont toujours des mesdames et des messieurs, même pour leurs parents les plus proches. Je m'approchai afin de planter sur sa joue le respectueux baiser d'usage et de la saluer d'une révérence. L'enchaînement de ces deux actions requiert une synchronisation des plus délicates. Et bien que je les aie pratiquées dès mon plus jeune âge, je réussissais toujours à me cogner le nez contre la joue royale au moment de me relever.

Sa Majesté se redressa.

— Merci, Soames. Qu'on nous serve le thé dans un quart d'heure.

Le vieil homme sortit à reculons et referma la double porte derrière lui. Sa Majesté avait repris son examen de la vitrine.

— Dites-moi, Georgiana, ai-je raison de penser que feu votre père possédait une belle collection d'objets de la dynastie Ming ? Je me rappelle en avoir parlé avec lui, j'en suis certaine.

— Il collectionnait bien des choses, madame, mais je ne saurais différencier un pot d'un autre, je le crains.

— Quel dommage. Vous devez venir plus souvent au palais afin que je vous éduque. Collectionner de beaux objets procure tant de consolation.

Je m'abstins de faire observer qu'il faut de l'argent pour collectionner de beaux objets, et que j'étais pour l'heure sans le sou.

La reine était encore absorbée dans la contemplation de la vitrine.

— Votre frère, le duc actuel, ne s'intéresse guère aux objets d'art et aux antiquités, j'imagine ? demanda-t-elle nonchalamment. On l'a élevé pour qu'il ressemble à son grand-père – il aime chasser, tirer, pêcher… le propriétaire terrien typique.

— C'est sans nul doute vrai, madame.

— Il est donc possible que bon nombre de vases Ming traînent encore ici et là au château de Rannoch – sans être appréciés à leur juste valeur ?

Percevant dans sa voix un infime frémissement, je compris soudain le but de cette conversation. Elle cherchait à mettre la main sur des pièces qui manquaient à sa propre collection. Ce qu'elle confirma en disant d'un air absolument détaché :

— La prochaine fois que vous serez chez vous, peut-être pourriez-vous jeter un coup d'œil. Il existe un vase comme celui-ci, un modèle plus petit, qui irait si bien avec le contenu de cette vitrine. Et si votre frère n'est pas vraiment intéressé…

Vous voulez que je vous le fauche, mourais-je d'envie de rétorquer. Sa Majesté avait une passion immodérée pour les antiquités et, si elle n'avait été reine d'Angleterre et impératrice des Indes, elle aurait pu devenir l'une des plus habiles marchandeuses de l'histoire du commerce d'objets anciens. Elle possédait évidemment un atout unique. Si elle exprimait de l'admiration pour un bibelot, n'importe lequel, l'étiquette exigeait qu'il lui fût remis. La plupart des familles nobles cachaient leurs biens les plus précieux à l'annonce d'une visite royale imminente.

— Désormais, je ne retournerai pas souvent au château de Rannoch, madame, dis-je avec tact. Maintenant que Hamish a hérité du domaine et qu'il est marié, ce n'est plus vraiment chez moi.

— C'est fort dommage. Mais vous rendrez sûrement visite aux vôtres cet été, lorsque vous séjournerez avec nous à Balmoral. Vous comptez venir, n'est-ce pas ?

— Merci, madame, ce sera avec plaisir.

Comment pouvais-je refuser ? Lorsqu'on était convié à Balmoral, on s'y rendait. L'invitation tant redoutée tombait chaque été sur l'un ou l'autre membre de la famille royale. Et, chaque été, nous tâchions d'inventer des excuses valables pour expliquer notre absence. On allait par exemple faire un tour en yacht sur la Méditerranée, ou bien on partait visiter les colonies. La rumeur circule selon laquelle, chaque année, l'une de nos parentes réussissait à donner naissance à un enfant durant la saison de Balmoral, quoique ce stratagème soit à mon avis quelque peu excessif. Les lieux n'étaient pas si affreux que cela, pour quelqu'un ayant grandi au château de Rannoch. Le papier peint et les tapis à motif tartan, les cornemuses à l'aube et le vent glacial soufflant en rafales par les fenêtres ouvertes me rappelaient ma maison natale. Pour d'autres que moi, c'était toutefois difficilement supportable.

— Nous pourrions aussi aller à Glenrannoch ensemble. J'ai toujours trouvé cette promenade en voiture charmante.

Elle me fit signe de m'éloigner des vitrines et d'approcher d'une petite table à thé. Je ne devais pas oublier d'écrire à Binky, me dis-je, afin de lui conseiller de mettre sous clé les plus belles pièces de porcelaine et d'argenterie.

— En fait, je soupçonne fortement mon fils David de vouloir persuader votre frère d'inviter une certaine femme à séjourner au château de Rannoch cet été. David sait parfaitement qu'elle ne serait pas la bienvenue à Balmoral et Rannoch est à parfaite distance.

Elle m'effleura le bras alors que je lui présentais une chaise.

— Et j'emploie le terme « femme » délibérément, car elle n'a assurément rien d'une lady, chuchota-t-elle. C'est une aventurière américaine qui a déjà eu deux maris, ajouta-t-elle, s'asseyant avec un soupir. Pourquoi ne peut-il trouver quelqu'un de convenable et s'assagir ? Cela me dépasse. Il n'est plus de la première jeunesse, et j'aimerais le voir établi avant qu'il ne doive monter sur le trône. Pourquoi n'épouserait-il pas quelqu'un comme vous, par exemple ? Vous feriez très bien l'affaire.

— Je n'y verrais pas d'objection. Mais je crains qu'il ne me considère encore comme une petite fille. Il aime les femmes mûres et sophistiquées.

— Il aime les traînées qui mériteraient des tartes, déclara froidement Sa Majesté.

Elle leva les yeux à l'instant même où les portes s'ouvraient ; un ensemble impressionnant de plateaux fut apporté.

— Ah, des tartes, répéta-t-elle, au cas où son commentaire serait arrivé aux oreilles des domestiques.

Un à un, les plats furent disposés sur la table. De minuscules sandwichs coupés en triangle d'où pointaient des brins de cresson, des présentoirs à gâteaux constellés d'éclairs miniatures et de tartes aux fraises tout aussi menues. Ce spectacle suffit à me tirer les larmes, moi qui avais vécu tout l'hiver dans l'austérité imposée par Fig et qui m'étais nourrie, ces deux derniers jours, de toasts et de haricots blancs à la sauce tomate. Ce n'étaient pourtant pas des larmes de joie. J'avais pris part à suffisamment de réceptions royales au cours de ma vie pour connaître le protocole : les invités ne mangeaient que ce que Sa Majesté consommait. Et il était peu probable que Sa Majesté prenne plus d'une ou deux tranches de pain complet. Je soupirai, attendis qu'elle se serve, puis pris une tranche à mon tour.

— Je songe à faire de vous mon espionne, dit-elle tandis qu'on nous versait du thé.

— Cet été, au château de Rannoch, voulez-vous dire ?

— Je dois découvrir la vérité avant, Georgiana. Seules des rumeurs me parviennent. Je veux que quelqu'un de confiance me fasse un rapport de première main. J'ai cru comprendre que David avait convaincu lord et lady Mountjoy d'organiser, au mois de mai, une partie de campagne et un bal, et d'y convier cette femme et son mari…

— Son mari ?

Il ne fallait jamais interrompre la reine, je le savais. Cela m'avait simplement échappé.

Elle acquiesça d'un signe de tête.

— Pareil comportement est sans doute considéré comme acceptable aux États-Unis. Apparemment, elle vit encore avec son époux. Elle le traîne partout derrière elle, ce pauvre homme, afin de préserver sa respectabilité et de dissiper les rumeurs. Ce qui est peine perdue, naturellement. Nous avons fait notre possible pour museler la presse sur ce sujet, mais si David se montre plus audacieux encore à la poursuivre de ses assiduités, alors je ne pense pas que nous pourrons étouffer ces rumeurs plus longtemps. Je dis qu'il la poursuit, mais je crois franchement que c'est plutôt l'inverse. Je soupçonne cette femme de le poursuivre sans relâche. Vous le connaissez, Georgiana. Un innocent dans l'âme, facile à flatter, facile à séduire.

Elle reposa sa tranche de pain complet et se pencha un peu plus vers moi.

— J'ai besoin de connaître la vérité, Georgiana. J'ai besoin de savoir si, pour cette femme, il s'agit d'un simple flirt, ou si elle a des vues sérieuses sur mon fils. Je crains le pire : comme tous les Américains, elle est fascinée par la royauté et rêve peut-être de devenir reine d'Angleterre.

— Tout de même pas, madame. Une divorcée ? Impossible.

— Espérons-le. Le roi doit rester en vie jusqu'à ce que David soit trop vieux pour faire un bon parti, c'est la seule solution. Mais j'ai peur que la santé de mon mari ne soit défaillante. Il n'est plus le même depuis la Grande Guerre. La tension a été trop forte.

Je hochai la tête, par sympathie.

— Vous souhaitez donc que je sois votre espionne ?

— En effet. La partie de campagne des Mountjoy devrait vous fournir l'occasion d'observer cette femme et David ensemble.

— Je n'ai malheureusement pas été invitée.

— Vous avez pourtant fait vos débuts avec la fille des Mountjoy, n'est-ce pas ?

— Oui, madame.

— Eh bien, c'est donc réglé. Je ferai savoir que vous êtes à Londres en ce moment et que vous aimeriez renouer avec leur fille. (Elle prononça ce dernier mot avec un accent des plus distingués.) Il est rare que l'on rejette mes suggestions. Et vous devez vous montrer dans la bonne société si vous voulez vous trouver un mari, précisa-t-elle avant de me lancer un regard pénétrant. Dites-moi, comment envisagez-vous de vous occuper à Londres ?

— J'arrive tout juste, madame. Je ne me suis pas encore décidée.

— C'est inacceptable. Chez qui séjournez-vous ?

— Pour le moment, je suis à Rannoch House.

Un sourcil royal fut haussé – bien que très légèrement.

— Seule dans votre maison londonienne ? Sans chaperon ?

— J'ai vingt et un ans passés, madame.

Elle secoua la tête.

— De mon temps, une jeune femme avait un chaperon jusqu'au jour de son mariage. Sinon, son futur époux ne pouvait être certain d'épouser quelqu'un qui n'ait pas – hum – un passé chargé, pour ainsi dire. Aucune demande en mariage à l'horizon ?

— Aucune, madame.

— Mon Dieu. Je me demande bien pourquoi.

Elle me dévisagea d'un œil critique, comme si j'étais l'un de ses objets d'art.

— Vous n'êtes pas dépourvue de charme, et la moitié au moins de votre lignée est irréprochable. J'ai en tête plusieurs jeunes hommes qui conviendraient. Le roi Alexandre de Yougoslavie a un fils, n'est-ce pas ? Non, cette région du monde est sans doute un peu trop brutale, et slave par-dessus le marché. Que pensez-vous de la famille royale de Grèce ? Cet adorable blondinet ? Mais je crains qu'il ne soit trop jeune, même pour vous. Bien entendu, il y a toujours le jeune Siegfried, de la Maison Hohenzollern-Sigmaringen de Roumanie. C'est l'un de mes parents. Il est de bonne souche.

— J'ai rencontré le prince Siegfried plusieurs fois, madame. Il ne m'a pas semblé que je l'intéressais tant que ça.

— Tout était tellement plus simple à mon époque, soupira-t-elle. Un mariage était arrangé, et nous faisions avec. Il avait d'abord été prévu que j'épouse le frère de Sa Majesté, le duc de Clarence, mais il est mort subitement. Quand on me suggéra alors d'épouser Sa Majesté, j'ai accepté sans faire d'histoires. Nous avons été relativement heureux, sans nul doute, et votre arrière-grand-mère adorait le prince Albert, ainsi que tout le monde le sait. Je verrai ce que je peux faire.

— Nous sommes dans les années 1930, madame, me hasardai-je à répondre. Je suis sûre que je finirai bien par rencontrer quelqu'un, maintenant que je vis à Londres.

— C'est justement ce que je crains, Georgiana. Votre père n'était pas réputé pour ses choix raisonnables, il me semble ? Je suis toutefois convaincue que vous vous marierez un jour ; avec quelqu'un de convenable, espérons-le. Il vous faudra apprendre à tenir une grande maison et à servir d'ambassadrice pour votre pays ; Dieu sait que vous n'avez pas eu de mère pour vous montrer comment l'on s'y prend. Comment se porte-t-elle, ces temps-ci ? La voyez-vous parfois ?

— Lorsqu'elle passe brièvement à Londres, de temps à autre.

— Et qui est son dernier amoureux en date, si je puis me permettre ? demanda-t-elle, adressant un signe de tête à la bonne qui présentait des rondelles de citron pour le thé de Chine.

— Un industriel allemand, d'après ce que j'ai entendu dire, mais c'était il y a un ou deux mois.

Je surpris un pétillement des plus fugaces dans l'œil royal. Au fond, sous des dehors guindés et sévères, mon austère parente n'était pas dénuée de sens de l'humour.

— C'est décidé, je vais m'occuper personnellement de vous, Georgiana, déclara-t-elle. Il n'est pas bon qu'une jeune fille reste oisive et sans chaperon. La capitale offre trop de tentations. Je vous prendrais bien comme dame d'honneur, mais mon effectif est au complet en ce moment. Voyons voir. Il est possible que la princesse Béatrice en ait besoin d'une, même si elle ne sort plus autant que par le passé. Oui, cela conviendrait à merveille. Je vais lui en parler.

— La princesse Béatrice, madame ? demandai-je avec un léger frémissement dans la voix.

— Vous avez dû la rencontrer. C'est la dernière fille encore en vie de la vieille reine. La tante du roi. Votre grand-tante, Georgiana. Elle possède une charmante maison de campagne, ainsi qu'une demeure à Londres, je crois, bien qu'elle ne vienne plus que rarement en ville.

Le thé s'acheva. Je fus congédiée. Et vouée à un tragique destin. Si, dans un avenir proche, je ne trouvais pas quelque occupation ingénieuse, j'allais finir mes jours comme dame d'honneur d'une vieille princesse, à jamais coincée à la campagne.

4.

Rannoch House
Vendredi 22 avril 1932

Je sortis du palais de Buckingham plongée dans une profonde morosité. À dire vrai, ce sentiment s'était accentué depuis que ma saison mondaine s'était achevée, et j'avais conscience qu'une existence sans argent ni perspectives m'attendait. Et à présent, j'étais manifestement vouée à vivre cloîtrée sur les terres d'une princesse âgée, pendant que ma royale parente me trouvait un mari convenable. Une seule lueur d'enthousiasme éclairait mon morne avenir : relever le défi consistant à espionner mon cousin David et sa dernière « femme » en date.

J'avais clairement besoin d'être réconfortée ; je pris donc la District Line du métro afin d'aller rendre visite à la personne que je préférais au monde. La ville tentaculaire céda peu à peu la place à la campagne de l'Essex. Je descendis à la station Upminster Bridge et longeai bientôt, sur Glanville Drive, une rangée de maisons mitoyennes d'aspect modeste, dont les jardins grands comme des mouchoirs de poche étaient abondamment décorés de nains et de vasques pour les oiseaux. Je frappai à la porte du numéro 22, entendis un grognement étouffé – « J'arrive, j'arrive » –, puis un visage de cockney[1] coula un regard par le battant entrebâillé – un visage guilleret, au nez aquilin, et ridé comme une vieille pomme. Il lui fallut une seconde pour me reconnaître, puis un immense sourire l'illumina.

— Ça alors, ça m'en bouche un coin ! dit-il en ouvrant grand la porte. C'est une sacrée surprise. Je ne m'attendais pas à te revoir avant la Saint-Glinglin. Comment vas-tu, mon chou ? Allez, embrasse ton vieux grand-père.

J'imagine que j'aurais dû préciser une chose : si l'une de mes grands-mères avait été la fille de la reine Victoria, le seul de mes grands-parents à être encore en vie était un cockney – un agent de police à la retraite qui habitait une maison mitoyenne de l'Essex, devant laquelle trônaient des nains de jardin.

Son visage mal rasé me piqua la joue quand il y planta un baiser ; il sentait le savon de Marseille. Je le serrai très fort dans mes bras.

— Je vais bien, merci, grand-papa. Et toi ?

— Je n'ai pas à me plaindre. Ma vieille poitrine n'est plus ce qu'elle était, mais à mon âge, c'est normal, hein ? Allez, entre. La bouilloire est sur le feu, et j'ai un bon morceau de gâteau aux graines de carvi que m'a fait la vieille bique d'à côté. Elle n'arrête pas de me préparer des petits plats, dans l'espoir d'exhiber ses talents de cuisinière et de me prouver qu'elle ferait un bon parti.

— Est-ce le cas ? demandai-je. Cela fait longtemps que tu vis seul, maintenant.

— J'y suis habitué. J'ai pas besoin qu'une vieille bonne femme se mêle de mes affaires. Allez, viens te poser, mon canard. Ça me fait vraiment plaisir de te voir.

Il m'adressa de nouveau un sourire radieux.

1. Ainsi désigne-t-on les habitants de l'East End, quartiers populaires de l'est londonien. *(N.d.T.)*

— Alors, qu'est-ce qui t'amène dans les parages ? T'as besoin d'un bon repas, on dirait. Tu n'as que la peau sur les os.

— Justement, je suis affamée. Je reviens du palais, où je n'ai eu droit qu'à deux tranches de pain complet pour le thé.

— Ma foi, je peux certainement te proposer mieux. Que dis-tu de deux œufs pochés sur du fromage fondu, et ensuite un peu de gâteau ?

— Parfait, acceptai-je en soupirant d'aise.

— Je parie que tu leur as pas dit, aux gens du palais, où tu comptais te rendre ensuite.

S'affairant dans sa petite cuisine d'une propreté scrupuleuse, il cassa deux œufs dans la pocheuse.

— Ça leur aurait pas plu. Quand t'étais petite, ils interceptaient les lettres qu'on t'envoyait.

— Tout de même pas.

— Oh que si ! Ils voulaient aucun contact avec nous autres, pauvres gens. Bien sûr, si ta mère était restée, si elle avait fait son devoir et t'avait élevée correctement, on aurait été invités chez vous ou elle t'aurait amenée ici pour qu'on puisse te voir. Mais elle a filé s'afficher ailleurs. On s'est souvent fait du souci pour toi, pauvre mioche, toute seule dans cette grande baraque pleine de courants d'air.

— J'avais ma nourrice. Et Mlle MacAlister.

Il était de nouveau rayonnant. Son sourire était de ceux qui éclairent un visage.

— Et t'es devenue une fille épatante, je dois le reconnaître. Regarde-toi un peu. Une jeune lady bien comme il faut. Je parie que tu as en vue des tas d'amoureux qui se battent pour toi, pas vrai ?

— Pas exactement. En fait, je suis plutôt dans le creux de la vague et je ne sais pas trop comment m'occuper. Mon frère a cessé de me verser une rente, tu sais. Il prétend qu'il est dans une misère noire.

— Quel sale type. Tu veux que j'aille le voir pour lui passer un savon ?

— Non, merci, grand-papa. Cela n'y changerait rien. Je crois qu'il est réellement fauché, et je ne suis que sa demi-sœur, après tout. Il m'a dit que j'étais toujours la bienvenue au château de Rannoch, mais c'était vraiment trop affreux d'être obligée d'amuser le petit Podge et d'aider Fig à son tricot. Alors j'ai déguerpi, exactement comme ma mère. Avec moins de succès cependant. Je campe dans la maison de Londres. Binky m'en laisse la jouissance pour le moment, mais, sans le chauffage central, l'endroit est glacial, et je n'ai pas de domestique. Crois-tu que tu pourrais m'apprendre à allumer un feu ?

Mon grand-père me regarda, puis se mit à rire – un rire poussif qui se transforma en vilaine toux.

— Oh, t'es épatante ! T'apprendre à allumer un feu ? Ma petite chérie, j'irai jusqu'au quartier de Belgravia et je te l'allumerai, ton feu, si c'est ce que tu veux. Sinon, tu peux toujours camper chez moi.

À cette pensée, ses yeux pétillèrent de joie.

— Imagine un peu leur tête s'ils savaient que la trente-quatrième prétendante dans la ligne de succession habite une maison mitoyenne dans une banlieue comme Hornchurch !

Je ris moi aussi.

— Ce serait amusant, pas vrai ? Je pourrais te prendre au mot, mais cela inciterait la reine à précipiter ses projets : elle veut me refiler comme dame d'honneur à une vieille tante royale. Elle estime que j'ai besoin d'apprendre à tenir une grande maison.

— Ma foi, c'est sûrement le cas.

— Je mourrais d'ennui, grand-papa. Tu n'imagines pas à quel point ma vie est monotone, après toute l'agitation de la saison mondaine, les fêtes de débutantes et les bals ; et maintenant, je n'ai pas la moindre idée de ce que je vais faire.

La bouilloire se mit à siffler, et il fit du thé.

— Trouve-toi un travail, dit-il.
— Un travail ?
— Tu es une jeune fille intelligente. Tu as reçu une bonne éducation. Qu'est-ce qui peut t'en empêcher ?
— Je ne crois pas que la famille royale approuverait.
— Ils ne subviennent pas à tes besoins, il me semble. Et tu ne leur appartiens pas. Ce n'est pas comme si tu t'acquittais de fonctions royales en vivant de l'argent public. Prends du bon temps, ma fille. Découvre ce que tu as vraiment envie de faire de ta vie.
— C'est une idée tellement tentante. Après tout, les jeunes filles font toutes sortes de métiers, de nos jours, n'est-ce pas ?
— Évidemment. Mais ne deviens pas actrice comme ta mère. C'était une gentille fille, élevée convenablement, jusqu'à ce qu'elle caresse de grands espoirs et monte sur les planches.
— Elle a pourtant réussi, pas vrai ? Elle s'en est mis plein les poches avant d'épouser un duc.
— Oui, mais à quel prix, mon canard ? À quel prix ? Elle a vendu son âme. Voilà ce qu'elle a fait. Désormais, elle s'accroche désespérément à sa beauté en redoutant le jour où plus aucun homme ne s'intéressera à elle.
— Elle t'a pourtant acheté cette maison.
— Je ne dis pas qu'elle n'a pas été généreuse. Simplement que ça l'a totalement transformée. Maintenant, quand je la vois, j'ai l'impression d'être face à une inconnue.
— C'est aussi mon avis. Mais après tout, je ne l'ai jamais vraiment connue. J'ai cru comprendre qu'elle fréquentait à présent un Allemand, un magnat de l'industrie.
— Satanés Allemands, marmonna-t-il. Désolé d'être grossier, mon chou, mais rien que de parler d'eux, ça me tape sur les nerfs. Et le nouveau, là, cet Hitler. Il nous prépare un mauvais coup, j'en suis sûr. Il va falloir le surveiller de près, tu peux me croire.

— C'est peut-être une chance pour son pays. Ça l'aidera à se relever, suggérai-je.

— L'Allemagne mérite de rester où elle est, répliqua-t-il en se renfrognant. Elle n'a pas besoin d'encouragements. Tu n'as pas combattu dans les tranchées.

— Toi non plus, lui rappelai-je.

— C'est vrai, mais ton oncle Jimmy, si. Il n'avait que dix-huit ans, et il n'en est jamais revenu.

J'avais donc eu un oncle qui s'appelait Jimmy. Personne ne m'avait jamais parlé de lui avant ce jour.

— Je suis navrée. C'était une guerre horrible. Pourvu qu'il n'en éclate jamais une autre.

— Pas tant que le vieux roi sera en vie. S'il passe l'arme à gauche, tout est possible.

Il posa devant moi une grande assiette, que j'attaquai aussitôt en silence.

— Ça alors ! Tu as une belle descente. Tu as sauté des repas, ces derniers temps ?

— Je me suis nourrie de haricots blancs en boîte, avouai-je. Je n'ai pas encore trouvé d'épicerie à Belgravia. Tous les habitants se font livrer leurs courses. Et pour tout te dire, je n'ai pas d'argent.

— Dans ce cas, tu ferais mieux de revenir déjeuner dimanche. Je crois que je pourrais cuisiner un rôti et des légumes – j'ai des choux délicieux dans le potager et, bien sûr, à la fin de l'été, il y aura des haricots verts. Tu ne trouveras pas mieux, même dans tes restaurants snobs et coûteux du West End.

— Avec plaisir, grand-papa.

Je me rendis alors compte qu'il avait autant besoin de moi que moi de lui. Il se sentait seul, lui aussi.

— L'idée de te savoir dans cette grande maison, sans personne, ne me plaît pas, reprit-il en secouant la tête. De nos jours, il y a de drôles de types qui se baladent dans la capitale. Ils sont un peu mabouls, depuis la guerre. T'avise pas d'ouvrir à des inconnus, tu entends ?

J'ai bien envie d'enfiler mon vieil uniforme et d'aller patrouiller devant ta porte.

— J'aimerais bien voir ça, m'esclaffai-je. Je ne t'ai jamais connu en uniforme.

Il partit d'un rire asthmatique.

— Moi aussi, j'aimerais bien voir ça. Ma bedaine m'empêcherait de boutonner ma veste, et mes vieux pieds n'entreraient plus dans mes bottes. N'empêche, je n'aime pas ça.

— Tout ira pour le mieux, grand-papa, assurai-je en lui tapotant la main. Allez, apprends-moi à allumer un feu. Apprends-moi à faire la vaisselle. J'ai besoin de tout savoir.

— Pour allumer un feu, il faut d'abord descendre dans l'trou à charbon.

— L'trou à charbon ?

— Mais oui, tu sais bien, la cave où on entrepose le charbon. Il est versé par un soupirail depuis la rue ; ensuite, il faut le pelleter pour le faire passer par une petite ouverture, dans le sous-sol. Je suis sûr que c'est comme ça qu'ils s'y prennent chez toi, tu verras. Mais c'est généralement un endroit sombre et sale, et il y a des araignées, à coup sûr. Je te vois mal t'en occuper.

— Entre me salir et être gelée, le choix est vite fait.

Il se retourna pour me regarder.

— J'admire ton cran, je dois l'avouer. Ta mère tout craché. Elle non plus, elle ne se laissait décourager par aucun obstacle.

Il s'interrompit, pris d'une autre quinte bruyante.

— Cette toux est vraiment vilaine. Tu as vu un médecin ?

— Sans arrêt, tout l'hiver.

— Et quel est son diagnostic ?

— La bronchite, mon chou. Toute cette fumée qui stagne et les brouillards hivernaux sont mauvais pour ma santé. Il me conseille de partir en vacances au bord de la mer.

— Bonne idée.

— Pour ça, il faut de l'argent, ma chérie, soupira-t-il. Et je n'ai pas trop les moyens en ce moment. Avec toutes les visites chez le médecin. Et le prix du charbon qui grimpe. J'essaie de me débrouiller avec le peu que j'ai mis de côté.

— Tu ne touches pas ta pension d'agent de police ?

— Elle est plutôt maigre. Je n'ai pas travaillé assez longtemps, tu comprends. Un jour, je me suis retrouvé mêlé à une sorte de rixe, j'ai reçu un coup sur le crâne, et puis j'ai commencé à avoir des vertiges. Et les choses en sont restées là.

— Dans ce cas, demande à ma mère de te tirer d'embarras. Je suis sûre qu'elle a largement de quoi.

Son visage se durcit.

— Pas question d'accepter de l'argent allemand. Plutôt crever de faim.

— Je suis certaine qu'elle a une fortune personnelle. Elle a connu des tas d'hommes riches, en son temps.

— Elle a peut-être réussi à faire quelques économies, mais elle en aura besoin quand sa beauté finira par se faner et qu'elle se retrouvera toute seule. De plus, elle a eu la gentillesse de nous acheter cette maison, à ta grand-mère et à moi. Elle ne me doit rien. Et je ne demande la charité à personne.

Tandis que je portais mon assiette jusqu'à l'évier, je remarquai que la cuisine paraissait en effet vide. Une pensée affreuse me traversa l'esprit : peut-être m'avait-il offert les derniers œufs qui lui restaient.

— Je vais trouver un travail, grand-papa. Et j'apprendrai à cuisiner ; comme ça, tu pourras venir dîner à Rannoch House.

Cette suggestion déclencha de nouveau son rire.

— J'y croirai quand je le verrai, répondit-il.

Dans le métro qui me ramenait à Londres, je m'en voulus énormément. Mon grand-père manquait cruellement d'argent, et je ne pouvais l'aider. Il fallait que je me dépêche d'avoir un emploi. Il n'était apparemment pas aussi facile d'échapper à sa famille que je l'avais cru.

C'était un début de soirée tiède, radieux, et je répugnais à retourner dans une maison triste et vide, avec ses meubles couverts de housses de protection et ses pièces où il ne faisait jamais assez chaud pour qu'on s'y sente bien. Après être descendue à la station de South Kensington, je remontai Brompton Road. Le quartier de Knightsbridge grouillait encore de couples élégants en route pour une soirée de divertissement. Qui aurait pu croire qu'on traversait une crise économique et qu'une bonne partie de la population faisait la queue pour un bol de soupe ? J'avais grandi dans un milieu extrêmement privilégié et n'avais pris conscience des terribles injustices qui frappaient le monde que récemment ; celles-ci me préoccupaient. Si j'avais été une lady pourvue de revenus confortables, j'aurais spontanément proposé mes services à ces soupes populaires. Mais je faisais dorénavant moi aussi partie des pauvres au chômage. Un jour, j'aurais peut-être même besoin d'aller réclamer de la soupe et du pain. Je me rendais évidemment compte que ma situation était différente. Il me suffisait d'accepter de vivre avec une vieille princesse pour bien dîner et boire les meilleurs vins, sans plus me soucier de rien. Seulement, l'idée qu'il fallait justement se soucier d'autrui s'insinuait maintenant dans mon esprit. Il était important de se consacrer à des causes louables.

En passant devant les vitrines de Harrods, je m'arrêtai. Tant de robes et de chaussures élégantes ! Il n'y avait que durant mes débuts que j'avais tâché de me conformer à la dernière mode, quand on m'allouait une maigre pension vestimentaire ; je lisais attentivement les magazines afin de savoir ce que les jeunes bohèmes de la haute société portaient cette saison et demandais ensuite à la femme du garde-chasse de me confectionner rapidement quelques vêtements à partir de ces modèles. De pâles imitations, au mieux, même si Mme MacTavish maniait bien l'aiguille. Oh, si seulement j'avais eu d'assez d'argent pour entrer majestueusement chez Harrods et me choisir une tenue d'un simple claquement de doigts !

J'étais perdue dans ma rêverie quand un taxi s'immobilisa le long du trottoir ; une portière claqua et une voix s'exclama :

— Georgie ! C'est bien toi. Il m'a semblé t'apercevoir, alors j'ai demandé au chauffeur de s'arrêter. Quelle surprise ! J'ignorais que tu étais à Londres.

Devant moi se tenait mon ancienne camarade d'école Belinda Warburton-Stoke, dégageant un charme resplendissant. Elle portait une grande cape en satin vert émeraude – l'un de ces habits dont les pans sont cousus ensemble pour former des manches, donnant à la plupart de ceux qui s'en revêtent une allure de pingouin. Elle était coiffée d'une toque d'un noir brillant, assortie d'un sémillant ornement sur le côté ; le complétait une ridicule plume d'autruche qui oscilla de-ci de-là tandis qu'elle accourait vers moi.

Nous nous précipitâmes dans les bras l'une de l'autre.

— Je suis ravie de te voir, Belinda. Tu as une allure incroyable. Je t'ai à peine reconnue.

— Il faut bien maintenir les apparences, si l'on veut attirer les clients.

— Quels clients ?

— Tu n'as pas appris la nouvelle, ma chérie ? J'ai lancé ma propre affaire. Je suis styliste de mode.

— Vraiment ? Et ça marche comment ?

— À merveille. On se bat littéralement pour avoir l'occasion de porter mes créations.

— C'est formidable. Je t'envie.

— Il fallait bien que je trouve à m'occuper. Je n'avais pas un destin royal, contrairement à toi.

— Pour l'heure, mon destin royal n'a rien de très prometteur.

Elle sortit un peu de monnaie pour payer le chauffeur du taxi, puis glissa son bras sous le mien et m'entraîna d'un pas ferme sur Brompton Road.

— Alors, que fais-tu en ville ?

— J'ai décampé ; je tiens de ma mère, je suppose. Je n'aurais pas supporté l'Écosse une minute de plus.

— Personne n'en est capable, ma chérie. Ces affreux cabinets et leur papier peint à motif tartan ! Lorsque je suis là-bas, j'ai constamment la migraine. Te rendais-tu quelque part ? Sinon, viens prendre un verre chez moi.

— Tu vis près d'ici ?

— Oui, à deux pas de Hyde Park. C'est terriblement avant-garde. J'ai acheté une délicieuse petite maison aménagée dans une ancienne écurie ; je l'ai rénovée et j'y vis seule, avec ma bonne pour toute compagnie. Maman est furieuse, mais j'ai vingt et un ans et j'ai hérité de ce qui me revenait ; elle ne peut donc pas y faire grand-chose, n'est-ce pas ?

Je me laissai entraîner à vive allure sur Brompton Road, puis le long de l'avenue de Knightsbridge et enfin dans une petite ruelle pavée dont les anciennes écuries avaient été transformées en logements. Vue de l'extérieur, la maison de Belinda paraissait pittoresque, mais l'intérieur était entièrement moderne – tout en murs blancs, en lignes épurées, en bakélite et en chrome, avec un tableau cubiste et même un Picasso, peut-être. Elle me fit asseoir sur une chaise violette bien dure et se dirigea vers un buffet amplement approvisionné.

— Laisse-moi te préparer l'un de mes cocktails. Ils font ma renommée, tu sais.

Sur ce, elle versa dans un shaker de dangereuses quantités d'alcools prélevés dans d'innombrables bouteilles et y ajouta un liquide vert vif ; une fois le breuvage secoué, elle le servit dans un verre avant d'y ajouter deux cerises au marasquin.

— Avale donc ça, tu te sentiras merveilleusement bien, dit-elle.

Elle s'assit face à moi et croisa les jambes, dévoilant une bonne hauteur de bas de soie et un soupçon de jupon de soie grise.

La première gorgée me coupa le souffle. M'efforçant de réprimer une toux, je levai les yeux et souris.

— Très intéressant. J'ai rarement l'occasion de boire des cocktails.

— Te souviens-tu de ces épouvantables expériences que nous menions dans le dortoir des Oiseaux afin d'en confectionner ? s'esclaffa Belinda avant de boire une longue lampée de son verre. Surprenant que ça ne nous ait pas assommées.

— Ça a bien failli être le cas. Tu te rappelles Monique, la Française ? Elle avait vomi toute la nuit.

— Oui, c'est vrai, dit Belinda, dont le sourire se dissipa. Cela semble déjà si loin, comme un rêve, n'est-ce pas ?

— Oui, acquiesçai-je. Un beau rêve.

Elle me lança un regard pénétrant.

— Ai-je raison de penser que la vie que tu mènes en ce moment n'est pas des plus formidables ?

— Ma vie est drôlement chiante, si tu veux tout savoir, répondis-je.

À l'évidence, le cocktail faisait déjà de l'effet. « Chiante » n'était pas un mot que j'employais d'ordinaire.

— Si je ne trouve pas rapidement une occupation, on m'expédiera dans un manoir à la campagne, où j'attendrai que ma royale parente me déniche quelque affreux prince étranger à épouser.

— Ça pourrait être pire. Certains de ces princes étrangers sont extrêmement séduisants. Et ça pourrait être agréable de devenir reine un jour. Pense à tous ces beaux diadèmes.

Je me renfrognai.

— Au cas où tu l'aurais oublié, il ne reste que très peu de royaumes en Europe. Et les familles royales sont apparemment des espèces en voie d'extinction. De plus, les jeunes hommes convenables que j'ai rencontrés sont si assommants qu'un probable assassinat me semble carrément préférable à une longue existence auprès de l'un d'eux.

— Mon Dieu ! On est cafardeuse, à ce que je vois. Ta vie sexuelle doit être plutôt triste en ce moment.

— Belinda !

— Oh, désolée. Je t'ai choquée. Dans le milieu que je fréquente désormais, les gens n'ont aucun scrupule à discuter de leur vie sexuelle. Et pourquoi pas ? Il est sain d'en parler ouvertement.

— Cela ne me dérange pas, affirmai-je – alors qu'en vérité j'étais morte de honte. Dieu sait que nous n'arrêtions pas d'en parler à l'école.

— Mais la pratique vaut tellement mieux que la théorie, ne crois-tu pas ?

Elle sourit, l'air très satisfait d'elle-même. Puis elle parut horrifiée.

— Tu n'es tout de même pas encore vierge ?

— Si, hélas.

— On n'exige plus d'une princesse potentielle qu'elle le soit, j'espère ? Ne me dis pas qu'on demande encore à un archevêque et au grand chancelier de personnellement s'en assurer avant que le mariage puisse être consommé.

— Je ne me réserve pas par choix, je t'assure, répondis-je en riant. Dès que j'aurai trouvé l'homme qu'il me faut, j'arracherai volontiers mes vêtements afin de m'envoyer en l'air.

— Si je comprends bien, de tous les jeunes hommes dont nous avons fait la connaissance pendant la saison mondaine, aucun ne t'a mis le feu au derrière ?

— Belinda, surveille ton langage !

— Je fréquente des Américains, maintenant. Ils sont tellement amusants. Tellement délurés.

— Si tu veux vraiment savoir, j'ai trouvé insupportablement ennuyeux tous les jeunes hommes que j'ai rencontrés. Et d'après mon expérience limitée, acquise lors de séances de pelotage à l'arrière des taxis, j'ai l'impression que l'acte sexuel n'est de toute manière pas aussi formidable qu'on le prétend.

— Oh, crois-moi, tu y prendras goût, répliqua Belinda en souriant de nouveau. C'est absolument extra, quand on est avec l'homme qu'il faut, évidemment.

— Bref, à quoi bon en parler ? Je n'aurai probablement pas souvent l'occasion de mettre la chose en pratique, à moins que ce ne soit avec des gardes-chasse, comme lady Chatterley. J'ai été bannie à la campagne pour devenir la dame d'honneur d'une parente âgée.

— Ils n'ont pas le droit de te bannir. N'y va pas.

— Je ne peux pas rester à Londres indéfiniment. Je n'ai pas de quoi vivre.

— Dans ce cas, trouve un travail.

— J'en serais naturellement ravie, mais j'ai dans l'idée que ce ne sera pas aussi simple. Il y a tant de chômeurs, tu le sais. En ce moment, la moitié des gens cherchent des emplois inexistants.

— Oh, il y en a pour ceux qui s'en donnent la peine. Dans la vie, il suffit de trouver sa voie. D'identifier un besoin et de le satisfaire. Prends mon exemple. Je m'amuse follement – je sors en boîte de nuit, je mène une vie mondaine comme j'en ai rêvé et j'ai ma photo dans *Vogue*.

— Oui, mais tu as manifestement du talent pour concevoir des vêtements. Je n'ai pas la moindre idée de ce dont je suis capable. À l'école, on s'est cantonné à nous préparer au mariage. Je parle un français passable, je joue du piano et je sais où placer un archevêque à table. Rien de tout ça ne fait de moi quelqu'un susceptible d'entrer sur le marché du travail, n'est-ce pas ?

— Bien sûr que si, ma chérie. Tous les nouveaux riches des classes moyennes sont tellement snobs qu'ils se jetteront littéralement sur toi, dans le seul but de se vanter de te connaître.

Je la dévisageai d'un air scandalisé.

— Mais je ne pourrai pas leur révéler ma véritable identité. Cela arriverait aux oreilles du palais et, avant que j'aie le temps de dire ouf, on m'expédierait en Mongolie-Extérieure pour y épouser un prince.

— Inutile de dire qui tu es. Il suffit de te regarder pour comprendre que tu fais partie du gratin. Alors bouge-toi un peu, va donc prendre du bon temps.

— Et, plus important encore, gagner de l'argent.

— Tu es complètement fauchée, ma chérie ? Avec tant de riches parents ?

— Dans ma famille, on n'obtient pas d'argent sans conditions. Si je deviens dame d'honneur, on m'allouera une rente, bien entendu. Et si j'accepte d'épouser le prince Siegfried, je suis certaine qu'on me fournira un merveilleux trousseau.

— Le prince Siegfried ? Celui que nous avons rencontré aux Oiseaux et que nous surnommions Face de Poisson ?

— Lui-même.

— C'est affreux, ma chérie. Tu ne peux pas te marier avec lui, c'est impensable. En dehors du fait que la monarchie roumaine est quelque peu en désarroi en ce moment, l'exil peut être d'un prodigieux ennui.

— Je ne suis pas certaine de vouloir épouser un prince, d'où qu'il vienne. Je préférerais me bâtir une carrière, comme toi. Si seulement j'avais quelque talent.

Elle me dévisagea d'un œil critique, exactement comme la reine l'avait fait.

— Tu es grande. Tu pourrais devenir mannequin. J'ai des relations.

— Oh, non, répondis-je en secouant la tête. Marcher de long en large devant un public ? Rappelle-toi le fiasco de mes débuts.

— Oh, c'est vrai ! glousssa Belinda. Laissons tomber cette idée, dans ce cas. Mais tu vas trouver quelque chose. Secrétaire d'une vedette de cinéma ?

— Je ne sais ni prendre des notes en sténo ni taper à la machine.

Elle se pencha vers moi et me tapota le genou.

— Nous allons te dénicher quelque chose. Chez Harrods, par exemple ? C'est presque à ta porte et ce serait un bon début.

— Être vendeuse dans un grand magasin ? m'offusquai-je.

— Ma chérie, je ne t'ai pas suggéré de devenir danseuse du ventre dans une casbah. Harrods est un grand magasin tout ce qu'il y a de plus respectable. J'y fais tout le temps mes emplettes.

— Ça pourrait être amusant, j'imagine. Mais on ne me prendra sûrement pas sans expérience, si ?

— À moins qu'une célèbre mondaine de la haute ne t'écrive une fabuleuse lettre de recommandation.

— À qui fais-tu allusion ?

— À moi, espèce d'idiote ! s'esclaffa Belinda. Avec une référence pareille, personne n'osera refuser ta candidature.

Elle prit un stylo et du papier à lettres, et se mit à la tâche.

— Quel nom comptes-tu employer ?

— Florence Kincaid, répondis-je après avoir réfléchi un instant.

— Qui diable est Florence Kincaid ?

— Une poupée que ma mère m'avait rapportée de Paris quand j'étais petite. Maman voulait que je la baptise Fifi La Rue, mais j'ai décidé que Florence Kincaid sonnait mieux.

— Tu te verrais sans doute offrir un travail plus intéressant si tu te faisais appeler Fifi La Rue, déclara Belinda avec un sourire malicieux. Bon, voyons, repritelle en suçotant l'extrémité de son stylo. « Mlle Florence

Kincaid a été mon assistante durant deux ans ; elle était chargée d'organiser des défilés de mode de bienfaisance. Elle est irréprochable, tant du point de vue du caractère que de l'éducation, elle montre beaucoup d'initiative, de calme, de charme et de sens des affaires, et ce fut un plaisir de travailler avec elle. C'est avec une profonde réticence que je m'en sépare, consciente que je ne peux plus lui offrir un cadre de travail propice à l'épanouissement d'un talent et d'une ambition tels que les siens. » Cela te paraît comment ?

— Formidable. C'est bien au-dessous de tes capacités, styliste de mode. Tu devrais devenir écrivain.

— Bon, je vais mettre cette lettre au propre et tu pourras l'apporter chez Harrods demain matin. Et comme je sais maintenant que tu vis à deux pas de chez moi, nous devons nous voir plus souvent. Je te présenterai à des mondains délurés. Ils te montreront ce que tu as raté jusqu'à présent.

Cette proposition me parut intéressante. Je n'avais encore jamais rencontré de jeunes hommes réellement délurés. Les seuls qui s'en étaient approchés avaient été les moniteurs de ski fréquentant l'auberge située dans la rue en face des Oiseaux ; et nos contacts s'étaient résumés à leur jeter de petits mots par la fenêtre ou, en deux ou trois occasions, à boire un verre de vin chaud et épicé en leur compagnie, leurs bras passés autour de nos épaules. Les jeunes Anglais se montraient si convenables que c'en était exécrable – peut-être aussi parce que nos chaperons rôdaient toujours dans l'ombre. Si l'un d'eux vous invitait en promenade et tentait, plein d'espoir, de vous peloter à la va-vite, il suffisait d'une réprimande sévère pour qu'ils se répandent en excuses. « Vraiment navré. C'est sacrément déplacé. Je ne sais pas ce qui m'a pris. Cela ne se reproduira plus, c'est promis. »

J'avais vingt et un ans. Je n'avais plus de chaperon, et je brûlais de découvrir ce que ces jeunes hommes délurés avaient à m'offrir. Étant donné ce que j'en avais entendu dire, l'idée même de faire l'amour me jetait dans la plus grande perplexité. La chose me paraissait plutôt odieuse, et pourtant Belinda aimait manifestement s'y adonner – ce qu'avait fait ma mère avec un tas d'hommes sur au moins cinq continents différents. Belinda avait raison : il était grand temps que je découvre ce que j'avais jusqu'alors raté.

5.

Rannoch House
Samedi 23 avril 1932

Le lendemain matin, à mon réveil, j'étais bien décidée à suivre l'autre suggestion de Belinda – trouver un emploi rémunéré. Munie de sa recommandation élogieuse, je m'assis face au chef du personnel de Harrods. Tout en me scrutant d'un air soupçonneux, il agita la lettre dans ma direction.

— Pourquoi avez-vous quitté ce poste, si vous donniez toute satisfaction ?

— L'honorable Belinda Warburton-Stoke traverse une période difficile, comme cela arrive lorsqu'on monte une affaire, et elle a été obligée de renoncer à organiser des événements caritatifs jusqu'à nouvel ordre.

— Je vois.

Il m'étudia d'un œil critique, à l'instar de plusieurs autres personnes au cours des dernières vingt-quatre heures.

— Vous vous exprimez plutôt bien et vous possédez une bonne instruction, c'est évident. Vous dites vous appeler Florence Kincaid ? Ma foi, mademoiselle Kincaid, votre famille ne peut-elle vous aider ? Je m'étonne que vous postuliez à un emploi comme celui-ci. Ce n'est pas simplement pour vous divertir, je l'espère, alors que tant de pauvres gens souffrent de la faim.

— Oh, bien sûr que non, monsieur. Mon père est mort il y a quelques années, voyez-vous. Mon frère a hérité de la propriété familiale et son épouse ne veut plus de moi chez eux. J'ai autant besoin de travailler que n'importe qui d'autre.

— Je vois, dit-il en fronçant les sourcils. Kincaid. Ce ne serait pas les Kincaid de Worcester, par hasard ?

— Non, ce n'est pas le cas.

Nous nous fixâmes un moment, puis mon impatience eut raison de moi.

— Si vous n'avez pas de poste à pourvoir, veuillez m'en informer immédiatement. J'irai proposer mes compétences chez Selfridges, votre concurrent.

— Chez Selfridges ? répéta-t-il, horrifié. Ma chère mademoiselle, aucune compétence n'est requise pour travailler chez Selfridges. Je vais vous prendre à l'essai. Mlle Fairweather a besoin d'aide au rayon des cosmétiques. Suivez-moi.

On me remit alors une blouse d'un rose saumon guère flatteur qui, avec ma chevelure d'un blond celte tirant sur le roux et mes taches de rousseur, me donnait l'allure d'une grosse crevette cuite ; on m'installa au rayon des produits de beauté sous l'œil menaçant et désapprobateur de Mlle Fairweather – laquelle me dévisagea avec plus de suffisance que je n'en avais jamais vu chez les plus sévères de mes parents.

— Aucune expérience du tout ? Elle n'a jamais travaillé comme vendeuse ? Je me demande bien comment je suis censée trouver le temps de la former, soupira-t-elle.

Elle s'exprimait avec l'accent aristocratique ultra-snob que les gens adoptent quand ils cherchent à dissimuler qu'ils sont issus d'un milieu modeste.

— J'apprends vite, déclarai-je.

Cette fois, elle fit la moue. Très franchement, ils auraient pu choisir mieux, comme responsable de ce rayon : aucune quantité de crème, de poudre ou de fard n'aurait pu conférer à son visage un aspect doux, séduisant ou charmant. Autant essayer de poudrer du granite.

— Très bien, il va falloir que je me contente de vous, je suppose, dit-elle.

Elle fit un tour rapide des produits, m'expliquant à quoi ils étaient censés servir. Jusqu'alors, j'avais cru que l'emploi de cosmétiques se résumait à appliquer de la crème de soin et une touche de rouge à lèvres rose clair puis à se farder le nez avec du talc ou un *papier poudré**, si pratique. Je fus donc stupéfaite de découvrir le large éventail de fards et de pommades qui se vendaient là – sans parler de leur prix. Certaines femmes avaient manifestement encore de l'argent en ces temps de crise économique.

— Si une cliente vous demande un conseil, venez me trouver, ordonna Mlle Fairweather. Vous n'avez aucune expérience, ne l'oubliez pas.

J'acquiesçai d'un humble murmure. Elle passa de l'autre côté du comptoir comme un navire toutes voiles dehors. Des clientes commencèrent à arriver. J'appelais Mlle Fairweather quand cela était nécessaire ; j'avais le sentiment que je prenais le coup de main et que ce travail ne serait finalement pas si odieux que cela quand une voix lança d'un ton impérieux :

— Il me faut un pot de la crème pour le visage que vous me mettez toujours de côté.

Je levai les yeux et me retrouvai nez à nez avec ma mère. Je ne sais laquelle de nous deux fut la plus horrifiée.

— Grands dieux, Georgie ! Que diable fais-tu là ?

— J'essaie de gagner honnêtement ma vie, comme tout un chacun.

— Ne sois pas ridicule, ma chérie. Tu n'as pas été élevée pour devenir vendeuse. Enlève donc immédiatement cette blouse hideuse. Elle te donne l'allure d'une crevette. Et allons prendre un café chez Fortnum's.

Elle avait encore le visage de poupée de porcelaine qui avait fait d'elle la coqueluche du théâtre londonien, mais ses cils étaient sans le moindre doute trop longs pour être vrais et deux cercles de fard rouge couvraient ses joues. Sa chevelure était brune, cette fois, et elle portait une veste rouge vif de facture visiblement parisienne, assortie d'un élégant béret de même couleur. Elle avait autour du cou un renard argenté pourvu d'une tête aux yeux perçants. L'ensemble produisait un effet saisissant, je devais l'admettre.

— Veux-tu bien t'en aller, s'il te plaît, sifflai-je.

— Ne t'avise pas de me donner des ordres, répliqua-t-elle sur le même ton. Est-ce une façon de parler à ta mère, qui ne t'a pas vue depuis des mois ?

— Maman, tu vas me faire renvoyer. Va-t'en, s'il te plaît.

— Je n'en ai absolument pas l'intention, dit-elle de sa voix limpide, qui avait charmé le public des théâtres londoniens avant que mon père ne se jette sur elle. Je suis venue acheter de la crème pour le visage et je compte bien repartir avec.

Un chef de rayon apparut près d'elle, comme par miracle.

— Y a-t-il un problème, madame ?

— Oui, cette jeune personne semble incapable ou peu désireuse de me servir, dit ma mère d'un air affligé, agitant gracieusement la main dans ma direction. Il me faut simplement de la crème pour le visage. Cela ne devrait pas être si compliqué, me semble-t-il.

— Bien sûr que non, madame. Notre première vendeuse s'occupera de vous dès qu'elle aura terminé avec une autre cliente. Et vous, jeune fille, allez chercher une chaise et une tasse de thé pour madame.

— Très bien, monsieur, répondis-je. J'étais toute disposée à aider *madame*, ajoutai-je, insistant exprès sur ce dernier mot, mais elle n'a pas su me dire quelle marque de crème il lui fallait.

— Pas d'insolence, jeune fille, rétorqua-t-il d'un ton sec.

Contrariée au possible, j'allai chercher une chaise et une tasse de thé pour ma mère, qui les accepta avec un sourire suffisant.

— J'ai besoin qu'on me remonte le moral, Georgie, dit-elle. Je suis tout à fait consternée. Tu as appris ce qui était arrivé à ce pauvre Hubie, j'imagine ?

— Hubie ?

— Sir Hubert Anstruther. Mon troisième époux. À moins qu'il n'ait été le quatrième ? Je sais en tout cas que nous avons été mariés, car il était du genre collet monté et refusait de vivre dans le péché.

— Oh, sir Hubert. Je me souviens de lui.

C'était vrai, et cette évocation me faisait chaud au cœur. Il avait été l'un des rares maris de ma mère à ne pas m'avoir rejetée, et je me rappelais encore l'époque très agréable où j'avais vécu chez lui, quand j'avais cinq ans environ. C'était un grand costaud qui riait beaucoup ; il m'avait appris à grimper aux arbres, à chasser à courre et à traverser son lac à la nage. J'étais restée inconsolable quand ma mère l'avait quitté pour partir vers de nouveaux horizons. Depuis, je le voyais rarement, mais je recevais de temps à autre une carte postale d'une région exotique du monde, et il m'avait même envoyé un petit chèque pour mon vingt et unième anniversaire.

— Il lui est arrivé un grave accident, ma chérie. Tu sais que c'est un explorateur et un alpiniste. Eh bien, il a apparemment fait une chute terrible dans les Alpes. Il a été emporté par une avalanche, je crois. Les médecins pensent qu'il n'y survivra pas.

— C'est affreux.

Je me sentis aussitôt coupable – je n'avais pas été le voir récemment et ne lui avais écrit que de simples lettres de remerciements.

— Je sais. Je suis accablée depuis que j'ai appris la nouvelle. J'adorais Hubie. Je le vénérais. En fait, je crois que c'est le seul homme que j'aie réellement aimé.

Elle marqua une pause.

— Bon, à part ce cher vieux Monty, évidemment, et le superbe garçon argentin, précisa-t-elle.

Elle haussa les épaules de telle sorte que son renard argenté tressaillit horriblement autour de son cou, comme s'il était revenu à la vie.

— Hubert avait beaucoup d'affection pour toi aussi. À dire vrai, il avait cherché à t'adopter, mais ton père n'avait pas voulu en entendre parler. Je crois cependant que tu es encore couchée sur son testament. S'il finit par mourir – il paraît que ses blessures sont absolument atroces –, tu n'auras plus besoin de travailler comme vendeuse. Qu'en pensent les membres de la famille royale, d'ailleurs ?

— Ils n'en savent rien, répondis-je. Et tu ne dois surtout pas leur en parler.

— Ma chérie, jamais il ne me viendrait à l'idée de leur dire quoi que ce soit, mais je ne peux venir à Londres en sachant que je risque d'être servie par ma propre fille. C'est tout bonnement impossible. En fait…

Elle leva les yeux en arborant un sourire charmant ; Mlle Fairweather approchait.

— Je suis vraiment navrée de vous avoir fait attendre, madame la duchesse. C'est toujours votre titre, n'est-ce pas ?

— Hélas, non. Je suis simplement Mme Clegg, désormais ; d'un point de vue légal, il me semble que je suis encore l'épouse d'Homer Clegg. Il est extrêmement pénible de devoir porter un si vilain nom… Mais Homer, un magnat texan du pétrole, ne croit malheureusement pas au divorce. Bien, il ne me faut pas grand-chose, aujourd'hui. Juste un pot de l'exceptionnelle crème pour le visage que vous me mettez toujours de côté.

— Celle que nous importons spécialement de Paris, madame, dans un pot de cristal orné de chérubins ?

— Celle-là même. Vous êtes un amour de vous en être souvenue.

Ma mère lui adressa un sourire si radieux que même la très sévère Mlle Fairweather rougit avec une feinte timidité. Je comprenais comment maman avait pu faire tant de conquêtes au fil des années. Pendant que Mlle Fairweather partait en quête de la fameuse crème, elle rajusta son chapeau dans le miroir posé sur le comptoir.

— Le pupille de ce malheureux Hubert doit également être atterré, dit-elle sans lever les yeux vers moi. Pauvre petit bonhomme, il adore son tuteur, lui aussi. Si tu le croises, sois aimable avec lui, d'accord ? Tristram Hautbois. (Naturellement, elle prononça ce nom « Hot-Boys ». Il est en effet de bon ton d'angliciser n'importe quel patronyme français dès que cela est possible.) Vous vous entendiez si bien quand vous aviez cinq ans. Je me souviens du jour où vous vous étiez déshabillés et aviez couru vous ébattre dans les fontaines. Cela avait tellement fait rire Hubie.

Au moins, j'avais déjà vécu des aventures illicites avec un membre du sexe opposé, même si j'étais trop jeune pour me les rappeler.

— Maman, à propos de grand-papa, dis-je à voix basse, ne voulant pas manquer cette occasion. Il n'est pas très en forme. Je pense que tu devrais lui rendre visite...

— J'aimerais tant, ma chérie, mais je repars cet après-midi pour Cologne, par le train, puis le ferry. Max doit se languir de moi. Dis à ton grand-père que je le verrai lors de mon prochain séjour à Londres, d'accord ?

Le pot de crème fut apporté, emballé, et la facture mise sur le compte de ma mère. On l'escorta jusqu'à la sortie avec force révérences et compliments. Je la regardai partir, avec le même agacement que j'éprouvais à la suite de chacune de nos rencontres – j'avais à lui dire tant de choses que je n'avais jamais l'occasion d'exprimer. Puis le chef de rayon et la première vendeuse revinrent vers le comptoir en échangeant des marmonnements. Tandis qu'elle regagnait sa place, Mlle Fairweather me jeta un regard glacial et fit la moue.

— Quant à vous, ma fille, retirez cette blouse, me dit le chef de rayon.

— Quoi ? m'étonnai-je.

— Vous êtes congédiée. Le ton que vous avez employé avec l'une de nos meilleures clientes est inacceptable. Et Mlle Fairweather affirme vous avoir entendue ordonner à cette même cliente de s'en aller. Vous avez peut-être sali la réputation de Harrods pour toujours. Partez, à présent. Ôtez votre blouse et partez.

J'aurais pu me défendre, mais il m'aurait fallu dévoiler que j'étais une menteuse et que je les avais bernés. Je m'en fus donc. Ma première expérience professionnelle avait duré cinq heures en tout et pour tout.

Il était environ quatorze heures quand je me retrouvai dehors, par un radieux après-midi de printemps. Le soleil brillait, les oiseaux gazouillaient dans Kensington Gardens et j'avais en poche les quatre shillings que j'avais gagnés.

J'errai sans but au milieu de la foule ; je n'avais pas envie de rentrer chez moi et ne savais que faire. On était samedi, et les gens qui avaient une demi-journée de congé grouillaient dans les rues. Maintenant, plus aucun grand magasin n'accepterait de m'employer, me disais-je, malheureuse. Je ne trouverais probablement jamais plus de travail nulle part et je mourrais de faim. Je commençais à avoir mal aux pieds, et la tête me tournait presque, tant j'étais affamée. Je me rendis compte qu'on ne m'avait même pas laissé de pause pour le déjeuner.

Je m'immobilisai et regardai autour de moi. Où allais-je donc me restaurer ? Les gens que je fréquentais ne prenaient jamais leurs repas à l'extérieur. Ils mangeaient chez eux, à moins d'être invités à dîner par des amis ou des voisins. Lors de notre séjour londonien, durant la saison mondaine, nous avions soupé dans les lieux où se tenaient les différents bals. Un jour, la tante d'une amie m'avait emmenée prendre le thé au Ritz, mais je ne pouvais tout de même pas m'y rendre avec quatre shillings en poche. J'étais déjà allée au grand magasin de luxe Fortnum's and Mason's, ainsi qu'au Café Royal – mes connaissances en matière de restaurants s'arrêtaient là.

Je m'aperçus que j'avais quitté Kensington Road et me trouvais maintenant dans Kensington High Street. Je reconnus Barkers ; je savais que le bâtiment abritait aussi un salon de thé, mais j'avais décidé de ne plus jamais remettre les pieds dans un grand magasin. Je finis par entrer dans un salon de thé Lyons, un établissement lugubre où je commandai du thé et un scone avant de m'asseoir en m'apitoyant sur mon sort. Au moins, une fois dame d'honneur, je mangerais à ma faim. En outre, on s'adresserait à moi poliment et je n'aurais plus à supporter des gens comme Mlle Fairweather et son chef de rayon. Et surtout je ne risquerais pas de tomber sur ma mère.

Remarquant une ombre au-dessus de moi, je levai la tête. C'était un jeune homme brun, à la mise légèrement négligée, mais pas entièrement dépourvu de charme ; il me dévisageait avec un grand sourire.

— Bonté divine, c'est bien vous ! lança-t-il d'une voix dans laquelle perçait une pointe d'accent irlandais. Lorsque je suis passé devant ce salon et que je vous ai vue derrière la vitre, je n'en ai pas cru mes yeux. Ce n'est tout de même pas lady de Glen Garry et Rannoch ! me suis-je dit. Il a fallu que j'entre pour m'en assurer.

Il tira une chaise et s'installa face à moi sans y être convié, continuant de m'étudier avec un intérêt amusé.

— Que faites-vous donc là, à côtoyer le petit peuple ?

Il avait des boucles sombres indisciplinées, et ses yeux bleus brillaient d'un éclat dangereux. En fait, ce jeune homme me troublait tellement que ma vraie nature reprit le dessus.

— Pardonnez-moi, mais je ne crois pas que nous ayons été présentés. Et je n'adresse pas la parole aux inconnus.

À ces mots, il rejeta la tête en arrière et éclata de rire.

— Oh, elle est bien bonne. Aux inconnus ! Ça me plaît. Vous ne vous rappelez pas avoir dansé avec moi à Badminton il y a un ou deux ans, lors d'un bal organisé par un club de chasse ? Visiblement pas. J'en suis mortellement offensé. D'habitude, je fais plus forte impression sur les jeunes filles que j'ai tenues dans mes bras, ajouta-t-il en me tendant la main. Darcy O'Mara. Ou, devrais-je dire, l'honorable Darcy O'Mara, puisque vous vous souciez apparemment de ce genre de détails. Mon père est lord Kilhenny, une pairie bien plus ancienne que celle de votre admirable famille.

Je pris sa main.

— Enchantée, dis-je, indécise – car en vérité, si je l'avais rencontré un jour et si surtout je m'étais retrouvée étroitement enlacée dans ses bras, je m'en serais souvenue, j'en étais certaine. Êtes-vous sûr de ne pas me confondre avec quelqu'un d'autre ?

— Vous êtes bien lady Georgiana ? Fille de feu le duc de Rannoch et sœur de l'assommant Binky ?

— Oui, mais…, bredouillai-je. Si j'avais dansé avec vous, comment aurais-je pu l'oublier ?

— Vous aviez eu ce soir-là des cavaliers à l'évidence plus séduisants.

— Je vous assure que non, affirmai-je avec feu. Tous les jeunes hommes dont je me souviens étaient ennuyeux comme la pluie. Ils avaient seulement envie de parler de chasse.

— Il n'y a rien de mal à chasser, mais il y a un temps pour tout, déclara Darcy O'Mara. Et bien d'autres conversations sont préférables en présence d'une jeune femme.

Il me dévisagea avec une telle franchise que je piquai un fard, et je m'en voulus beaucoup.

— Si vous voulez bien m'excuser, j'aimerais boire mon thé avant qu'il ne refroidisse, dis-je en baissant les yeux vers le liquide grisâtre, peu appétissant.

— Loin de moi l'idée de vous en empêcher, répondit-il avec un grand geste de la main. Allez-y, si vous pensez pouvoir survivre à cette expérience sans être empoisonnée. Ils perdent un client par jour dans ce lieu, vous savez. Ils se débarrassent discrètement des cadavres par la porte de service avant de reprendre leurs activités comme si de rien n'était.

— Quelle idée ! m'exclamai-je sans pouvoir réprimer un rire.

— Voilà qui est mieux, dit-il en souriant. Je n'avais jamais vu une mine aussi sombre que celle que vous affichiez il y a quelques instants. Que vous arrive-t-il ? Un imposteur vous aurait-il plaquée ?

— Non, rien de ce genre. Simplement, ma vie est si lugubre en ce moment que c'en est insupportable.

Je m'entendis alors lui parler de ma chambre dans la maison glaciale, de l'embarras qu'on m'avait causé chez Harrods et de la perspective d'un exil à la campagne.

— Ainsi, voyez-vous, il n'y a pas grand-chose qui puisse me réjouir en ce moment, conclus-je.

Il me fixa du regard, puis demanda :

— Dites-moi, avez-vous apporté une robe chic ?

— Chic comme pour un dîner, ou chic comme pour aller à la messe ?

— Chic comme pour se rendre à un mariage.

Je ris à nouveau, un peu gênée cette fois.

— Proposez-vous de vous enfuir avec moi et de m'épouser pour me remonter le moral ?

— Grands dieux, non. Je suis un jeune Irlandais fougueux. Il en faudra beaucoup pour me dompter et me traîner jusqu'à l'autel. Bon, avez-vous une tenue convenable sous la main ?

— Justement, oui.

— Bien. Allez la passer et retrouvez-moi à Hyde Park Corner dans une heure.

— Cela vous ennuierait-il de me dire de quoi il retourne, exactement ?

Il posa un doigt sur ses lèvres.

— Vous verrez, dit-il. Ce sera en tout cas rudement plus intéressant que le thé et les scones de chez Lyons. Allez-vous vous laisser tenter ?

Je le regardai pendant un instant, puis poussai un soupir.

— Qu'ai-je à perdre ?

Ses yeux espiègles brillèrent de nouveau.

— Je l'ignore, dit-il. Qu'avez-vous à perdre ?

★

Tu es folle, complètement folle, me répétai-je à plusieurs reprises tandis que je faisais ma toilette, m'habillais et m'efforçais de lisser mes cheveux rebelles afin de me conformer à la mode. Je m'apprêtais à sortir sur un coup de tête avec un homme dont je ne savais rien. Et s'il était un imposteur de la pire espèce ? Il dirigeait peut-être un lucratif réseau de traite des Blanches, prétendant connaître des jeunes filles dans le but de les piéger et de les mener à leur perte. J'interrompis ce que j'étais en train de faire et me précipitai dans la bibliothèque du rez-de-chaussée ; je consultai un exemplaire de l'annuaire de la noblesse britannique de John Burke et trouvai ce que je cherchais : Thaddeus Alexander O'Mara, lord Kilhenny, seizième baron, etc. Descendant : William Darcy Byrne…

Il existait donc un Darcy O'Mara. On était en milieu d'après-midi, me dis-je. Il y avait foule dans les rues. Et je ne lui permettrais pas de m'emmener dans un bouge sordide ou un hôtel mal famé. Sans compter qu'il était vraiment beau garçon. Il avait raison : qu'avais-je à perdre ?

6.

Rannoch House
Samedi 23 avril 1932

En voyant Darcy O'Mara se diriger vers moi dans Park Lane, je faillis ne pas le reconnaître. Il portait un complet-jaquette, ses boucles rebelles avaient été domptées, et il paraissait extrêmement présentable. Il me jaugea d'un rapide coup d'œil, et je compris qu'il trouvait mon apparence tout aussi acceptable.

— Lady Georgiana, dit-il en s'inclinant très convenablement devant moi.

— Monsieur O'Mara, répondis-je, penchant la tête à mon tour pour lui rendre son salut.

On ne qualifie jamais personne d'« honorable » en la présence de l'intéressé, quand bien même il porterait ce titre.

— Veuillez me pardonner, reprit-il, mais ai-je eu raison de m'adresser ainsi à vous ? Peut-être aurais-je dû vous appeler « Votre Altesse Royale ». Je ne suis jamais certain du protocole quand il s'agit des ducs.

— Seul l'héritier mâle d'un duc royal a droit à « Son Altesse Royale », expliquai-je en riant. N'étant pour ma part qu'une femme, et mon père n'ayant pas été un duc royal – quoiqu'il appartienne à la royauté –, je me contenterai d'un « lady Georgiana ». Mais un très banal Georgie fera aussi l'affaire.

— Une Georgie pourtant loin d'être banale. C'est gentil à vous d'être venue. Vous ne le regretterez pas, soyez-en sûre, dit-il en me prenant par le coude pour me guider à travers la foule. Partons d'ici à présent. Nous ressemblons à deux paons au milieu d'un poulailler.

— Pourriez-vous me dire où nous allons ?

— À l'hôtel Grosvenor House.

— Vraiment ? Si vous m'emmenez dîner, n'est-il pas un peu tôt ? Et si c'est pour prendre le thé, ne sommes-nous pas trop habillés ?

— Je vous emmène à un mariage, comme promis.

— Un mariage ?

— Du moins, à la réception qui suit la cérémonie.

— Mais je n'ai pas été invitée.

— Ne vous en faites pas, répondit-il calmement tandis que nous commencions à descendre Park Lane. Moi non plus.

Je dégageai brusquement mon bras.

— Quoi ? Avez-vous perdu la tête ? Nous ne pouvons pas nous rendre à une réception de mariage sans y avoir été conviés.

— Oh, ce n'est pas un problème. Je fais ça tout le temps. Ce stratagème marche à merveille.

Je l'observai avec méfiance. Il affichait de nouveau un large sourire.

— Autrement, comment ferais-je un bon repas une fois par semaine ?

— Que les choses soient claires. Vous comptez jouer les pique-assiettes lors d'un mariage à Grosvenor House ?

— Oh que oui. Je vous l'ai dit, il n'y a jamais le moindre problème. Si vous présentez bien, que vous parlez avec l'accent qu'il faut et savez vous tenir, tout le monde considère comme allant de soi que vous avez été convié. La famille du marié s'imagine que celle de la mariée a dû vous inviter, et vice versa. Vu que vous appartenez au gratin, tout le monde sera fier et ravi de votre présence. Ça rehaussera le standing de l'événement. Ensuite, ils pourront se dire les uns aux autres : « J'espère que vous avez remarqué qu'un membre de la famille royale se trouvait parmi nous. »

— Je ne suis qu'une parente éloignée du roi, Darcy.

— Néanmoins une aubaine pour eux. Ils seront aux anges, vous verrez.

Je m'écartai de lui.

— Je ne peux vraiment pas agir ainsi. Ce n'est pas bien.

— Reculez-vous parce que c'est mal ou parce que vous avez peur d'être démasquée ?

Je le foudroyai du regard.

— On m'a appris à me comporter convenablement, ce qui n'a sans doute pas été votre cas dans les régions reculées d'Irlande.

— Vous avez peur. Vous craignez que cela ne cause une scène.

— Non. Simplement, je ne crois pas que ce soit la meilleure chose à faire.

— Dérober un peu de nourriture en usant de faux-semblants, voulez-vous dire ? Comme si des gens en mesure de se payer une réception de mariage à Grosvenor House allaient remarquer la disparition de deux ou trois tranches de saumon froid, dit-il en me prenant la main. Allons, Georgie. Ne faites pas marche arrière maintenant. Et ne me dites pas que vous n'êtes pas intéressée. Quiconque s'efforce de manger l'un des scones de chez Lyons a manifestement besoin d'un bon repas.

— C'est que…, commençai-je, consciente de sa main qui tenait la mienne. Si je me fais prendre, cela risque de provoquer un horrible esclandre.

— Si les hôtes vous remarquent et s'aperçoivent qu'ils ne vous ont pas invitée, ils seront simplement morts de honte de ne pas avoir fait figurer votre nom sur la liste des convives, et ils seront enchantés que vous soyez venue.

— Eh bien…

— Regardez-moi. Avez-vous envie de saumon fumé et de champagne, ou préférez-vous rentrer chez vous et vous nourrir de haricots blancs en boîte ?

— Bon, si vous présentez les choses de cette façon, allons-y, je vous suis !

Il rit et me prit par le bras.

— C'est parfait ! dit-il en m'entraînant à vive allure sur Park Lane.

— Si vous êtes réellement le fils de lord Kilhenny, pourquoi avez-vous besoin de jouer les pique-assiettes dans les mariages ? demandai-je, reprenant courage.

— Mon histoire ressemble à la vôtre. Ma famille n'a pas le sou. Après avoir investi beaucoup d'argent aux États-Unis, mon père a tout perdu en 1929. Un incendie a ensuite ravagé son écurie de courses. Il a tout perdu, là encore. Le jour de mes vingt et un ans, il m'a appris qu'il n'avait rien à me léguer et qu'il me faudrait faire mon chemin tout seul. Je me débrouille du mieux que je peux. Ah, nous voici arrivés.

Je levai brièvement les yeux vers le remarquable bâtiment de briques rouges et blanches situé sur Park Lane, tandis que Darcy m'entraînait dans l'escalier surmonté d'une colonnade, puis dans le hall d'entrée de Grosvenor House.

Le portier ouvrit en nous saluant.

— Vous êtes ici pour la réception de mariage, monsieur ? C'est à votre droite, dans la salle de bal bleue.

Emportée à l'autre bout du hall, je me retrouvai soudain dans une file qui s'était formée devant le comité d'accueil. Je m'attendais à être démasquée d'une seconde à l'autre, dès l'instant où les mariés échangeraient un regard. Je les imaginais déjà déclarer d'une voix forte : « Mais je ne l'ai pas invitée ! Et vous ? » Heureusement, de jeunes époux doivent être en état de choc en de telles circonstances. La mère de la mariée me murmura :

— C'est tellement aimable à vous d'être venue.

Les jeunes mariés étaient quant à eux momentanément occupés avec la personne qui nous précédait, et Darcy sauta sur l'occasion pour me guider jusqu'à un plateau de coupes de champagne qui passait non loin.

Au bout de quelques minutes durant lesquelles j'eus l'impression que mon cœur allait lâcher – redoutant à chaque seconde de sentir une main sur mon épaule et d'entendre une voix aboyer : « C'est une intruse, veuillez l'escorter vers la sortie » –, je me détendis et regardai autour de moi. L'endroit était assurément très agréable. Ce n'était pas la majestueuse salle de bal où j'avais participé à une soirée dansante lors de ma saison mondaine, mais un lieu plus petit, susceptible d'accueillir seulement deux cents personnes environ ; il était ce jour-là abondamment décoré de fleurs printanières qui dégageaient un parfum divin. À l'autre extrémité de la salle était dressée une longue table couverte d'une nappe blanche, sur laquelle j'aperçus une pièce montée de plusieurs étages. Dans un coin, un orchestre (composé, ainsi que c'est si souvent le cas, de vieux messieurs) jouait des valses de Strauss. Je pris un vol-au-vent bien chaud sur un plateau passant près de moi ; je commençais à me plaire dans cet endroit.

Darcy ne s'était pas trompé. Il suffit de se comporter comme si on était en droit d'être là pour que personne ne s'interroge sur votre présence. Des gens qui avaient une vague idée de qui j'étais s'approchèrent, et nous échangeâmes des propos du genre :

— Alors, cela fait longtemps que vous connaissez ce bon vieux Roly ?

— Je le connais très peu, à vrai dire.

— Oh, c'est donc Primrose qui vous a invitée. Quelle fille sensationnelle.

— Vous voyez à quel point c'est facile, me murmura Darcy. Lorsqu'il s'agit d'un banquet où une place assise est assignée à chaque convive, c'est là que les choses se corsent.
— Comment diable vous en sortez-vous, dans ce cas ? demandai-je, de nouveau affolée, regardant alentour afin de m'assurer qu'il n'y avait pas de salle à manger adjacente.
— Je présente mes excuses en expliquant que j'ai un train à prendre, et je m'éclipse avant le début du repas. Mais aujourd'hui, il n'y a que des amuse-gueules et un gâteau. Je me suis renseigné avant de venir. C'est ce que je fais d'ordinaire.
— Vous êtes incroyable.
Il s'esclaffa.
— Nous autres Irlandais avons appris à vivre d'expédients, vu que nous subissons votre occupation à vous autres, Anglais, depuis des siècles.
— Sachez que je suis écossaise. Pour un quart, en tout cas.
— Ah, mais ce fut votre arrière-grand-mère qui entreprit d'assujettir la moitié du monde. L'autoritaire impératrice des Indes et de tout le tralala. Cette qualité doit bien se retrouver quelque part dans votre caractère.
— Je ne saurais le dire, car je n'ai pas encore eu l'occasion d'assujettir qui que ce soit, avouai-je. Mais un rien m'amuse, alors que la reine Victoria était apparemment un vrai bonnet de nuit. Du moins après la mort de son époux, Albert. En fait, en comparaison de mes sinistres ancêtres, je me trouve plutôt normale.
— Et moi, je trouve que vous vous en êtes sacrément bien tirée, pour une jeune fille avant tout anglaise.
Je rougis de nouveau, à mon grand agacement.
— Je crois que je vais aller goûter au crabe, annonçai-je.
Je tournai les talons et tombai sur un visage familier.
— Ma chérie ! s'écria Belinda avec animation. J'ignorais que tu serais de la fête ! Pourquoi ne m'as-tu rien dit ?

Nous aurions pu partager un taxi. Qu'est-ce qu'on s'amuse, pas vrai ? Qui aurait pu imaginer que Primrose épouserait quelqu'un comme Roly ?

— Primrose ?

Je lançai un coup d'œil vers l'autre bout de la salle et aperçus la mariée de dos, dissimulée sous un long voile que tout le monde contournait prudemment.

— La jeune mariée, ma chérie, Primrose Asquey d'Asquey. Elle était à l'école avec nous, l'as-tu oublié ? Du moins pendant un trimestre. Elle a été renvoyée pour avoir expliqué aux nouvelles comment se servir d'un diaphragme.

Nous échangeâmes un regard avant d'éclater de rire.

— Je m'en souviens, maintenant.

— Elle vient d'épouser Roland Aston-Poley. Une famille de militaires. Ce qui veut dire que Primrose Asquey d'Asquey s'appelle désormais Primrose Roly Poley. Elle aurait pu trouver mieux, à mon avis.

Je ris de concert avec Belinda.

— Tu fais donc partie de la brigade de Roly ? reprit-elle. J'ignorais que tu avais des relations dans l'armée.

— Pas vraiment, répondis-je, piquant de nouveau un fard.

Je l'attrapai par le bras et l'entraînai à l'écart du gros des invités.

— En réalité, je suis venue ici avec un type incroyable. Darcy O'Mara. Le connais-tu ?

— Non, ce nom ne me dit rien. Montre-le-moi.

— De ce côté, près de la composition florale.

— Ma foi, pas mal. Tu peux me le présenter quand tu veux. Dis-moi tout ce que tu sais de lui.

— Justement, c'est le problème, chuchotai-je. Je ne suis pas certaine qu'il soit celui qu'il affirme être. C'est peut-être un escroc.

— T'a-t-il demandé de lui prêter de l'argent ?

— Non.

— Dans ce cas, il est probablement réglo. Qui prétend-il être ?

— Le fils de lord Kilhenny. Un baron irlandais.

— Ils sont des milliers. Il dit sûrement vrai. C'est donc un ami de Roly ?

— Il ne connaît aucun des mariés, murmurai-je en m'approchant plus près d'elle. Nous ne sommes pas sur la liste des invités. Apparemment, Darcy fait souvent ça, simplement pour manger à l'œil. Choquant, n'est-ce pas ? Comment ai-je pu le suivre jusqu'ici ? Je n'en reviens pas.

Je fus horrifiée de voir Belinda éclater de rire. Une fois qu'elle eut réprimé son hilarité, elle se pencha vers moi.

— Je vais te confier un petit secret. Je n'ai pas été invitée non plus.

— Belinda ! Comment as-tu pu faire une chose pareille ?

— Aisément. Tout comme vous, mon visage est familier. On me voit à l'hippodrome d'Ascot et à l'opéra. De sorte que personne ne se demande si je suis invitée ou pas. Ça marche à merveille.

— Tu m'as pourtant dit que ta carrière se déroulait très bien.

Elle fit la grimace.

— Pas tant que ça, en fait. Ce n'est pas facile de lancer une affaire, surtout quand on cherche à créer des robes pour les femmes de la haute. Elles ne veulent jamais régler leurs factures, vois-tu. Elles s'enthousiasment pour mes créations, affirment qu'elles les adorent par-dessus tout et que je suis la personne la plus ingénieuse qu'elles aient jamais rencontrée. Ensuite, elles portent mes tenues à l'opéra et, quand je leur rappelle qu'elles ne m'ont pas payée, elles font remarquer que le simple fait d'arborer lesdites tenues permet de les promouvoir et que je devrais leur en être reconnaissante. Certaines clientes me doivent parfois des centaines de livres, et les étoffes sont coûteuses.

— C'est affreux !

— Oui, c'est compliqué, acquiesça-t-elle, car si je fais des histoires et que je contrarie une de ces dames, elle en informera son cercle d'amies, et elles me laisseront toutes tomber comme une vieille chaussette.

Qu'une telle chose pût se produire n'avait rien de surprenant.

— Que comptes-tu faire ? Tu ne peux pas leur offrir indéfiniment des toilettes neuves.

— J'attends que se présente une chance unique, je suppose. Si l'une des dames de la famille royale – ou l'une des maîtresses du prince de Galles – décrète aimer mes robes, alors le monde entier voudra les porter. Et tu pourrais m'être d'un grand secours, tu sais. Si tu te mets à fréquenter ton royal cousin et son cercle d'amis, je te prêterai l'une de mes créations et tu pourras te répandre en compliments à mon propos.

— Je ne peux pas te garantir que les amies de mon cousin te paieront beaucoup plus vite que tes clientes actuelles. Mais, pour toi, je veux bien essayer. Surtout si cela me permet de porter une robe aguichante.

— Excellent ! s'exclama Belinda, radieuse.

— Je suis navrée de savoir que tu traverses une période aussi pénible.

— Oh, quelques-unes de ces dames sont honnêtes – surtout les vieilles fortunes, vois-tu. Elles ont été élevées convenablement, comme toi. À la différence des insupportables nouvelles riches qui cherchent toujours à se défiler quand il s'agit de régler leurs factures. Je pourrais nommer au moins une beauté de la haute qui m'a regardée droit dans les yeux en affirmant qu'elle avait déjà payé, alors qu'elle savait aussi bien que moi que c'était faux. Elles ne sont pas comme nous, ma chérie.

— Au moins, tu fréquentes le grand monde, dis-je en lui serrant le bras. Tu vas forcément rencontrer un homme riche et beau, et tes problèmes d'argent seront résolus.

— Toi aussi, ma chérie, toi aussi, répondit-elle en lançant un coup d'œil vers l'autre bout de la salle. J'imagine que ce bel Irlandais, fils de lord, n'a pas de fortune ?

— Il est sans le sou.

— Grands dieux ! Ce n'est donc pas un choix judicieux, en dépit de ses attraits. Toutefois, après notre petite conversation d'hier soir sur ta vie sexuelle, il ferait peut-être parfaitement l'affaire pour...

— Belinda ! sifflai-je, tandis que Darcy se dirigeait vers nous. Je viens de le rencontrer et je n'ai aucune intention de...

— Justement, ma chérie, c'est bien le problème.

Elle se retourna pour accueillir Darcy avec un sourire angélique.

La réception suivit son cours. On nous servit du saumon fumé, puis des friands à la crevette et à la saucisse, et des éclairs salés. Je retrouvais ma bonne humeur à mesure que j'ingérais du champagne, et je m'amusais bientôt pour de bon. Darcy avait disparu parmi la foule ; une fois seule, je remarquai un palmier en pot oscillant de lui-même, comme agité par un vent violent. Étant donné que même la plus petite brise n'est pas autorisée à souffler dans les salles de bal de Grosvenor House, je fus intriguée. Je me dirigeai vers ce coin de la pièce et lançai un regard derrière l'arbre. J'y découvris une apparition vêtue de satin d'un violet roi alarmant, agrippée au palmier qui se balançait. Qui plus est, je la reconnus. C'était une autre ancienne camarade de classe, Marisa Pauncefoot-Young, la fille du comte de Malmsbury.

— Marisa, sifflai-je.

Elle s'efforça de fixer son regard sur moi.

— Oh, salut, Georgie. Qu'est-ce que tu fais là ?

— À quoi joues-tu, exactement... ? Tu cherches à danser avec un arbre ?

— Je me suis tout à coup sentie prise de vertiges, alors j'ai préféré me retirer dans un coin tranquille, mais ce fichu palmier n'arrête pas de bouger.

— Marisa, tu es ivre, la tançai-je avec sévérité.

— Je le crains, soupira-t-elle. C'est la faute de Primrose, tout ça. Elle a insisté pour qu'on prenne un petit déjeuner bien arrosé : elle voulait s'armer de courage avant la cérémonie. Et puis, je me suis soudain sentie plutôt déprimée, et le champagne marche à merveille pour chasser le cafard, pas vrai ?

Je la pris par le bras.

— Bon, viens avec moi. Nous allons nous asseoir quelque part et te trouver du café noir.

Je la conduisis à l'extérieur de la salle de bal et repérai deux fauteuils dorés dans un couloir. Là, je fis signe à un serveur d'approcher.

— Lady Pauncefoot-Young ne se sent pas bien, chuchotai-je. Pourriez-vous lui apporter en vitesse une tasse de café noir ?

Le breuvage en question apparut instantanément, et Marisa le but à petites gorgées entrecoupées de frissons.

— Pourquoi ai-je toujours l'alcool triste ? Un verre de trop, et mes jambes refusent de me porter. C'est très gentil à toi, Georgie. Je ne savais même pas que tu serais des nôtres.

— Moi non plus, jusqu'à la dernière minute, expliquai-je sans mentir. Alors, dis-moi, pourquoi étais-tu si déprimée ?

— Regarde-moi, répondit-elle en se désignant d'un geste théâtral. On dirait qu'un spécimen particulièrement déplaisant de boa constricteur m'a avalée.

Elle n'avait pas tort. Sa robe était longue, moulante et violette. Et comme Marisa ne possède pour ainsi dire aucune courbe et qu'elle mesure presque un mètre quatre-vingts, on aurait pu aisément la confondre avec un tuyau d'écoulement d'un violet brillant.

— Et moi qui croyais que Primrose était mon amie. Quand elle m'a proposé d'être sa demoiselle d'honneur, j'en ai été flattée. Mais je comprends à présent que c'était simplement par obligation, étant donné que nous sommes cousines ; alors elle s'est arrangée pour que je ne l'éclipse pas lors de notre entrée dans l'église. En réalité, dans cette jupe moulante, j'ai eu le plus grand mal à la suivre jusqu'à l'autel sans chanceler. Et tout était si sombre dans Sainte-Marguerite de Westminster : je parie que j'avais l'air d'une tête flottante flanquée de deux bras désincarnés, agrippés à ce bouquet hideux. Ce n'est pas demain la veille que je lui pardonnerai.

Elle poussa un soupir avant de vider le fond de sa tasse de café.

— Et quand je suis arrivée ici, je me suis dit qu'être demoiselle d'honneur présentait d'habitude un avantage. Un baiser furtif et un câlin avec l'un des placeurs derrière les palmiers en pot, ce genre de chose. Mais regarde-les – aucun d'eux ne m'a empoignée ou pelotée. La plupart sont les grands frères de Roly, et ils sont tous venus avec leur femme. Et les autres ne sont pas très portés sur la chose – des pipelettes, tu sais.

— Des tapettes, tu veux dire.

— Ah ? Bref, tu vois où je veux en venir, n'est-ce pas ? Par conséquent, je n'ai pas eu droit à la moindre petite aventure émoustillante de tout l'après-midi. Pas étonnant que je me sois mise à boire. C'est gentil à toi de m'avoir secourue.

— Il n'y a pas de quoi. C'est à ça que servent les camarades d'école, non ?

— On s'est bien amusées aux Oiseaux, n'est-ce pas ? Parfois, cela me manque encore, de même que toutes mes anciennes copines. Je ne t'avais pas vue depuis des lustres. Que deviens-tu ?

— Oh, pas grand-chose. Je viens d'arriver à Londres, et je suis en quête d'un emploi convenable.

— Veinarde. Je t'envie vraiment. Je suis coincée à la campagne avec maman. Elle n'est pas en très bonne santé, tu sais, et elle refuse catégoriquement de me laisser partir seule à Londres. C'est à se demander comment je vais rencontrer un époux potentiel. La saison mondaine a été un complet fiasco, n'est-ce pas ? Tous ces affreux campagnards balourds qui nous tenaient dans leurs bras comme des sacs de pommes de terre. Au moins, maman envisage de louer une maison à Nice jusqu'à la fin du printemps. Je ne dirais certainement pas non à un comte français. Ils ont de merveilleux yeux tombants, si aguicheurs.

Elle leva la tête alors qu'une volée d'applaudissements se faisaient entendre dans la salle de bal.

— Oh, mon Dieu. Ils vont entamer les discours. Il faudra que je fasse acte de présence, je suppose, quand Whiffy portera un toast aux demoiselles d'honneur.

— Tu es sûre de pouvoir tenir debout sans tituber, maintenant ?

— Je vais essayer.

Je l'aidai à se relever, et elle retourna dans la salle d'un pas chancelant. Je me faufilai à l'arrière de la foule, à présent massée autour de l'estrade où se trouvait le gâteau.

Celui-ci fut découpé et servi. Les discours débutèrent. Je commençais moi aussi à sentir l'effet des trois coupes de champagne sur mon estomac relativement vide. Il n'y a rien de plus pénible que des discours à propos de gens qu'on ne connaît pas, prononcés par quelqu'un qu'on ne connaît pas davantage. Le fait que mes parents royaux parviennent à rester assis, jour après jour, en faisant mine d'être intéressés par des allocutions toutes aussi mortellement ennuyeuses les unes que les autres m'inspire une admiration sans bornes. Je cherchai vainement Darcy des yeux, puis j'arpentai les derniers rangs de l'assistance en espérant trouver un siège sur lequel m'asseoir discrètement. Les seules chaises que j'aperçus étaient occupées par des vieilles dames et un colonel antédiluvien équipé d'une jambe de bois. Je crus alors repérer la nuque de Darcy et m'enfonçai de nouveau dans la foule.

— Mesdames et messieurs, veuillez je vous prie lever vos verres en l'honneur du roi, ordonna le maître de cérémonie d'une voix tonitruante.

J'acceptai une autre coupe que me présentait un serveur. Tandis que je la levais, mon coude fut violemment ébranlé, et le champagne éclaboussa mon visage et mon corsage. Avant que j'aie pu réagir autrement que par un hoquet de stupeur, quelqu'un me dit :

— Je suis terriblement désolé. Attendez, je vais vous trouver une serviette.

Comme bon nombre de jeunes aristocrates, cet individu était incapable de prononcer la lettre « r » correctement – ou se refusait à le faire –, de sorte que je crus l'entendre articuler « tewiblement ».

Il se pencha vers une table proche, puis me tendit un linge.

— C'est un napperon à plateau.

— Vraiment désolé, répéta-t-il. C'est tout ce que j'ai pu dénicher.

Après m'être tamponné le visage au moyen du napperon, je fus à même d'observer celui qui m'avait bousculée. Il était mince et longiligne, comme un écolier trop grand pour son âge qui aurait revêtu le complet-jaquette de son frère aîné. Il s'était efforcé de lisser ses cheveux châtain foncé vers l'arrière, mais ceux-ci retombaient malgré tout sur son front, accentuant son allure juvénile ; ses yeux marron, pleins de gravité, me fixaient à présent d'un air suppliant qui me rappela un épagneul que j'avais eu autrefois.

— J'ai abîmé votre belle robe. Je suis décidément un empoté de première, poursuivit-il. Je suis d'une nullité absolue lors de ce genre d'occasions. Dès que j'enfile un complet-jaquette ou un smoking, vous pouvez être assurée que je vais renverser quelque chose, trébucher sur mes lacets ou, de façon générale, complètement me ridiculiser. J'envisage de me faire ermite et de me retirer dans une grotte perdue au sommet d'une montagne. En Écosse, peut-être.

Je ne pus m'empêcher de rire.

— Je ne pense pas que vous trouverez la nourriture aussi bonne qu'ici, fis-je remarquer. Et vous vous apercevrez probablement qu'une grotte écossaise est incroyablement froide et exposée à tous les vents. Je parle en connaissance de cause, croyez-moi.

— Vous avez sans nul doute raison, observa-t-il. Ça alors, je crois savoir qui vous êtes !

C'était une mauvaise nouvelle. Il fallait bien que cela finisse par arriver, j'imagine. Au cas où la situation se révélerait délicate, je cherchai Darcy des yeux dans la foule. Mais ce que le jeune homme dit ensuite me prit complètement au dépourvu :

— Je crois que nous sommes parents, vous et moi.

Je passai rapidement en revue tous les cousins de ma connaissance – germains, issus de germains ou au troisième degré.

— Vraiment ? m'étonnai-je.

— Eh bien, en quelque sorte. Du moins, pas tout à fait, mais votre mère était autrefois mariée à mon tuteur, et vous et moi jouions ensemble lorsque nous étions enfants. Je suis Tristram Hautbois, le pupille de sir Hubert Anstruther.

Une seule idée me traversa l'esprit : par quel terrible coup du sort un garçon incapable d'articuler correctement ses « r » avait-il été baptisé Tristram ? Prénom qu'il prononçait « Twistwam ».

— Apparemment, nous nous sommes ébattus nus dans les fontaines.

Son visage s'illumina.

— Vous vous en souvenez vous aussi ? demanda-t-il. Nous craignions de nous attirer de gros ennuis, car des tas de gens importants avaient été invités à prendre le thé sur la pelouse. Mais mon tuteur avait trouvé cela extrêmement amusant.

Il reprit soudain son sérieux.

— Vous êtes au courant, j'imagine. Ce bon vieux sir Hubert a eu un grave accident. Il est dans le coma, dans un hôpital suisse. Les médecins sont très pessimistes.

— Je l'ai appris seulement ce matin, répondis-je. J'en suis sincèrement navrée. Dans mon souvenir, c'était quelqu'un de très gentil.

— Oh, il l'était. L'un des meilleurs hommes qui soient. Il s'est montré si bon avec moi, vous savez, alors que je n'étais qu'un parent éloigné. Ma mère et la sienne étaient cousines. Sa mère était française, vous le savez peut-être. Mes parents ont été tués pendant la Grande Guerre, et il a pris des risques incroyables pour venir me chercher en France. Il m'a ensuite élevé comme son propre fils. J'ai envers lui une dette énorme, dont je ne pourrai plus m'acquitter désormais.

— Vous êtes donc français ?

— En effet, mais ma maîtrise de la langue, je le regrette, est aussi médiocre que celle d'un écolier moyen. Mes connaissances ne vont pas au-delà des clichés enseignés dans les manuels. J'en ai honte, croyez-moi, mais je n'avais que deux ans lorsque je suis arrivé à Eynsleigh. C'est une belle demeure, n'est-ce pas ? L'une des plus jolies d'Angleterre. Vous en souvenez-vous ?

— À peine. Je me rappelle vaguement les pelouses et les fameuses fontaines ; il y avait aussi un petit poney ventru, si je ne me trompe pas ?

— Squibs. Vous aviez essayé de lui faire sauter un rondin, et il vous avait désarçonnée.

— C'est exact.

Nous nous dévisageâmes en souriant. Jusqu'à cet instant, je l'avais pris pour un banal crétin sans cervelle, mais son sourire le rendait particulièrement séduisant.

— Que deviendra la maison de sir Hubert, s'il meurt ? demandai-je.

— Elle sera vendue, j'imagine. Il n'a pas d'enfant à qui la léguer. Il me considérait presque comme son fils ; malheureusement, il ne m'a jamais adopté officiellement.

— Que devenez-vous, ces temps-ci ?

— Je viens de terminer mes études à Oxford, et sir Hubert s'est arrangé pour me mettre en stage chez un notaire de Bromley – une lointaine banlieue dans le comté du Kent, figurez-vous. Je ne suis pas certain d'être taillé pour le droit, mais mon tuteur souhaitait que j'exerce un métier stable ; je dois donc m'y tenir, je suppose. Pour tout dire, je préférerais partir à l'aventure et explorer le monde, comme lui.

— C'est un petit peu plus dangereux, fis-je observer.

— Mais stimulant. Et vous, que faites-vous ?

— Je viens d'arriver à Londres et je ne sais pas encore comment je vais m'occuper. Il ne m'est pas tout à fait aussi facile de trouver un emploi.

— J'imagine en effet que ce doit être compliqué, acquiesça-t-il. Écoutez, maintenant que vous vivez là, nous pourrions explorer Londres ensemble. Il se trouve que je connais très bien la ville, et je serais enchanté de vous servir de guide.

— Avec plaisir. Je me suis installée dans la maison familiale. Rannoch House, dans Belgrave Square.

— Et moi, j'habite une chambre meublée à Bromley. C'est quelque peu différent.

Un autre jeune homme en complet-jaquette s'approcha.

— Grouillez-vous, mon vieux, dit-il à Tristram. Tous les garçons d'honneur sont attendus dehors. *Tout de suite*, ajouta-t-il en français. Nous devons saboter la voiture des mariés avant leur départ.

— Oh, d'accord. J'arrive, répondit Tristram en m'adressant un sourire contrit. Le devoir m'appelle. J'espère vous revoir bientôt.

À cet instant, Darcy réapparut.

— Êtes-vous prête à partir, Georgie ? Les jeunes mariés sont sur le point d'y aller et je me suis dit…

Apercevant Tristram à côté de moi, il s'arrêta au milieu de sa phrase.

— Oh, navré de vous interrompre. Comment allez-vous, Hautbois ?

— Plutôt pas mal. Et vous, O'Mara ?

— Je n'ai pas à me plaindre. Vous voudrez bien nous excuser ? Je dois raccompagner Georgie chez elle.

— Je me transforme en citrouille à dix-huit heures, ajoutai-je pour plaisanter.

— En espérant vous revoir prochainement, lady Georgiana, déclara Tristram d'un ton cérémonieux.

Alors que Darcy tournait les talons, s'efforçant de se frayer un chemin dans la foule pour rejoindre la sortie, Tristram me saisit le bras.

— Prenez garde à O'Mara, chuchota-t-il. Il est un peu mufle. Et pas tout à fait digne de confiance.

7.

Rannoch House
Samedi 23 avril 1932

Nous nous retrouvâmes dehors par une douce soirée d'avril. Le parc était baigné des rayons du soleil couchant.

— Bon, dit Darcy, me prenant par le bras pour me conduire en bas des marches du perron. Ça s'est plutôt bien passé, finalement. Vous avez parfaitement survécu et vous êtes beaucoup moins affamée et assoiffée qu'il y a deux heures. Vos joues arborent maintenant un joli rose, preuve de bonne santé.

— Sans doute, mais je ne crois pas que je retenterai l'expérience. C'était trop angoissant. J'ai croisé des gens qui m'ont reconnue.

— Comme cette nouille de Hautbois ? demanda Darcy d'un ton cinglant.

— Vous connaissez donc Tristram ?

— Je ne peux pas dire que je le fréquente ces temps-ci. Nous étions à l'école ensemble. Du moins, j'étais deux classes au-dessus de lui. Un jour, il a mouchardé, ce qui m'a valu une raclée de la part des professeurs.

— Qu'aviez-vous fait ?

— J'avais essayé de prendre quelque chose qui lui appartenait, je crois. Quelle petite brute pleurnicharde !

— Il semble fort agréable à présent.
— A-t-il demandé à vous revoir ?
— Il a proposé de me faire visiter Londres.
— Tiens, tiens.

À l'idée que Darcy était peut-être jaloux, un agréable frisson me parcourut. J'affichai un grand sourire.

— Comment diable le connaissez-vous ? poursuivit-il. Il n'a tout de même pas été l'un de vos cavaliers lors des ennuyeux bals pour débutantes ?

— Nous avons été pratiquement parents, à une époque. Ma mère était mariée à son tuteur. Nous avions l'habitude de... jouer ensemble.

Sans trop savoir pourquoi, je ne pus employer le mot « nus » devant lui.

— J'imagine que vous êtes plus ou moins apparentée à bien des gens sur plusieurs continents, dit-il en haussant un sourcil.

— Je crois que ma mère n'a en définitive épousé que les tout premiers de ses amants. À cette époque, elle était encore assez conformiste pour considérer le mariage comme une obligation. Maintenant, elle se contente de...

— Vivre dans le péché ?

Il m'adressa de nouveau ce sourire provocateur qui me remuait tant.

— Pour ainsi dire.

— Cela me serait impossible. En tant que catholique, si je me mariais et divorçais sans cesse, j'irais droit en enfer. Pour l'Église, le mariage est sacré et le divorce un péché mortel.

— Et si vous viviez dans le péché avec une seule et même personne ?

— Je crois qu'à choisir, l'Église préférerait cette solution, répondit-il avec un grand sourire.

Tandis que nous attendions pour traverser Park Lane, je l'observai. Totalement démuni, irlandais, et catholique par-dessus le marché. Très peu recommandable, à tout point de vue. Si j'avais encore eu un chaperon, celui-ci m'aurait poussée sans ménagement à l'intérieur du taxi le plus proche, qui m'aurait aussitôt emmenée à des kilomètres de là.

— Je vais vous raccompagner chez vous, proposa-t-il.

Comme nous traversions la rue, je titubai, et il me prit de nouveau le bras.

— Je suis parfaitement capable de rentrer seule en plein jour.

Je devais toutefois admettre que je n'étais pas tout à fait d'aplomb sur mes jambes – la faute à tout le champagne que j'avais bu et à la perspective grisante de marcher près de Darcy.

— J'en suis convaincu, mais ne préférez-vous pas goûter à cette belle soirée en ma compagnie ? Si j'en avais eu les moyens, j'aurais loué une calèche et nous aurions tranquillement parcouru au trot les avenues bordées d'arbres. Les choses étant ce qu'elles sont, nous avons toujours la possibilité de traverser le parc à pied.

— Bon, très bien, acceptai-je, plutôt de mauvaise grâce.

Vingt et une années d'une éducation des plus strictes me conjuraient de cesser de côtoyer un individu qui, m'avait-on avertie, était un mufle indigne de confiance. Pourtant, quand avais-je eu l'occasion si tentante de déambuler dans le parc avec un homme si irrésistiblement beau ?

Il n'y a rien de plus charmant qu'un parc londonien au printemps : des jonquilles pointaient entre les arbres, de nouvelles pousses vertes apparaissaient sur les châtaigniers aux belles ramures, des chevaux élégamment apprêtés quittaient les écuries pour se diriger vers Rotten Row, l'allée cavalière, et des amoureux se promenaient main dans la main ou s'asseyaient sur un banc, un peu trop proches l'un de l'autre. Je jetai à mon compagnon un coup d'œil à la dérobée. Il avançait à grandes enjambées, l'air détendu, appréciant le paysage. Il fallait que je lui fasse la conversation, je le savais. Lors de toutes les leçons de bonnes manières qu'on nous avait dispensées aux Oiseaux, quand nous devions dîner tour à tour avec chacune de nos enseignantes, celles-ci nous enfonçaient dans le crâne que laisser un silence s'abattre sur un repas mondain était un péché mortel.

— Vivez-vous vraiment à Londres ? demandai-je à Darcy.

— En ce moment, oui. Je loge dans le quartier de Chelsea, chez un ami parti en Méditerranée sur son yacht.

— Cela semble extrêmement fascinant. Vous-même, êtes-vous déjà allé en Méditerranée ?

— Oh oui, de nombreuses fois. Jamais en avril, cependant. La mer n'est pas assez calme. Je ne vaux rien comme marin.

J'essayai de formuler au mieux la question que je mourais d'envie de lui poser.

— Exercez-vous un métier, quel qu'il soit ? Car si votre père vous a complètement coupé les vivres – au point que vous êtes obligé de jouer les pique-assiettes dans les réceptions pour faire un bon repas –, comment vous en sortez-vous ?

Il baissa les yeux vers moi et afficha un large sourire.

— Je vis d'expédients, ma chère. Voilà comment je m'en sors. Et je mène une vie agréable. Les gens m'invitent à dîner quand il leur manque un convive à table. Je suis extrêmement propre et bien dressé. Je ne renverse jamais de soupe sur mon smoking. Ils m'invitent à danser avec leurs filles lors des bals qui suivent les parties de chasse. Évidemment, la plupart d'entre eux ignorent ce que je vous ai confié à propos de mes finances. Je suis le fils de lord Kilhenny. Ils me prennent pour un bon parti.

— Vous hériterez un jour du titre de votre père, n'est-ce pas ?

— Il y a des chances pour que mon paternel vive éternellement dans le seul but de me contrarier, répondit-il en riant. Nous ne nous sommes jamais vraiment entendus, lui et moi.

— Et votre mère ?

— Elle est morte durant l'épidémie de grippe de 1918. De même que mes petits frères. J'étais alors en pensionnat, et j'ai survécu. Les conditions de vie y étaient si rudes, la nourriture si infecte que même les microbes n'ont pas daigné nous rendre visite.

Il eut un sourire qui s'évanouit aussitôt.

— Je crois que mon père me reproche d'être resté en vie.

— Mais il faudra bien que vous trouviez une occupation, un jour ou l'autre, repris-je. Vous ne pourrez pas indéfiniment vous introduire en douce dans des réceptions.

— J'imagine que j'épouserai une riche héritière, probablement une Américaine, et que je vivrai heureux dans le Kentucky jusqu'à la fin de mes jours.

— Et cela vous plairait ?

— Il y a de bons chevaux, dans le Kentucky. J'aime les chevaux, pas vous ?

— Je les adore. De même que la chasse.

Il opina du chef.

— C'est dans le sang. On ne peut rien y faire. La seule chose que je regrette, c'est d'avoir perdu notre écurie de courses. À une époque, nous possédions certains des plus beaux pur-sang d'Europe.

Il s'interrompit, comme si une idée lui était soudain venue.

— Il faut que nous allions à l'hippodrome d'Ascot ensemble. Je sais choisir les chevaux gagnants. Si vous m'y accompagnez, vous toucherez une coquette somme.

— Si j'en suis capable, pourquoi ne pas gagner vous-même de coquettes sommes afin de ne plus être aussi démuni ?

Il sourit.

— Cela m'arrive de temps à autre. C'est un moyen efficace de me maintenir à flot. Mais si je m'y risquais trop souvent, j'aurais des ennuis avec les bookmakers.

Je levai les yeux et vis, à mon grand regret, que nous approchions de Hyde Park Corner ; Belgrave Square se trouvait juste de l'autre côté.

C'était l'un de ces rares soirs de printemps qui annoncent déjà l'été. Le soleil était sur le point de se coucher, et Hyde Park était flamboyant. Je me tournai pour contempler ce spectacle.

— Ne rentrons pas tout de suite. C'est agréable d'être dehors. J'ai été élevée comme une fille de la campagne, je le crains. Quand je regarde par la fenêtre, je déteste voir des cheminées et des toits.

— Je suis comme vous, répondit Darcy. Si vous voyiez le paysage depuis le château de Kilhenny – une multitude de charmantes collines verdoyantes et la mer qui scintille dans le lointain ! On ne trouve pas plus bel endroit au monde.

— Avez-vous visité de nombreux pays ? demandai-je.

— Oui, la plupart d'entre eux. Je suis même allé en Australie.

— Vraiment ?

— Oui, mon père m'avait suggéré d'y faire fortune.

— Et alors ?

— Je n'y étais pas à ma place. C'est un pays peuplé de ploucs, tous copains comme cochons. Ils aiment vivre à la dure et préfèrent avoir des cabinets dans leur arrière-cour. Sans compter qu'ils s'attendent à ce qu'on gagne sa vie à la sueur de son front. Je suis fait pour la civilisation, j'en ai bien peur.

Il trouva un banc et s'y affala tout en tapotant la place libre près de lui.

— On a une bonne vue d'ici, dit-il.

Je m'assis à côté de lui, consciente de la proximité et de la chaleur de sa cuisse contre la mienne.

— Alors, dites-moi, que comptez-vous faire maintenant que c'est terminé chez Harrods ?

— Il va me falloir trouver un autre emploi. Mais je crains que Sa Majesté n'ait d'autres projets en tête. Pour l'instant, j'ai le choix entre épouser un épouvantable prince étranger et devenir la dame d'honneur d'une grand-tante qui vit au fin fond de la campagne, où le summum de mes distractions consistera à tenir ses pelotes de laine ou à jouer au rami.

— Dites-moi, reprit-il en me considérant avec intérêt, combien de prétendants à la couronne y a-t-il réellement avant vous ?

— Je crois que je suis la trente-quatrième dans la ligne de succession. À moins que quelqu'un n'ait eu entretemps un bébé et ne m'ait fait reculer d'une place.

— Trente-quatrième, tiens donc.

— J'espère que vous n'envisagez pas de m'épouser dans l'espoir de monter un jour sur le trône d'Angleterre !

— Ce serait un atout pour les Irlandais, pas vrai ? répondit-il en riant. Roi d'Angleterre, ou plutôt prince consort d'Angleterre.

Je ris à mon tour.

— Quand j'étais petite, voici ce que j'avais l'habitude de faire : étendue sur mon lit, j'imaginais des façons d'éliminer tous ceux qui se trouvaient devant moi dans la ligne de succession. Maintenant que j'ai grandi, il faudrait me payer cher pour que j'accepte d'être reine. Bon, c'est un mensonge, en fait. Si mon cousin David me demandait en mariage, je dirais probablement oui.

— Le prince de Galles ? Vous pensez que c'est un bon parti ?

— Oui, pas vous ? m'étonnai-je.

— C'est un fils à sa maman, déclara Darcy avec mépris. C'est une mère qu'il cherche, pas une épouse. Vous ne vous en êtes pas aperçue ?

— Je crois que vous vous trompez. Il attend simplement de trouver celle qui lui conviendra.

— Ma foi, ce ne sera pas sa dernière toquade en date.

— L'avez-vous rencontrée ?

— Oh que oui.

— Et alors ?

— Elle ne fera pas l'affaire. Une femme plutôt charmante, mais assurément plus âgée que lui et beaucoup trop rompue aux usages du monde. La famille royale ne lui permettrait jamais de devenir reine.

— Pensez-vous qu'elle le veuille ?

— Eh bien, c'est discutable, car elle est pour l'heure encore mariée à un autre homme. Mais je ne devrais pas entretenir vos espoirs. Votre cousin David ne vous choisira jamais comme reine consort. Et, très franchement, vous vous lasseriez vite de lui.

— Pourquoi ? Il est très amusant, et c'est un danseur épatant.

— Il n'a aucune envergure, affirma Darcy. Aucune étoffe. Il papillonne çà et là en essayant de se trouver un but dans l'existence. Il ne vaudra rien comme roi.

— J'estime qu'il sera à la hauteur, le moment venu, rétorquai-je, vexée. Toute notre enfance, on nous a rebattu les oreilles avec notre devoir. Je suis certaine que David fera le sien un jour.

— J'espère que vous avez raison.

— La vérité, chuchotai-je sur le ton de la confidence, c'est qu'on m'a demandé d'espionner cette femme.

Tout en révélant ce détail, je pris conscience que les trop nombreuses coupes de champagne m'avaient délié la langue ; je n'aurais pas dû confier ce genre de choses à un inconnu – mais, le temps que je m'en rende compte, il était trop tard.

— L'espionner ? Qui vous a demandé une chose pareille ? s'enquit Darcy, manifestement intéressé.

— La reine. Il est prévu que je participe à une partie de campagne à laquelle le prince et sa tendre amie ont été invités, puis que je fasse mon rapport à S. M.

— Vous n'aurez probablement rien d'agréable à dire sur son compte, répliqua Darcy avec un sourire. La majorité des hommes la trouvent charmante, et la majorité des femmes ont toujours quelque vacherie à dire sur elle.

— Je suis sûre que je me montrerai extrêmement équitable dans mon jugement. Je ne suis pas encline à la méchanceté.

— C'est, je crois, une qualité susceptible de me plaire chez vous, répondit Darcy. Et ce n'est pas la seule.

Il regarda alentour. Le soleil avait disparu, et il s'était aussitôt mis à faire frisquet.

— Mieux vaut que je vous ramène chez vous avant que vous ne soyez frigorifiée.

Je devais reconnaître que j'avais froid à présent, surtout parce que mon corsage éclaboussé de champagne n'avait pas encore tout à fait séché. Et je n'avais pas de femme de chambre pour nettoyer ma robe. Comment allais-je régler ce problème ?

À Hyde Park Corner, il me prit par la main et m'entraîna dans le flot de la circulation, jusqu'au trottoir d'en face.

Une fois devant ma porte, je fouillai dans mon sac, en quête de mes clés. Comme d'habitude quand j'étais tendue, mes doigts ne m'obéissaient plus très bien.

— Me voici arrivée, dis-je – une remarque parfaitement superflue. Merci pour cet agréable après-midi.

— Remerciez plutôt les Asquey d'Asquey. Ce sont eux qui ont payé notre repas. N'allez-vous pas m'inviter à entrer ?

— Je ne crois pas que ce soit une bonne idée. Je vis seule, voyez-vous.

— Et vous n'avez même pas le droit de convier un jeune homme à prendre une tasse de thé ? J'ignorais que les règles royales étaient si strictes.

— Cela n'a rien à voir avec l'étiquette, expliquai-je en riant nerveusement. Simplement… aucune des pièces destinées à recevoir n'est ouverte, je le regrette. Et je n'ai pas encore de domestique. En fait, je campe plus ou moins dans une chambre et dans la cuisine, où mes talents culinaires se résument à réchauffer des boîtes de haricots blancs et à faire du thé. J'ai pourtant suivi des cours de cuisine à l'école, mais on ne nous apprenait que des recettes inutiles, comme celles des petits-fours – que je ratais tout le temps d'ailleurs.

— Je préfère les petits choux, dit-il, m'arrachant un sourire.

— Je n'ai jamais appris à les faire non plus.

Je lançai un coup d'œil dans le vestibule lugubre, puis regardai de nouveau Darcy. L'idée d'être seule avec lui était tentante. Mais mes bonnes manières l'emportèrent.

— Merci pour cet agréable après-midi, répétai-je en lui tendant la main. Allez, au revoir.

— Au revoir, vraiment ?

Il me décocha un regard implorant de petit garçon perdu. Je faillis me laisser attendrir. Puis je me ressaisis.

— Écoutez, Darcy, cela me ferait sincèrement plaisir de vous inviter à entrer, mais il se fait tard, et… vous comprenez, n'est-ce pas ?

— Mis à la porte, tout seul dans la neige. Comme vous êtes cruelle, ajouta-t-il avec une grimace de tragédien.

— Il y a quelques minutes encore, vous affirmiez que c'était une belle soirée.

— Bon, je constate que vous ne changerez pas d'avis, quoi que je dise. Vingt et une années d'éducation royale. Peu importe, nous aurons d'autres occasions.

Il me prit la main et, cette fois, la porta à ses lèvres pour y déposer un baiser ; un frisson me parcourut tout le bras.

— Si vous voulez, je vous emmènerai à une fête au Café de Paris la semaine prochaine, proposa-t-il nonchalamment avant de relâcher ma main.

— Vous comptez y jouer les pique-assiettes, encore une fois ?

— Évidemment. Ce sont des Américains qui la donnent. Ils adorent la noblesse britannique. Quand ils apprendront que vous appartenez à la famille royale, ils vous baiseront les pieds, vous verseront des cocktails à volonté et vous inviteront dans leurs ranchs. Viendrez-vous ?

— Sans nul doute.

— J'ai oublié la date exacte. Je vous tiendrai informée.

— Très bien, dis-je, embarrassée et ne sachant comment prendre congé. Merci encore.

— Tout le plaisir était pour moi, répondit-il sur un ton semblant insinuer que ledit plaisir avait quelque chose d'immoral.

Je me précipitai dans la maison avant qu'il puisse s'apercevoir que j'avais de nouveau rougi. Tandis que je refermais la porte derrière moi et m'immobilisais dans le hall glacial et obscur, avec son sol carrelé de blanc et de noir et ses murs au papier peint sombre et gaufré, une pensée troublante me vint à l'esprit : Darcy allait-il dorénavant se servir de moi pour s'introduire dans un plus grand nombre de réceptions encore ? Peut-être étais-je simplement son ticket d'entrée assuré pour pénétrer dans des endroits dont il avait jusque-là été exclu.

L'espace d'une seconde, l'indignation s'empara de moi. L'idée d'être flattée et exploitée ne me plaisait guère, pas davantage que l'on pût flirter avec moi sans être vraiment sincère. Je devais pourtant reconnaître que c'était plus amusant que la vie monotone que j'avais menée ces derniers temps. C'était assurément mieux que de faire des mots croisés au château de Rannoch ou de m'attabler dans ma cuisine souterraine devant une assiette de haricots blancs. Comme je l'avais déjà dit, qu'avais-je donc à perdre ?

8.

Rannoch House
Samedi 23 avril 1932

Je m'apprêtais à monter dans ma chambre afin d'ôter ma robe, quand je remarquai deux enveloppes dans la boîte aux lettres. Presque personne ne savait encore que j'étais en ville, aussi recevoir du courrier était-il inhabituel. Sur l'une des enveloppes, je reconnus l'écriture de ma belle-sœur, assortie des armoiries de Glen Garry et Rannoch (deux aigles essayant de s'éventrer au sommet d'une montagne escarpée) ; j'ouvris donc d'abord l'autre. C'était l'invitation attendue. Lady Mountjoy serait vraiment ravie que lady Georgiana puisse se joindre à eux dans leur résidence secondaire, où se tiendraient une partie de campagne et un bal masqué.

Suivaient deux post-scriptum. Le premier, cérémonieux : *Veuillez apporter des déguisements, aucune boutique dans le voisinage ne louant ce genre de tenues.* Et le second, moins solennel : *Imogen sera tellement enchantée de vous revoir.*

Imogen Mountjoy était l'une des filles les plus assommantes et guindées qui soient. Elle et moi avions à peine échangé plus de deux mots de toute la saison mondaine, et chaque fois à propos de chasse à courre ; je ne pouvais donc honnêtement croire qu'elle était enchantée à la pensée de me revoir, mais c'était un geste amical, et je résolus de répondre dès que j'aurais lu la missive de Fig.

Chère Georgiana,

Binky vient de m'informer qu'il doit faire un saut en ville lundi pour régler une affaire urgente et imprévue. L'affligeante situation du monde actuel étant ce qu'elle est, et chacun étant contraint de faire des économies, je me suis dit qu'envoyer du personnel avant l'arrivée de Binky afin d'ouvrir la maison occasionnerait des dépenses absurdes et inutiles, étant donné que vous vous y trouvez déjà. Puisque vous vivez pour ainsi dire « aux frais de la princesse », j'espère que ce ne sera pas trop vous demander d'aérer la chambre à coucher et le bureau de Binky, et peut-être le petit salon afin qu'il puisse y lire les journaux. (Vous avez pris un abonnement au Times, *je l'espère.)*

Je suis certaine qu'il prendra ses dîners à son club, vous n'avez donc pas à vous soucier des repas. Je suppose qu'il doit faire plutôt froid dans la maison. Vous pourriez peut-être faire un feu dans la chambre de Binky le jour de son arrivée. Au fait, n'oubliez pas non plus de mettre une bouillotte dans son lit.

Votre belle-sœur qui vous aime,

Hilda

Fig avait toujours été réputée pour sa raideur vieux jeu. Personne ne l'appelait jamais Hilda. Et c'était compréhensible. Je n'avais jamais entendu un nom aussi ridicule pour une duchesse. Si on m'avait baptisée ainsi, je me serais noyée dans la baignoire de ma nursery plutôt que de devoir grandir avec un tel fardeau sur les bras.

Je contemplai la lettre pendant un moment.

— Quel toupet ! m'exclamai-je à haute voix – et mes paroles se répercutèrent contre le haut plafond du vestibule.

Non seulement ils m'ont coupé les vivres, mais ils me traitent à présent comme une servante. Elle oublie peut-être que je suis toute seule ici, sans même une femme de chambre. S'attend-elle à ce que j'époussette les meubles, fasse les lits et allume les feux de cheminée moi-même ? Je pris alors conscience d'une chose : l'idée que je puisse vivre sans domestique n'avait probablement jamais effleuré Hilda. Elle devait se figurer que j'avais déjà embauché quelqu'un.

Une fois calmée, je me dis que sa requête n'était finalement pas aussi déraisonnable que cela. J'étais tout de même suffisamment robuste pour ôter quelques housses de protection, voire passer un balai mécanique dans une ou deux pièces. Jusqu'à ce que je sois envoyée aux Oiseaux, j'avais grandi sans jamais avoir eu besoin de faire mon lit ou d'aller me chercher un verre d'eau. Mais j'en étais capable. Et mes progrès étaient vraiment remarquables. Évidemment, je n'avais pas encore essayé d'allumer un feu, mais, la veille, mon grand-père m'avait déjà donné des instructions élémentaires. C'était l'idée du « trou à charbon », comme il l'appelait – la cave tant redoutée, grouillante d'araignées –, qui me rebutait. Pourtant, il faudrait bien que je m'y attaque, à un moment ou à un autre. Vu le nombre de mes ancêtres qui avaient participé aux batailles de Bannock Burn et de Waterloo, et à toutes celles qui s'étaient déroulées entre-temps, je devais avoir hérité d'assez de cran pour affronter une cave à charbon. Le lendemain était un dimanche, il était prévu que je déjeune avec mon grand-père. Je lui demanderais de me faire réviser les étapes de cette opération. Rien ne pourrait vaincre une Rannoch, qu'on se le dise !

★

Le dimanche venu, je me levai de bon matin, prête à m'atteler à la tâche. Je passai un tablier déniché dans un placard de l'office et nouai un fichu sur mes cheveux. Je trouvai finalement plutôt amusant d'arracher les housses des meubles et de les secouer par la fenêtre. J'étais en train de valser avec mon plumeau quand on frappa à la porte. Sans réfléchir à la façon dont j'étais habillée, j'ouvris et découvris Belinda sur le seuil.

— Madame reçoit-elle des visiteurs aujourd'hui ? demanda-t-elle avant de me reconnaître avec un sursaut. Georgie ! Ça alors ! Comptes-tu passer une audition pour le rôle de Cendrillon ?

— Quoi ? Oh, ça, dis-je en jetant un coup d'œil à mon plumeau. J'obéis aux ordres de ma chère belle-sœur. Elle veut que je prépare la maison pour mon frère, qui arrive demain. Entre donc.

Nous traversâmes le vestibule, puis montâmes au premier, où se trouvait le petit salon. Les fenêtres étaient ouvertes, et une brise fraîche agitait les rideaux de dentelle.

— Tu peux t'asseoir. Le siège vient d'être épousseté.

Elle me dévisagea comme si je m'étais transformée en une étrange et dangereuse créature.

— Elle ne t'a tout de même pas demandé de faire le ménage toi-même ?

— Hélas, si. Assieds-toi, je te prie.

— Quelle idée ! répondit Belinda en s'exécutant.

— Je crois que le terme qui qualifie le mieux ma belle-sœur est « économe ». Elle n'a pas voulu payer de billets de train supplémentaires afin d'envoyer du personnel avant l'arrivée de Binky. Elle m'a rappelé que je vivais à leurs crochets, suggérant de ce fait que je devais bien ça à Mme la duchesse.

— Quel culot ! s'exclama Belinda.

— Je partage entièrement ton avis, mais elle s'imagine à l'évidence que j'ai embauché une bonne. Elle m'a longuement sermonnée sur le fait que les domestiques londoniens n'étaient pas fiables et qu'il me faudrait vérifier leurs références.

— Pourquoi donc n'es-tu pas venue avec ta propre femme de chambre ?

— Fig a refusé de se passer de l'une des nôtres et, franchement, je n'aurais pas eu les moyens de la payer. Mais ce n'est pas si terrible, tu sais. Je me suis en réalité bien amusée. Je deviens plutôt douée pour le ménage. Ce sont sans doute les talents de mes humbles ancêtres maternels qui se manifestent peut-être en moi, mais il y a quelque chose de très satisfaisant à astiquer des objets.

J'eus soudain l'impression qu'un éclair d'inspiration divine m'avait frappée.

— Attends ! Je viens d'avoir une idée merveilleuse… Je cherche un emploi rémunéré, n'est-ce pas ? Et si je proposais mes services comme femme de ménage ?

— Georgie ! Tu dois devenir indépendante, je suis entièrement d'accord, mais il y a des limites à tout. Un membre de la Maison Windsor jouant les bonnes à tout faire ? Ma chérie, imagine un peu le scandale lorsque cela se saura.

— Personne n'a besoin de connaître ma véritable identité, pas vrai ?

De plus en plus séduite par cette idée, je fouettai l'air de mon plumeau à une ou deux reprises.

— Et si je baptisais mon affaire l'« agence du Diadème » ? Personne ne saura jamais que j'en suis l'unique employée. C'est mieux que de mourir de faim, de toute manière.

— Et cette histoire de dame d'honneur ? Comment t'y prendras-tu pour rejeter la proposition de la reine ?

— Très prudemment. Mais, heureusement, rien ne se règle du jour au lendemain au palais. Lorsque S. M. aura fini par arranger la chose, je serai en mesure de lui annoncer que j'ai une occupation à temps plein et que mes finances sont stables.

— Dans ce cas, je ne peux que te souhaiter bonne chance, je suppose. Ce n'est pas moi qui irais nettoyer des cabinets.

— Oh, mon Dieu, fis-je, redescendant brusquement sur terre. Je n'avais pas pensé aux toilettes. J'imaginais plutôt un rapide époussetage au moyen de mon plumeau si pratique. Au moins, je sais le manier.

Belinda s'esclaffa.

— J'ai peur que le réveil ne soit brutal. Il y a des gens vraiment dégoûtants, tu sais.

Elle se cala dans son fauteuil capitonné de velours et croisa les jambes – un mouvement sans doute longuement répété, destiné à rendre les hommes fous d'elle.

— Alors, as-tu apprécié la compagnie du séduisant M. O'Mara ? demanda-t-elle.

— Il a beaucoup d'allure, tu ne trouves pas ?

— Dommage qu'il soit sans le sou. Ce n'est pas exactement le genre de cavalier qu'il te faut en ce moment.

— Nous allons peut-être bien ensemble, lui et moi.

— Vous avez essayé, je suppose ?

— Essayé quoi ?

— D'être ensemble.

— Nous venons de faire connaissance, Belinda. Il m'a cependant baisé la main sur le pas de la porte et a suggéré que je l'invite à l'intérieur.

— Vraiment ? C'est tout à fait contraire aux usages britanniques ! ironisa-t-elle.

— Je dois avouer que j'ai apprécié son baisemain ; j'ai failli céder et le laisser entrer.

Elle hocha la tête.

— C'est un Irlandais, naturellement. Des gens fougueux, mais plus amusants que les Anglais, j'en conviens. Dieu sait que ces derniers ne sont absolument pas versés dans l'art délicat de la séduction. Au mieux, la plupart d'entre eux nous donnent une claque sur les fesses en nous demandant si nous avons envie d'une bonne vieille partie de jambes en l'air.

— Cela résume en effet ce que j'ai pu constater jusqu'ici, acquiesçai-je.

— Eh bien, tu vois. Il se peut que Darcy soit l'homme qu'il te faut.

— Comme époux ? Nous mourrions de faim.

— Mais non, répliqua-t-elle en secouant la tête, comme découragée par ma stupidité. Tu pourrais grâce à lui te débarrasser du fardeau qui t'accable. Ta virginité, plus précisément.

— Belinda ! Enfin !

Voyant le rouge me monter aux joues, elle s'esclaffa.

— Il faut bien que quelqu'un s'occupe de toi avant que tu ne deviennes une vieille fille aigrie. Mon père affirme que les femmes, passé vingt-quatre ans, sont irrécupérables. Il ne te reste donc pas plus d'un an ou deux.

Elle me dévisagea, attendant une réponse de ma part, mais j'étais incapable de trouver mes mots. J'avais le plus grand mal à discuter de ma virginité.

— Tu comptes le revoir ? s'enquit Belinda.

— Il m'emmène à une fête au Café de Paris la semaine prochaine.

— Oh, ma chérie ! La grande classe.

— On va de nouveau jouer les pique-assiettes, je le crains. Selon Darcy, les hôtes américains se mettront en quatre quand ils sauront qu'un membre de la famille royale se trouve parmi eux.

— Il a parfaitement raison. Quand est-ce ? demanda-t-elle en sortant un petit agenda de son sac.

— Belinda, tu es aussi malhonnête que lui.

— Nous sommes peut-être des âmes sœurs. Tu devrais nous tenir à l'écart l'un de l'autre. Je crois qu'il me plaît bien, mais rassure-toi, je ne marcherais jamais sur les plates-bandes d'une ancienne copine d'école. Et le fait qu'il n'ait pas un sou le rend de toute manière moins désirable. J'ai vraiment des goûts de luxe.

Elle se leva d'un bond et s'empara de mon plumeau.

— J'ai failli oublier la raison de ma visite. Hier, au mariage, je suis tombée sur une autre copine d'école.

Sophia, la petite comtesse hongroise rondelette. Tu ne l'as pas croisée ?

— Non. Il y avait une foule de gens, et j'essayais de faire profil bas.

— Bon, quoi qu'il en soit, elle m'a conviée à une fête cet après-midi, sur une péniche amarrée à Chelsea, et j'ai demandé si je pouvais t'amener. Je t'ai cherchée, mais tu avais disparu.

— Darcy et moi nous sommes éclipsés avant que les invités ne se dispersent.

— Alors, tu m'accompagneras à cette fête ?

— Ce devrait être amusant. Oh, attends. Non, finalement, je ne peux pas, je regrette. J'ai promis à mon grand-père de déjeuner avec lui. En fait, je dois aller me changer et filer au plus vite, ajoutai-je en consultant ma montre.

— Ton grand-père roturier, j'imagine ?

— L'autre est mort depuis longtemps. Si je voulais le voir, il faudrait organiser une séance de spiritisme, et je devrais me passer de repas.

— Et celui qui est en vie ? Je crois me souvenir que ta famille essayait d'empêcher tout contact avec lui. Pour quelle raison ?

— C'est un cockney, Belinda, mais aussi un vieux monsieur adorable, de loin la personne la plus gentille que je connaisse. J'aimerais pouvoir l'aider davantage. Il est à court d'argent en ce moment, et il a besoin d'un séjour au bord de la mer. Justement, mon agence de domestiques sera peut-être une telle réussite que je pourrai lui payer des vacances, et il ira beaucoup mieux ! ajoutai-je, retrouvant ma bonne humeur.

Belinda me dévisagea avec méfiance.

— Je ne suis pas du genre à voir le mauvais côté des choses, mais je crois que tu vas au-devant du désastre, mon ange. Si le palais avait un jour vent de ton nouveau choix de carrière, on te marierait aussitôt au détestable

Siegfried, je le crains, et tu finirais enfermée dans un château roumain en moins de deux.

— Nous sommes une démocratie, Belinda. J'ai vingt et un ans, je ne dépends plus de personne et je ne suis pas la prétendante au trône, alors, très franchement, je me fiche comme d'une guigne de ce qu'ils pensent, au palais !

— Bien dit, ma vieille, répondit-elle en applaudissant. Allez, je vais t'aider à rédiger une petite annonce avant que tu ne t'en ailles.

— D'accord, acquiesçai-je, me dirigeant vers le secrétaire pour y prendre de quoi écrire. Crois-tu que le *Times* soit préférable au *Tatler* pour attirer une clientèle comme il faut ?

— Passe ton annonce dans les deux. Certaines femmes n'ouvrent jamais un journal, mais consultent toujours le magazine *Tatler* pour voir si on y parle d'elles.

— Bon, je piocherai dans mes économies pour payer deux annonces. J'espère qu'on me confiera rapidement une première mission ; sinon, d'ici une semaine, je risque d'avoir recours à la soupe populaire.

— Quel dommage que tu ne puisses pas m'accompagner cet après-midi. Sophia est une fille robuste, typique d'Europe centrale, je suis ainsi certaine qu'il y aura de la nourriture à revendre. Et elle fréquente toutes sortes de gens charmants, très bohèmes – des écrivains, des peintres, etc.

— J'aimerais bien, mais je suis sûre qu'il y aura aussi de quoi manger chez mon grand-père. Il m'a promis un rôti et des légumes. Alors, qu'allons-nous mettre dans cette petite annonce ?

— Tu dois faire clairement comprendre à tes clientes que tu ne tiens pas à nettoyer leurs cabinets ; propose simplement de faire la poussière et d'ouvrir leur maison. Que penses-tu de : « Vous venez à Londres, mais souhaitez laisser votre personnel dans votre manoir à la campagne ? »

Je griffonnai sa suggestion, très concentrée.

— Oh, c'est excellent. Et nous pourrions ajouter : « L'agence du Diadème aère votre demeure et la prépare avant votre arrivée. »

— Et tu te fais recommander par quelqu'un de prestigieux.

— Mais comment ? Je ne peux tout de même pas demander à Fig de me fournir des références et, jusqu'à maintenant, sa maison est la seule où j'aie exercé mes talents.

— Tu te recommandes toi-même, espèce de gourde. « Lady Victoria Georgiana, sœur du duc de Glen Garry et Rannoch, recourt à nos services. »

— Belinda, tu es absolument géniale, dis-je en riant.

— Je sais, répondit-elle avec modestie.

★

Le déjeuner fut extrêmement réussi – un délicieux gigot d'agneau, des pommes de terre rôties croquantes et du chou du potager de grand-papa, le tout suivi d'une pomme cuite au four servie avec de la crème anglaise. J'éprouvai par instants quelques remords, me demandant s'il pouvait vraiment se permettre de m'offrir un repas pareil, mais il prenait à l'évidence tant de plaisir à me regarder manger que je me résolus à en apprécier chaque bouchée.

— Après le déjeuner, tu dois m'apprendre à allumer un feu. Sérieusement. Binky arrive demain, et on m'a ordonné de préparer une flambée dans sa chambre.

— Ma foi, ça m'en bouche un coin ! Ils ont un de ces toupets. Ils te prennent pour leur bonniche ? Je vais lui dire ses quatre vérités, à ton frère.

— Oh, ne lui en veux pas. Il est adorable, tu sais. Très distrait, bien entendu ; il ne s'aperçoit jamais de rien. Et il n'est pas très futé. Mais, au fond, il a bon cœur. Et c'est en partie ma faute, je suppose. Pour ma belle-sœur, il allait de soi que j'engagerais du personnel dès mon arrivée à Londres. J'aurais dû lui préciser que je n'en avais pas les moyens. J'aurais dû ravaler mon stupide orgueil.

Mon grand-père secoua la tête.

— Je te l'ai dit, ma chérie. Avant d'allumer un feu, tu devras descendre dans la cave à charbon.

— J'irai, s'il le faut vraiment. Je suis sûre que des tas de domestiques ont survécu à cette expérience. Et ensuite ?

Il me fournit des explications détaillées – comment se servir de papier journal, disposer le petit bois, placer le charbon au-dessus et ouvrir les clapets de l'âtre. Ces tâches semblaient décourageantes.

— J'aimerais pouvoir t'accompagner en ville et m'en occuper à ta place, dit-il. Mais je ne pense pas que ton frère apprécierait ma présence chez lui.

— J'aimerais tant que tu viennes vivre avec moi pendant quelque temps, répondis-je. Non pour veiller sur moi, mais pour me tenir compagnie.

Il me regarda de ses yeux sombres remplis de sagesse.

— Ah, mais ça ne marcherait jamais, pas vrai ? Nous n'appartenons pas au même monde, mon canard. Tu insisterais pour que je m'installe à l'étage et ça me gênerait et, en même temps, ça m'embêterait de dormir à l'office, comme un domestique. C'est donc mieux ainsi. Tes visites me font plaisir mais, ensuite, tu repars dans ton monde et je reste dans le mien.

Un peu plus tard, tandis que je passais devant les nains de jardin et m'éloignais sur Glanville Drive, je lançai derrière moi un regard plein de regrets.

9.

Rannoch House
Dimanche 24 avril 1932

De retour à Rannoch House, je passai mon costume de femme de chambre, relevai mes cheveux et m'aventurai au sous-sol, en quête du redoutable trou à charbon. Ainsi que grand-papa l'avait prédit, c'était un endroit affreux – une ouverture sombre, haute d'une soixantaine de centimètres seulement, située près de la cage d'escalier extérieure donnant sur la cuisine. Aucune pelle en vue ; je n'avais pourtant pas l'intention de plonger le bras dans cet abysse obscur. Qui sait ce qui rôdait là-dedans ? Je retournai dans la cuisine, où je dénichai une grosse louche et un torchon accroché à un égouttoir. Je me servis de la louche pour racler de petits morceaux de charbon, puis les ramassai un à un au moyen du torchon avant de les déposer dans un seau. En procédant ainsi, il me fallut une bonne demi-heure pour le remplir, mais, au moins, je ne touchai aucune araignée et ne me salis pas les mains. Munie de mon seau, je remontai enfin à l'étage d'un pas chancelant ; j'éprouvais une admiration et un respect nouveaux pour Maggie, ma domestique, qui s'astreignait à l'évidence à cette corvée tous les matins.

Je m'entraînai à allumer un feu dans ma chambre ; le soir venu, la pièce était enfumée, mais une flambée crépitait dans l'âtre. J'étais plutôt fière de moi-même. La chambre de Binky était prête à l'accueillir, bien aérée, avec des draps propres dans le lit. Je préparai alors un feu dans sa cheminée et j'allai me coucher satisfaite.

Le lundi matin, je me rendis aux bureaux du *Times*, où je passai une annonce qui serait publiée en première page. Je fournis une boîte postale pour les réponses, car Binky n'aurait sans doute guère apprécié que l'on vienne s'enquérir d'une femme de ménage à Rannoch House. J'allai ensuite au *Tatler*, où je fis de même.

Je venais de rentrer quand on frappa à la porte. Un inconnu se tenait sur le seuil. C'était un individu à l'aspect sinistre, tout vêtu de noir, avec un long pardessus ; son chapeau à large bord était incliné vers l'avant, de sorte qu'il était difficile de voir ses yeux. Ce que je pus distinguer de ses traits me déplut. Il avait peut-être été beau autrefois, mais son visage s'était affaissé. Il avait aussi la pâleur terreuse de ceux qui étaient rarement au grand air. Personne au château de Rannoch n'avait jamais eu un teint pareil. Au moins, là-bas, nous avions les joues les plus rosées qui soient grâce au vent mordant.

— Je viens voir le duc, dit-il avec un accent apparemment français. Veuillez immédiatement l'informer de l'arrivée de Gaston de Mauxville.

— Je suis navrée, mais il n'est pas encore là. Je ne l'attends pas avant cet après-midi.

— C'est extrêmement fâcheux, dit-il en faisant claquer un gant de cuir noir dans sa paume ouverte.

— Il est au courant de votre visite, je suppose ?

— Bien entendu. Je patienterai à l'intérieur, déclara-t-il, me bousculant pour essayer d'entrer.

— C'est hors de question, je le regrette, répliquai-je, prenant aussitôt en grippe cet homme aux manières arrogantes. Je ne sais pas qui vous êtes. Je vous suggère de revenir plus tard.

— Ça alors, jeune impudente ! Je vous ferai renvoyer, affirma-t-il avant de lever un gant – et, l'espace d'un instant, je crus qu'il allait me frapper. Savez-vous à qui vous vous adressez ?

— Plus important encore, savez-vous à qui *vous* vous adressez ? demandai-je en lui décochant mon regard le plus glacial. Je suis la sœur du duc, lady Georgiana de Rannoch.

À ces mots, il perdit un peu de son air fanfaron.

— Mais vous avez ouvert la porte comme une servante, continua-t-il pourtant, bafouillant. C'est fort inhabituel, fort embarrassant.

— Je suis désolée, mais nos domestiques sont encore en Écosse. Je suis seule à la maison, et mon frère serait mécontent d'apprendre que j'ai reçu un inconnu sans chaperon ; je suis certaine que vous ne me contredirez pas sur ce point.

— Très bien. Dites-lui que je souhaite le voir dès son arrivée. Je suis descendu à l'hôtel Claridge's.

— Je l'en informerai, mais j'ignore tout de ses projets. Avez-vous une carte ?

— Oui, quelque part, répondit-il en tapotant différentes poches de son habit. Mais, en l'occurrence, je crois que cela sera inutile.

Il tourna les talons, comme pour partir, puis reporta soudain son regard sur moi.

— Est-ce la seule demeure que vous possédez, hormis le château de Rannoch ?

— Oui. Et c'est à mon frère qu'elle appartient, pas à moi.

— Naturellement. Et ce château… comment est-il ?

— Glacial et plein de courants d'air.

— Extrêmement fâcheux. Bon, tant pis. Et le domaine ? Produit-il de bons revenus ?

— Je n'en ai pas la moindre idée. Et même si je le savais, je n'en discuterais pas avec un inconnu. Pardonnez-moi, mais j'ai à faire.

Sur ce, je refermai la porte. Quel horrible individu. Pour qui se prenait-il, au juste ?

Binky arriva autour de seize heures, lui aussi plutôt agité car il avait voyagé sans valet de chambre.

— Je n'ai pas trouvé de porteur et j'ai dû traverser la gare en trimbalant moi-même mon bagage, ronchonna-t-il. Je suis vraiment content que tu sois encore là. Je te croyais partie pour aider aux préparatifs de je ne sais plus quel mariage.

— Pas avant deux semaines, déclarai-je, heureuse qu'il me remette en tête l'histoire que j'avais concoctée pour faciliter ma fuite. Et j'ai cru comprendre que la maison de la future mariée était envahie de parents ; je continuerai donc de loger ici, si cela te convient.

Il hocha la tête d'un air distrait.

— Je suis complètement vanné, Georgie. Je crois qu'un bon bain, puis du thé et des crumpets devraient me remonter.

— Tu prends toujours des bains froids, n'est-ce pas ?

— Des bains froids ? Tous les jours quand j'étais au pensionnat, évidemment ; mais, ces temps-ci, plus de mon plein gré.

— Eh bien, il n'y a pour l'heure pas d'autre option, répondis-je en me réjouissant secrètement de cette situation. La chaudière n'a pas été allumée.

— Pourquoi diable… ?

— Parce que je suis seule ici depuis mon arrivée, mon cher frère, et que ta femme ne m'a pas autorisée à la mettre en route – quand bien même j'aurais été capable d'accomplir un tel exploit. Le matin, je me fais chauffer une casserole d'eau pour ma toilette, et je crains que tu ne doives t'en contenter toi aussi.

— Flûte alors ! C'est un coup rude pour quelqu'un qui arrive d'Écosse après un voyage long et exécrable dans un train glacial et…

Il s'interrompit, comme si mes paroles avaient enfin pénétré jusqu'à son cerveau.

— Seule ici, as-tu dit ? Sans femme de chambre ni personne d'autre ?

— Oui, toute seule. Fig a refusé de se défaire d'un de vos domestiques, et je n'ai pas de quoi rémunérer qui que ce soit, ainsi que tu devrais parfaitement le savoir, puisque c'est toi qui m'as coupé les vivres le jour de mon vingt et unième anniversaire.

Il s'empourpra.

— Dis donc, Georgie, à t'entendre, on pourrait me prendre pour un monstre. Je ne voulais absolument pas en arriver là mais, nom d'un chien, je n'ai tout simplement pas les moyens de subvenir à tes besoins pour le reste de tes jours. Tu es censée te marier, tu sais, afin qu'un autre pauvre type s'occupe de toi.

— Merci pour ces douces paroles.

— Si je comprends bien, tu essaies de me dire qu'il n'y a ici personne pour me faire couler un bain, me servir du thé et des crumpets, rien de tout ça ?

— Je peux te préparer du thé et des toasts, lesquels sont presque aussi bons que les crumpets, d'après ta femme.

— Tu sais vraiment faire tout ça ? Georgie... tu es sacrément ingénieuse.

Je ne pus réprimer un rire.

— J'ai peine à croire que servir du thé et des toasts relève du génie. Mais j'ai appris une ou deux choses au cours de la semaine passée. Tu trouveras dans ta chambre un feu que j'ai préparé et allumé sans l'aide de personne.

Je tournai les talons pour le conduire à l'étage et j'ouvris sa porte avec un grand geste de la main.

— Comment diable t'en es-tu sortie ?

— Mon grand-père m'a montré comment m'y prendre.

— Ton grand-père ? Il est venu ici ?

— Ne t'inquiète pas. Il n'a pas mis les pieds à Rannoch House. Je lui ai rendu visite.

— Jusqu'en Essex ?

À l'entendre, on aurait pu penser que j'avais traversé le désert de Gobi à dos de chameau.

— Binky, contrairement aux idées reçues, nombre de gens sont déjà parvenus à gagner l'Essex et à en revenir sains et saufs.

Je le fis entrer et attendis qu'il me complimente sur mon feu et sur l'éclatante propreté des lieux. Mon frère étant un homme, ni l'un ni l'autre ne l'impressionnèrent, et il commença à déballer son sac de voyage.

— Au fait, tu as eu un visiteur ce matin, annonçai-je. Un gros Français des plus désagréables. Gaston quelque chose. Extrêmement arrogant. Où diable as-tu fait sa connaissance ?

Binky avait pâli.

— Pour tout dire, je ne l'ai pas encore rencontré. Nous avons seulement correspondu. Mais c'est pour le voir que je suis venu à Londres, dans l'espoir de régler la situation.

— Quelle situation ?

Binky était planté devant moi, serrant son pyjama dans son poing.

— Je suppose que tu as le droit de savoir. Je n'en ai même pas encore parlé à Fig. Je n'ose pas. J'ignore comment j'arriverai à le lui dire un jour, mais il faudra bien qu'elle finisse par être mise au courant.

— De quoi s'agit-il ? demandai-je.

Il se laissa tomber sur le lit.

— Ce Gaston de Mauxville est apparemment une sorte de joueur professionnel, et apparemment il disputait régulièrement des parties de cartes avec papa à Monte-Carlo. Tu as dû deviner, j'imagine, que notre père n'était pas très doué pour les jeux d'argent. Apparemment, c'est dans ces casinos qu'il a dilapidé ce qui restait de la fortune familiale. Et apparemment, il a perdu davantage encore que la fortune familiale.

— Peux-tu cesser de répéter « apparemment » ? rétorquai-je d'un ton sec. Si ce ne sont que des rumeurs, cela ne m'intéresse pas.

— Oh, ce sont des faits avérés, répondit mon frère avec un profond soupir. Apparemment… non, *en réalité*, ce malotru de Gaston de Mauxville affirme que papa aurait misé le château de Rannoch lors d'une partie de cartes et qu'il aurait perdu.

— Papa a perdu notre maison de famille au jeu ? Et c'est cet horrible étranger empâté, ce grossier individu, qui l'a gagnée ? m'entendis-je brailler d'une voix stridente, parfaitement indigne d'une lady bien élevée.

— Apparemment.

— Je refuse de le croire. Cet homme est un escroc.

— Il soutient être en possession d'un document irréfutable. Il a l'intention de me le montrer aujourd'hui.

— Un tribunal britannique n'en tiendrait pas compte, Binky.

— J'ai rendez-vous avec nos notaires demain. De Mauxville affirme cependant que ce document a été légalisé et certifié conforme en France, et qu'aucun tribunal au monde ne pourrait le contester.

— C'est affreux, Binky.

Nous nous dévisagions, horrifiés.

— Je comprends maintenant pourquoi il m'a interrogée à propos du château de Rannoch, repris-je. Je suis très contente de lui avoir dit que l'endroit était glacial et plein de courants d'air. Si j'avais su, j'aurais ajouté qu'il était hanté. Tu penses qu'il a vraiment envie d'y vivre ?

— Ce qu'il veut surtout, je crois, c'est que j'achète son silence.

— Peux-tu te le permettre ?

— Absolument pas. Tu sais que nous sommes complètement fauchés, Georgie. Entre la fortune que papa a perdue à Monte-Carlo et les droits de succession qu'il m'a mis sur le dos après son suicide…, poursuivit-il avant de lever soudain les yeux, plein d'espoir. J'ai trouvé ! Je vais le provoquer en duel. Si de Mauxville est un homme d'honneur, il relèvera le défi. Nous nous battrons pour le château de Rannoch, d'homme à homme.

Je m'approchai de lui et posai la main sur son épaule.

— Binky, mon chou, je m'en veux d'avoir à te le rappeler, mais tu es sans nul doute le pire tireur du monde civilisé – papa excepté. Tu n'as jamais réussi à toucher une grouse, un chevreuil, un canard ou n'importe quelle autre créature capable de se mouvoir.

— De Mauxville sera immobile, planté devant moi. Et c'est une large cible. Je ne peux pas le rater.

— Il est très probable qu'il dégainera le premier, et il doit être le meilleur tireur de France. Si je suis déjà privée de ma maison de famille, je n'ai pas envie que mon frère soit tué par la même occasion.

Binky enfouit son visage entre ses mains.

— Qu'allons-nous faire, Georgie ?

— Nous ne nous laisserons pas intimider, assurai-je en lui tapotant l'épaule. Nous trouverons bien une solution. Au pire, nous l'emmènerons en Écosse pour lui faire visiter sa nouvelle demeure et il attrapera une pneumonie au bout d'une semaine. Sinon, je lui ferai gravir le rocher à pic afin de lui montrer la vue sur le domaine, puis je le pousserai dans le vide !

— Georgie !

Binky, d'abord choqué, finit par s'esclaffer.

— En amour comme à la guerre, tous les coups sont permis, dis-je. Et c'est la guerre.

★

Binky ne rentra à la maison que tard dans la soirée. Je n'étais pas allée me coucher, préférant l'attendre, impatiente de savoir comment s'était passé son entretien avec l'exécrable Gaston de Mauxville. Dès que j'entendis la porte d'entrée claquer, je me précipitai au rez-de-chaussée, juste à temps pour voir mon frère s'engager péniblement dans l'escalier.

— Alors ? demandai-je.

— Je l'ai rencontré, soupira-t-il. Un parfait mufle, c'est sûr, mais le document est authentique, je le crains. J'ai en tout cas cru reconnaître l'écriture de papa. Et le tout a été certifié conforme et cacheté. Cette crapule a refusé de me remettre l'original, mais il m'en a remis une copie que je montrerai au notaire demain matin. Franchement, je ne suis pas très optimiste.

— Pourquoi ne pas le prendre au mot, Binky ? Dis-lui qu'il peut avoir le château. Que tu es content d'en être débarrassé. Il ne tiendra pas une semaine dans cet endroit.

— Mais cela ne marcherait pas. Il ne compte pas y vivre. Il a l'intention de le vendre, d'en faire une école ou un hôtel-golf.

— Une école, plutôt. Car avant que quiconque accepte de payer pour séjourner à Rannoch, il faudrait entreprendre d'importants travaux de rénovation.

— Il n'y a pas de quoi rire, Georgie, répliqua sèchement Binky. C'est notre maison, bon sang. Elle est dans la famille depuis huit siècles. Pas question de la céder à ce sale joueur européen.

— Dans ce cas, qu'allons-nous faire ?

Il haussa les épaules.

— C'est toi qui es une lumière. J'espérais que tu aurais une idée brillante pour sauver la situation.

— J'ai déjà proposé de le pousser du sommet de la montagne. Le jeter du train en route pour l'Écosse, peut-être ? ajoutai-je en souriant. Je suis navrée, Binky. J'aimerais trouver un moyen. Espérons que les notaires auront une solution juridique qui nous tirera d'affaire.

Il opina du chef.

— Je vais me coucher de ce pas, annonça-t-il. Je suis épuisé. Oh, je ne prendrai qu'un petit déjeuner très simple demain matin, je pense. Quelques rognons, peut-être du bacon, et les habituels toasts, marmelade et café.

— Binky ! l'interrompis-je. Nous n'avons pas de personnel, je te l'ai dit. Je peux te faire un œuf dur, des toasts et du thé. C'est tout.

Il se rembrunit.

— Nom d'un chien, Georgie ! Comment veux-tu qu'un homme affronte le monde extérieur avec un malheureux œuf dur dans l'estomac ?

— Dès que j'aurai trouvé un emploi, j'engagerai une bonne qui te servira des rognons et du bacon à volonté. Mais, en attendant, tu devrais avoir de la reconnaissance pour ta sœur, toute disposée à cuisiner pour toi.

Binky me regarda fixement.

— Que viens-tu de dire ? Trouver un emploi ? Un emploi !

— J'envisage de rester à Londres et de faire mon chemin toute seule. Sans ça, comment crois-tu que je pourrai subvenir à mes besoins ?

— Mais enfin, Georgie ! Les gens comme nous ne travaillent pas. Cela ne se fait tout simplement pas.

— Si de Mauxville s'approprie le château de Rannoch, tu y seras peut-être obligé toi aussi, à moins que tu ne préfères mourir de faim.

Il parut absolument horrifié.

— Que diable pourrais-je faire ? Je serais parfaitement incompétent. Je me débrouille quand il s'agit de flâner autour du domaine, ce genre de chose. Je monte plutôt bien à cheval mais, hormis cela, je suis complètement nul en tout.

— Si tu devais subvenir aux besoins de ta famille, tu ferais un effort, répondis-je. Tu pourrais toujours devenir majordome chez de riches Américains. Ils seraient aux anges d'avoir un duc à leur service.

— Ne dis pas une chose pareille, même pour plaisanter, gémit mon frère. C'est insupportable rien que d'y penser.

— Va te coucher, conseillai-je en le prenant par le bras. Les choses te paraîtront sans doute moins sombres demain matin.

— Je l'espère. Tu es comme un roc pour moi, Georgie. Une chic fille. Je compte sur toi.

J'étais venue à Londres pour fuir les miens, songeai-je tout en me dirigeant vers ma chambre. Mais leur échapper n'était apparemment pas aussi facile que je l'avais cru. L'espace d'un instant, épouser le prince Siegfried ne me sembla pas être une si mauvaise solution que cela, tout compte fait.

10.

Rannoch House
Mardi 26 avril 1932

Au matin, j'insistai pour accompagner Binky chez nos notaires. C'était aussi ma maison de famille, après tout. Je n'avais pas l'intention d'y renoncer sans opposer la moindre résistance. L'étude des maîtres Prendergast, Prendergast, Prendergast et Soapes était située à deux pas de l'école de droit Lincoln's Inn. Binky et moi nous y présentâmes tôt afin de pouvoir discuter de la situation avant l'arrivée du redoutable Gaston. On nous fit savoir que le jeune maître Prendergast serait enchanté de nous recevoir, puis nous fûmes conduits dans une pièce lambrissée de bois où était assis un homme d'au moins quatre-vingts ans. S'il s'agissait là du jeune maître Prendergast, à quoi devait ressembler le vieux maître Prendergast ? J'étais déjà tellement tendue que j'attrapai un fou rire. Binky me foudroya du regard, mais j'étais incapable de m'arrêter.

— Je suis navré, dit mon frère au jeune maître Prendergast. Le choc a été trop brutal pour elle.

— Je comprends parfaitement, répondit le vieil homme avec gentillesse. Cela nous a tous choqués. Nous autres, Prendergast, Prendergast, Prendergast et Soapes, représentons votre famille depuis deux siècles. Je ne voudrais surtout pas que le château de Rannoch tombe entre de mauvaises mains. Puis-je voir le document posant problème ?

— Ce n'est qu'une copie, expliqua Binky en la lui tendant. Le malotru a refusé de me remettre l'original.

Le vieillard l'étudia en faisant claquer sa langue.

— Mon Dieu. Évidemment, il faudra d'abord qu'un expert en écriture examine l'original afin de s'assurer qu'il ne s'agit pas d'un faux. Nous avons le testament manuscrit de votre père et sa signature dans nos dossiers. Nous devrons ensuite consulter un spécialiste du droit international ; mais je crains que ce document ne doive être contesté devant les tribunaux français – une entreprise coûteuse et pénible.

— N'avons-nous aucun autre recours ? demandai-je. Aucune autre possibilité ?

— Nous pourrions tenter de prouver que votre père n'était pas sain d'esprit lorsqu'il a signé ce document. Cela, j'en ai peur, serait notre meilleur espoir. Nous aurions besoin de faire appel à des témoins de moralité qui déclareraient que son comportement était étrange et irrationnel, peut-être un médecin pour attester qu'il y a eu de nombreux cas de démence dans la famille…

— Attendez un peu, l'interrompis-je. Il est hors de question que la mémoire de mon père soit salie devant un tribunal. Et je refuse également que l'on insinue qu'il y aurait des cas de folie chez les Rannoch.

— Si vous voulez garder votre demeure, il faudra sans doute en arriver à cette extrémité, soupira maître Prendergast.

Au bout d'une heure environ d'entretien avec le notaire, Binky et moi quittâmes l'étude, très abattus. De Mauxville avait accepté de rencontrer un expert en écriture. Il paraissait si sûr de lui que je ne pouvais m'empêcher de penser que le document était bel et bien authentique, et que le château de Rannoch deviendrait bientôt un hôtel-golf pour riches Américains.

En voyant Binky lire le *Times* dans le taxi nous ramenant chez nous, je me rappelai soudain mon annonce. Je jetai un coup d'œil à la première page et constatai qu'elle y figurait. Il ne me restait plus qu'à attendre une réponse. En dépit de la gravité de notre situation, je me sentais un tantinet excitée.

Je n'eus pas à patienter longtemps. La première requête arriva le lendemain. Elle venait d'une certaine Mme Bantry-Bynge, propriétaire d'une maison dans la rue en arc de cercle située près de Regent's Park. Elle devait venir à Londres de manière imprévue pour un essayage de robe censé avoir lieu ce jeudi, et mon annonce avait été une aubaine, car ses domestiques, maintenant de santé fragile, ne supportaient plus très bien les voyages. Elle arriverait donc seule et dînerait chez des amis. Elle avait seulement besoin d'un lit où se reposer le soir venu.

En gros, elle souhaitait simplement qu'on change ses draps, que tout soit bien épousseté et qu'on prépare un feu dans l'âtre de sa chambre. Cela me semblait assez facile. Je me rendis dans une cabine de téléphone publique et composai le numéro qu'elle m'avait donné afin de confirmer que tout serait parfaitement en ordre à son arrivée dans la soirée. Elle parut ravie, et m'expliqua comment récupérer la clé auprès de la gouvernante de la maison voisine. Elle me demanda de revenir le matin suivant, après son départ, de fourrer les draps dans un sac de blanchisserie et de le remettre, en même temps que la clé, à ladite gouvernante. Elle s'enquit alors de mes tarifs, chose à laquelle je n'avais pas vraiment réfléchi.

— L'agence prend deux guinées.

— Deux guinées ? répéta-t-elle, choquée.

— C'est un service personnalisé, madame, et nous devons être certains d'employer les meilleurs domestiques qui soient.

— Je vois.

— Et cela vous reviendra probablement moins cher que de faire venir votre personnel depuis le comté du Hampshire.

— Naturellement. Très bien, je laisserai cette somme dans une enveloppe que vous trouverez sur la table de nuit quand vous viendrez enlever les draps.

Je raccrochai avec un grand sourire satisfait.

Restait à savoir ce que j'allais porter. J'allai à l'office et fouillai dans le placard des domestiques ; j'y dénichai un uniforme convenable de femme de chambre – une robe noire et un tablier blanc ; j'y ajoutai même une jolie petite toque blanche pour faire de l'effet. Bien entendu, il ne fallait pas que l'on me voie quitter Belgrave Square vêtue de la sorte.

Je descendis discrètement au rez-de-chaussée, m'efforçant de ne pas réveiller Binky, quand soudain il m'appela depuis la bibliothèque.

— Georgie, ma vieille, veux-tu bien venir ? J'ai entrepris quelques recherches sur le passé du château de Rannoch. Je me suis dit qu'il y avait peut-être quelque chose, dans l'histoire familiale ou dans les documents nous accordant la pairie, qui indiquerait que le domaine de Glen Rannoch ne peut être légué à quelqu'un d'étranger à notre famille.

— Bonne idée, répondis-je, restant dans l'ombre sur la dernière marche de l'escalier.

— Justement, il fait terriblement froid dans cette pièce. Et puisque tu es une championne des feux de cheminée, je me demandais si tu ne pourrais pas m'allumer une petite flambée.

— Désolée, mon vieux, mais j'ai un rendez-vous. Je dois filer. Il te faudra dénicher une écharpe et des gants, j'en ai bien peur, et attendre mon retour.

— La barbe, Georgie ! Comment suis-je censé tourner les pages avec des gants ? Tu ne peux pas te permettre un léger retard ? ajouta-t-il, de mauvaise humeur, avant de passer la tête par la porte. Les femmes ne sont-elles pas supposées ne jamais arriver à l'heure ? C'est le cas de Fig. Elle s'épile les sourcils pendant des heures, mais toi, tu as toujours l'air…

En me voyant, il s'interrompit.

— Pourquoi as-tu enfilé cet invraisemblable costume ? On dirait une femme de chambre.

— C'est pour un stupide enterrement de vie de jeune fille, Binky, m'empressai-je de répondre. Nous sommes toutes censées venir déguisées en bonnes. C'est une fête qui précède un mariage, tu sais.

— Ah, je vois, acquiesça-t-il. Bon, vas-y alors. Amuse-toi bien et tout le tintouin.

Je m'emparai de mon manteau afin de dissimuler mon uniforme et sortis en trombe. Une fois dehors, je poussai un soupir de soulagement. J'avais eu chaud. Être obligée d'éviter mes relations était susceptible de me créer des problèmes auxquels je n'avais pas réfléchi.

Alors que j'approchais de Regent's Park et de la maison où je devais récupérer la clé, je priai en silence pour que personne ne me reconnaisse. Heureusement, ce quartier n'est pas aussi chic que Belgravia ou Mayfair. Il était peu probable que j'y croise des membres de ma famille ou des amis. Je lançai néanmoins des coups d'œil alentour tandis que je gravissais le perron. Je frappai à la porte. La bonne qui m'ouvrit me toisa avec un regard d'absolue désapprobation et ne m'invita pas à entrer pendant qu'elle allait chercher la gouvernante. Lorsque cette dernière me vit sur le perron, elle ouvrit la bouche, horrifiée.

— Qu'est-ce qui vous a pris de vous présenter à la porte principale comme une visiteuse ? s'exclama-t-elle. Dans cette demeure, le personnel emprunte l'entrée de service.

— Je m'excuse, marmonnai-je. Je ne l'ai pas vue.

— En bas des marches, sur le côté, comme dans toutes les maisons, répliqua-t-elle en continuant de me dévisager avec mépris. N'essayez pas de vous élever au-dessus de votre rang, cela ne vous mènera à rien de bon, ma fille, même si vous travaillez pour une de ces agences domestiques de luxe.

Elle me considéra de la manière la plus condescendante qui soit.

— J'espère que vous ferez du bon travail pour madâââme Bantry, poursuivit-elle, avec l'accent exagérément snob si souvent adopté par les classes inférieures voulant donner l'impression d'être éduquées. Elle possède nombre de belles choses. Ce sont de grands voyageurs, elle et son mââri, le colonel. Vous êtes employée par une agence londonienne, me semble-t-il ?

— C'est exact.

— J'espère que Mme Bantry a fait vérifier vos références.

— Nous sommes chaudement recommandés par lady Georgiana, sœur du duc de Glen Garry et Rannoch, précisai-je, le regard humblement baissé vers les bouteilles de lait posées sur le perron.

— Oh, ma foi, dans ce cas…

Elle laissa sa phrase en suspens.

— Sa situation est presque aussi prestigieuse que celle de la famille royale, n'est-ce pas ? ajouta-t-elle. Je l'ai croisée un jour lors d'une fête, vous savez. Une jeune fille charmante. Tout aussi jolie que sa mère, une ancienne actrice, voyez-vous.

— Oh, oui, dis-je, jugeant d'emblée qu'elle avait probablement des problèmes de vue.

— Je suis convaincue que le prince de Galles ne devrait pas chercher plus loin, poursuivit-elle, cette fois sur le ton de la confidence. Il est grand temps qu'il se trouve une fiancée. Il lui faut une bonne petite Anglaise, voilà ce que j'en dis. Pas une étrangère, et surtout pas une Allemande.

Étant donné que j'étais à moitié écossaise, avec une bonne part de sang allemand, je gardai le silence.

— Merci pour la clé, dis-je. Je vous la rapporterai demain après avoir rangé les lieux.

— C'est bien, ma fille, fit-elle en arborant à présent un sourire presque bienveillant. J'aime que les femmes de chambre s'expriment correctement. Simplement, ne vous avisez plus de sonner à l'entrée principale.

— Non, madame, répondis-je avant de battre précipitamment en retraite.

Triomphante et clé en main, je gravis le perron des Bantry-Bynge. Première épreuve remportée. Je tournai la clé dans la serrure, et la porte s'ouvrit. Deuxième épreuve, idem. J'entrai, goûtant au silence d'une maison endormie. Un tour rapide des lieux me permit de découvrir que ce serait un jeu d'enfant. Le mobilier des salons était enseveli sous des housses de protection. Une fois à l'étage, je trouvai aisément la chambre à coucher de Mme B.-B., toute de rose et de blanc, au papier peint dégoulinant de guirlandes de roses. Il y planait une odeur de parfum coûteux. La chambre d'une lady, assurément. Je me demandai si le colonel y était souvent invité. Je me mis à la tâche, ouvrant les fenêtres afin de laisser entrer un bon air pur, arrachant les housses de protection et les secouant au-dehors. Des tas de petits bibelots et des bocaux de cristal étaient posés çà et là ; connaissant ma maladresse innée, je fus donc extrêmement prudente lorsque j'époussetai les meubles. Je découvris ensuite un aspirateur. Je ne m'étais jamais servie d'un de ces appareils, mais je me dis que ce devait être amusant – et beaucoup moins éreintant que d'aller et venir avec un balai mécanique. J'allumai l'engin, qui s'élança promptement sur la moquette ; tandis que je m'agrippais désespérément au manche, il entreprit d'aspirer les rideaux de dentelle. Je finis par réussir à l'éteindre avant que la tringle ne dégringole. Par chance, je parvins également à

— Au fait, je suis Boy ; et vous êtes… ?

— Maggie, monsieur, répondis-je – le nom de ma bonne étant le premier qui m'était venu à l'esprit.

— Maggie, hein ? fit-il, s'approchant un peu trop près de moi et plaçant un doigt sous mon menton. Espiègle petite Maggie, hein ? Mes compliments. Vous avez donc préparé une chambre, c'est ça ?

— Oui, monsieur.

La façon dont il me regardait – ou me lorgnait, plus exactement – me déplut.

— Et si vous me la montriez, que je l'inspecte ? J'espère que vous avez fait du bon travail, sinon je serai probablement obligé de vous donner la fessée.

Le doigt qu'il avait posé sous mon menton descendait à présent le long de ma gorge. L'espace d'une seconde, je fus trop scandalisée pour réagir ; mais, avant que le doigt en question n'atteigne un endroit critique, je reculai d'un bond. Il me fallut garder un sang-froid inouï pour ne pas me comporter comme je l'aurais fait en temps normal et lui dire ses quatre vérités. En mon for intérieur, je me répétais avec véhémence qu'une femme de chambre n'écrase pas les orteils d'un monsieur, ne lui décoche pas de coups de pied dans les mollets ni n'emploie toute autre technique d'autodéfense – par crainte d'être congédiée sur-le-champ.

— Je vais mettre ces fleurs dans un vase, monsieur. Elles semblent sur le point de se faner.

Et je m'enfuis en direction de la cuisine. J'avais entendu, à mots couverts, que certains hommes parvenaient parfois à leurs fins avec des domestiques, mais je n'avais pas imaginé que cela pût être l'un des risques de mon nouveau métier. J'étais encore dans la cuisine quand j'entendis des voix. Je retournai dans le vestibule et y trouvai une femme un peu rondelette sur les bords ; ses cheveux blonds décolorés ondulaient impeccablement, elle était trop maquillée, et une fourrure sans doute

11.

Rannoch House
Jeudi 28 avril 1932

Ma mission suivante, dont le détail me parvint par le courrier de l'après-midi, n'allait pas être aussi simple que celle que j'avais accomplie pour Mme Bantry-Bynge. L'auteur de cette lettre n'était autre que lady Featherstonehaugh (pour les novices, précisons que ce patronyme se prononce « Fanshaw »), mère d'un certain Roderick Featherstonehaugh (généralement surnommé Whiffy), qui avait été l'un de mes cavaliers lorsque j'étais débutante ; il avait également tenu le rôle de garçon d'honneur au mariage de la semaine précédente. Lady Featherstonehaugh et son époux arriveraient samedi à Londres pour y passer quelques jours, et leur personnel les accompagnerait ; ils souhaitaient toutefois que les lieux soient au préalable aérés et époussetés, les feux prêts à être allumés et des bouillottes placées dans les chambres respectives de sir William et de lady Featherstonehaugh. Leur fils Roderick les rejoindrait peut-être si son régiment lui accordait une permission, mais c'était peu probable. J'étais extrêmement heureuse de cette improbabilité. Je n'avais aucune envie de tomber sur Whiffy dans mon uniforme de femme de chambre. Il avait été assez embêtant que Binky me surprenne ainsi, mais ce dernier était facile à berner. Quelle explication aurais-je pu donner à un garçon aussi guindé et convenable que Whiffy Featherstonehaugh ? Regent's Park était une chose ; j'avais pu y œuvrer incognito. En revanche, pratiquement tous les habitants d'Eaton Place, situé à deux rues de Belgrave Square, m'étaient familiers.

Binky errait dans la maison en broyant du noir, plongé dans le désespoir, et je ne voyais pas de quelle manière lui remonter le moral. Car, soyons franc, les nouvelles n'étaient guère rassurantes. Il avait été décrété que le document en possession de Gaston de Mauxville était authentique, et Binky avait commencé à s'interroger : pourquoi ne pas raconter que papa avait débloqué pendant des années ? Cela serait-il vraiment si terrible ?

— Il a toujours eu un canard en caoutchouc dans sa baignoire, tu te souviens ? Ce n'était pas normal, hein ? Et rappelle-toi l'époque où il s'était mis à la méditation orientale et qu'il faisait le poirier.

— Des tas de gens font le poirier. Et les aristocrates sont des excentriques notoires.

— Je n'en suis pas un, répliqua mon frère avec ardeur.

— Tu te promènes sur ton domaine en parlant aux arbres, Binky. Je t'ai entendu.

— Ma foi, c'est juste du bon sens. Les végétaux poussent mieux quand on leur parle.

— Je me passerai de tout commentaire… Du reste, avant qu'un tribunal ne déclare papa inapte à avoir signé ce document, il te faudrait démontrer qu'il était pratiquement bon pour la camisole.

— Je l'ai déjà vu l'écume aux lèvres, dit Binky, plein d'espoir.

— Oui, la fois où il avait avalé un morceau de savon pour gagner un pari.

Mon frère soupira.

C'était d'ordinaire un garçon si joyeux, et le voir ainsi m'attristait, mais je ne savais comment l'aider. Une idée me traversa bien l'esprit : et si j'empruntais une robe de vamp à Belinda ? Je pourrais alors essayer de séduire de Mauxville et obtenir de lui le document dans le feu de la passion. Mais, très franchement, je ne pensais pas être douée pour ce genre de stratagème.

Le vendredi matin, je partis pour Eaton Place, mon uniforme dissimulé sous mon manteau de cachemire, ma toque fourrée dans la poche. Je me précipitai dans l'escalier menant à l'entrée de service et passai ma coiffe avant d'ouvrir avec la clé que l'on m'avait remise.

Je me retrouvai sur le seuil d'un hall caverneux, décoré de têtes d'animaux chassés en Afrique et de quelques lances de cérémonie. Une fois à l'intérieur de la maison, mon enthousiasme s'émoussa. Elle était encore plus vaste que notre demeure londonienne, remplie d'objets rapportés par des générations de Featherstonehaugh que l'armée avait postés à travers le monde – poignards incurvés, masques d'ébène, statuettes, éléphants de jade et déesses sculptées en ivoire. Je suis convaincue que certains d'entre eux étaient de grande valeur et même très beaux à leur façon, mais ils couvraient toutes les surfaces et étaient visiblement extrêmement fragiles. Aux murs étaient accrochés de nombreux tableaux, dont la plupart représentaient de grandes batailles. Il y avait aussi des drapeaux militaires, des vitrines plates remplies de médailles et diverses épées suspendues dans tous les coins. Les Featherstonehaugh étaient manifestement des militaires de renom – raison pour laquelle Whiffy appartenait au régiment de la Garde royale. J'en aurais pour la journée à tout épousseter. J'allai de pièce en pièce en me demandant s'il était vraiment nécessaire d'ouvrir toutes les grandes salles de réception du rez-de-chaussée, ou si le joli petit salon du premier étage ne ferait pas tout aussi bien l'affaire pour un court séjour.

À l'autre bout de la plus vaste des pièces, de la taille d'une salle de bal, se trouvait une immense cheminée ; je remerciai le ciel, car les propriétaires ne m'avaient pas demandé d'y préparer un feu. Tous les murs étaient couverts d'épées croisées, de boucliers et même d'armures. Les Featherstonehaugh avaient semble-t-il occis leurs ennemis avec succès durant un bon nombre de siècles.

Une fois à l'étage, je fus soulagée de constater que les chambres à coucher comptaient moins d'objets – elles étaient en réalité plutôt austères. J'étais sur le point de me mettre au travail quand j'entendis un robinet goutter dans une salle de bains. Ce que j'y découvris ne me réjouit guère : une marque noire peu ragoûtante sur le pourtour de la baignoire, plusieurs serviettes empilées sur le sol et une cuvette de toilettes qui n'était pas des plus propres. Le robinet qui gouttait avait formé une trace de calcaire dans le lavabo. *Si c'est dans cet état qu'ils laissent leur maison*, songeai-je, *ils ne méritent pas un bon ménage*. Je me dis alors que quelqu'un séjournait peut-être là depuis quelque temps ; pouvait-il s'agir de Whiffy ? Je me faufilai discrètement de chambre en chambre afin de m'assurer que j'étais bien seule.

Puis mon orgueil et ma conscience eurent raison de moi. Je ne voulais pas qu'ils s'imaginent que je travaillais mal. Je résolus de m'attaquer à cette répugnante salle de bains. Je ramassai les serviettes et les plaçai dans un panier à linge sale. Je récurai le lavabo et allai jusqu'à m'agenouiller afin de venir à bout de la baignoire crasseuse. En revanche, pour ce qui était de plonger la main dans des toilettes qui n'étaient pas les miennes… il y avait quand même des limites à tout. Je finis par trouver une brosse, accrochée derrière une porte. Après l'avoir enveloppée dans un chiffon, je m'en servis pour nettoyer la cuvette à la va-vite, me tenant à bonne distance et détournant les yeux. Ensuite, je m'empressai de jeter l'infâme chiffon dans la poubelle la plus proche et de suspendre à nouveau la brosse à son crochet comme si de rien n'était. Ce faisant, l'idée me traversa soudain l'esprit qu'elle était peut-être placée là afin qu'on puisse se frictionner le dos quand on prenait un bain.

Oh, mon Dieu ! Mais personne ne saurait jamais à quoi je l'avais employée, me dis-je.

À cet instant précis, je pris conscience que nous autres aristocrates sommes à la merci de toutes sortes de tours diaboliques imaginés par nos domestiques, grâce auxquels ils peuvent donner libre cours à leur colère et à leur frustration. J'avais un jour entendu parler d'un majordome qui urinait régulièrement dans la soupe. Je me demandai de quoi se rendaient coupables nos propres serviteurs au château de Rannoch. Il est à l'évidence important de toujours traiter le personnel de maison ainsi que l'on souhaite être traité. Une règle d'or des plus sensées.

À présent plus satisfaite, j'entrepris de m'occuper des chambres situées à l'arrière de la maison ; j'ôtai soigneusement les housses de protection, balayai le sol, descendis à la cave à charbon, puis préparai les feux. Tout se déroula sans heurts, bien que je sois à bout de souffle après plusieurs voyages dans l'escalier avec un plein seau à charbon. J'entrai ensuite dans la chambre principale, qui donnait sur Eaton Place.

La pièce était dominée par un gigantesque lit à baldaquin, semblable à ceux dans lesquels la reine Élisabeth Ire devait dormir lorsqu'elle partait en visite officielle dans le nord du royaume : une créature monstrueuse, aux tentures de velours défraîchies. Le reste de la chambre ne prédisposait pas davantage à une bonne nuit de sommeil. Sur un mur était accroché un masque hideux pourvu de défenses, sur un autre une gravure représentant une scène de bataille. Alors que je commençais à secouer le dessus-de-lit en satin, je m'aperçus que j'avais mal évalué son poids : il se souleva dans les airs et heurta le masque. Presque comme au ralenti, je vis l'objet se décrocher du mur et entrer à son tour en contact avec une statuette, qui bascula du manteau de cheminée. Je m'élançai en avant pour la rattraper, mais je ne fus pas assez rapide. Elle percuta le garde-feu avec un bruit sourd et se brisa en deux. Je la fixai, horrifiée.

Garde ton calme, me dis-je. *Ce n'est qu'une petite figurine dans une maison remplie de bibelots.*

Je ramassai les débris. On aurait dit une sorte de déesse chinoise munie de plusieurs bras ; l'un d'eux, arraché à hauteur d'épaule, s'était par chance cassé net. Je fourrai les deux morceaux dans ma poche de tablier. J'emporterais la statuette, la ferais réparer et la rapporterais discrètement plus tard. Et si quelqu'un s'apercevait de son absence ? Je pourrais toujours aller en chercher une autre, semblable, au rez-de-chaussée, afin de remplacer temporairement celle de la chambre.

Je venais de pousser un soupir de soulagement quand je me figeai sur place. Étais-je désormais ultra-sensible, ou avais-je réellement distingué un bruit de pas à l'étage inférieur ? Immobile et retenant mon souffle, j'entendis bientôt une marche ou une latte du parquet grincer. Quelqu'un s'était introduit dans la maison, j'en étais certaine. Il n'y avait pas de quoi s'alarmer. Il faisait grand jour et la demeure était située sur une élégante place londonienne. Il me suffirait d'ouvrir une fenêtre et d'appeler à l'aide pour que m'entendent d'innombrables femmes de chambre, chauffeurs et livreurs. Me souvenant alors de l'arrivée anticipée de Mme Bantry-Bynge et de son ami Boy, je me dis qu'il s'agissait probablement de quelqu'un appartenant à l'entourage des Featherstonehaugh. Je priais simplement pour que ce ne fût pas Whiffy.

Il y avait dans la chambre une grande armoire dans laquelle je fus tentée de me cacher. Mais la voix de la raison l'emporta. Puisque les domestiques n'étaient pas censés être vus ou entendus, je résolus de ne pas annoncer ma présence. Dans ce genre de situation, une vraie bonne se serait contentée de poursuivre son travail, peu importait ce qui pouvait se passer autour d'elle.

Les pas se rapprochèrent. J'avais bien du mal à continuer de faire le lit sans me retourner. N'y tenant plus, je jetai un coup d'œil derrière moi.

Je fis un bond spectaculaire en voyant Darcy O'Mara franchir le seuil.

— Par tous les saints, quel lit impressionnant ! dit-il. Il vaut largement celui de la princesse au petit pois, pas vrai ?

— Darcy, que faites-vous là ? demandai-je. J'ai failli avoir une crise cardiaque.

— Un peu plus tôt, il m'a semblé vous apercevoir traversant Belgrave Square un peu furtivement et j'ai décidé de vous suivre. Je vous ai vue emprunter l'entrée de service des Featherstonehaugh, alors que je les sais encore à la campagne. Et cela m'a intrigué. D'un naturel curieux, j'ai voulu savoir ce que diable vous fichiez dans une maison vide qui ne vous appartient pas. J'ai attendu. Comme vous n'avez pas réapparu, je suis venu voir par moi-même. Vous n'avez pas fermé la porte à clé derrière vous, vilaine fille.

— Bon, d'accord. Vous avez découvert mon inavouable secret.

— Vous aimez faire le lit des autres en secret ? Sigmund Freud trouverait cela fascinant.

— Mais non, idiot. J'ai commencé une nouvelle carrière. Je propose un service de ménage : lorsque les gens souhaitent séjourner à Londres, je prépare leur résidence avant leur arrivée, ce qui leur évite d'engager des dépenses pour faire venir leur personnel à l'avance.

— Ingénieuse idée. Où est le reste de votre équipe ?

— Il n'y a que moi, pour l'instant.

Il éclata de rire.

— Vous faites le ménage vous-même ?

— Je ne vois pas ce que ça a d'amusant.

— Et où avez-vous appris à tenir une maison ? Je parie que vous avez astiqué les parquets avec le produit qui sert à faire briller l'argenterie.

— Je n'ai pas dit que je faisais le grand nettoyage de printemps. Je propose d'aérer et d'épousseter quelques pièces, rien d'autre. Je sais passer le balai mécanique, changer les draps et manier le plumeau.

— Je suis impressionné… mais je parie que votre famille serait loin de l'être.

— Je vais faire en sorte qu'ils ne l'apprennent pas. Si mon affaire se révèle fructueuse, j'embaucherai du personnel pour travailler à ma place.

— Vous êtes pleine d'initiative. Je vous souhaite bonne chance.

Son regard erra de nouveau sur le lit en désordre, que je n'avais pas encore terminé.

— Dites-moi, ce lit a bien belle allure, reprit-il, appuyant légèrement sur le matelas pour vérifier son moelleux. Qui sait, de célèbres personnages historiques s'y sont sans doute ébattus… Henri VIII, peut-être ? Charles II et sa maîtresse Nell Gwyn ?

Il leva alors les yeux vers moi.

— Je ne crois pas que les Featherstonehaugh, s'ils arrivaient plus tôt que prévu, seraient ravis de trouver chez eux un inconnu en train d'importuner la femme de chambre, déclarai-je en m'écartant de lui.

Il sourit, et un éclair de défi brilla dans ses yeux.

— Oh, tiens donc, je vous importune ?

— Absolument pas, rétorquai-je, hautaine. Je suis payée pour effectuer un travail et vous m'empêchez de poursuivre ma tâche, voilà tout.

— Je vois, dit-il sans se départir de son sourire. Très bien, je m'en vais. Il est clair que ma présence est indésirable. J'ai toutefois en tête une longue liste de jeunes filles qui n'auraient pas laissé échapper l'occasion rêvée de se retrouver seule, dans un cadre pareil, en compagnie d'un homme aussi séduisant que moi.

Avec une pointe de regret, je compris que je lui avais peut-être donné l'impression de ne pas être intéressée du tout – or, ce n'était pas l'exacte vérité.

— Vous n'aviez pas parlé de m'emmener au Café de Paris cette semaine ? repris-je, tandis qu'il tournait les talons. Avec des Américains ?

— En fin de compte, leur compagnie ne vous aurait pas convenu, répondit-il.

Il avait détourné les yeux ; je devinai qu'il avait dû y aller avec une autre.

— Qui étaient ces gens ? Des drogués ?

— Des journalistes. Et vous pouvez parier qu'ils auraient adoré tenir un scoop sur un membre de la famille royale jouant les pique-assiettes à leur fête.

— Oh, je vois.

Je ne savais plus désormais s'il se préoccupait réellement de mon bien-être ou s'il avait simplement décidé que j'étais trop collet monté et assommante pour se soucier de moi. Il dut remarquer ma mine abattue.

— Ne vous en faites pas. Il y aura de nombreuses autres occasions. Vous me reverrez, c'est promis.

Il plaça un doigt sous mon menton et m'attira à lui ; ses lèvres effleurèrent les miennes, y déposant le plus furtif des baisers. Puis il s'en alla.

Quant à moi, je restai plantée là, à contempler les grains de poussière qui voltigeaient dans la lumière matinale, regrettant à moitié qu'il ne se fût rien passé de plus.

★

Une fois les chambres terminées, je finis par trouver le courage de m'attaquer au salon. Il était hors de question de soulever les tapis persans et de les battre, ainsi que toute domestique digne de ce nom l'aurait fait. J'y passai le balai mécanique, puis entrepris de balayer le vaste parquet poussiéreux. J'étais à quatre pattes, occupée à nettoyer le sol autour de la cheminée, quand j'entendis des voix masculines. Avant que je puisse réagir raisonnablement – en me cachant par exemple derrière l'armure la plus proche –, les voix se rapprochèrent. Gardant la tête baissée, je me remis à brosser le plancher avec ardeur en priant pour que les intrus n'entrent pas dans la pièce, ou du moins ne me prêtent pas attention.

— Vos parents arrivent donc aujourd'hui ?

L'une des voix, pourtant étouffée, flotta jusqu'à moi, répercutée par les dalles en marbre du vestibule.

— Ou demain. Je n'en suis pas sûr. Mieux vaut rester à l'écart, juste au cas où, sinon ma mère s'en prendra encore à moi. Vous la connaissez.

— Quand vous reverrai-je, dans ce cas ?

Les deux interlocuteurs avaient atteint la porte ouverte située à l'autre bout du salon. Du coin de l'œil, je reconnus la silhouette raide et guindée du fils de la maison, l'honorable Roderick (Whiffy) Featherstonehaugh ; derrière lui, dans l'ombre, je vis un autre jeune homme grand et efflanqué. Je leur tournai le dos et continuai mon ménage en espérant qu'un nuage de poussière se formerait autour de moi. Le bruit de ma brosse heurtant le pare-feu de laiton dut les faire sursauter.

Ils s'interrompirent, puis Whiffy dit en français :

— *Pas devant la bonne**.

C'était l'expression habituellement employée lorsqu'on souhaitait aborder un sujet ne convenant pas aux oreilles des domestiques.

— Quoi ? s'étonna l'autre homme avant de remarquer ma présence. *Ah, oui, je vois. Alors. Lundi soir, comme d'habitude* ?* reprit-il dans un français exécrable.

— *Bien sûr, mon vieux. Mais croyez-vous que vous pourrez vous absenter* ?*

Whiffy parlait un tout petit peu mieux cette langue, mais avec un accent épouvantable. Franchement, qu'enseignait-on à ces garçons dans leurs prestigieuses écoles privées ?

— *J'espère que oui*, répondit l'autre avant de repasser à l'anglais, tandis qu'ils ressortaient tous deux du salon.

Je vous tiendwai infowmé. À mon avis, vous couwez sans doute un wisque extwême.

J'interrompis mon geste, ma brosse en suspens au-dessus du parquet. Le second jeune homme n'était autre que Tristram Hautbois. Sa voix et celle de Whiffy s'évanouirent dans le couloir. Ne sachant cependant dans quelle autre pièce ils s'étaient rendus, je fis de mon mieux pour rester maîtresse de moi-même : je terminai mon ménage, rassemblai mes ustensiles et les rangeai dans le placard à balais avant de m'échapper par l'entrée de service.

Je traversai Eaton Place, le cœur battant à tout rompre. Mon projet était pure folie. Ce n'était que mon deuxième jour de travail, et j'avais déjà fait deux rencontres embarrassantes. La prochaine fois, je ne pouvais espérer avoir autant de chance et m'en sortir indemne. Une formulation qui me fit rougir.

Car je m'en étais sortie indemne : si, dans la chambre, Darcy avait décidé de me « poursuivre de ses assiduités » – la génération de mes parents l'aurait en effet énoncé de façon aussi désuète –, je n'aurais peut-être pas eu assez de force de caractère pour lui résister.

Un vent violent se leva au-dessus d'Eaton Place ; je m'emmitouflai davantage dans mon manteau et me dépêchai de retourner chez moi, impatiente de boire une tasse de thé – non, plutôt un verre de brandy – pour calmer mes nerfs ébranlés. Quelle matinée mouvementée ! J'entrai dans Rannoch House et m'immobilisai dans le vestibule dallé de marbre.

— Binky ! Es-tu là ? Il me faut d'urgence un verre de brandy. As-tu la clé du placard à alcools ?

Aucune réponse. La maison vide était oppressante. D'ordinaire, ce n'était pas le lieu le plus radieux qui fût mais, aujourd'hui, il me semblait absolument glacial. Frissonnante, je montai à l'étage afin d'enlever mon uniforme de femme de chambre. Alors que je passais devant la salle de bains du second, j'entendis un robinet goutter

– ploc, ploc, ploc. Puis je vis un mince filet d'eau couler sous la porte de la pièce.

Décidément, Binky était incorrigible. Il avait dû décider de prendre un bain et oublier de fermer le robinet à fond. J'ouvris la porte de la salle de bains à toute volée et m'arrêtai net, bouche bée. La baignoire avait débordé et elle était occupée. L'espace d'un instant, je crus qu'il s'agissait de Binky.

— Vraiment navrée, marmonnai-je.

Puis j'examinai la scène avec plus d'attention.

Au fond de la baignoire était immergé un homme tout habillé, immobile, le visage sous l'eau ; ses yeux grands ouverts fixaient le plafond. Qui plus est, je le reconnus. C'était Gaston de Mauxville.

12.

Rannoch House
Vendredi 29 avril 1932

C'était la première fois de ma vie que je voyais un cadavre, et je le fixai avec fascination. *De Mauxville ne peut pas être vraiment mort*, me dis-je. *C'est une sorte de plaisanterie macabre à la française, ou bien il cherche à m'effrayer. À moins qu'il ne soit endormi.* Mais ses yeux ouverts, vides de toute expression, étaient tournés vers le plafond. Histoire de voir, je tirai sur le bout de son soulier noir en cuir verni qui sortait de l'eau. L'eau clapota de-ci de-là, et une petite quantité éclaboussa le sol, mais la physionomie de l'homme ne changea pas. Je dus alors admettre ce que je savais depuis le début : le corps sans vie de Gaston de Mauxville gisait dans ma baignoire.

Je fus saisie d'une grande terreur. Un peu plus tôt, Binky se trouvait à la maison. L'aliéné qui avait commis ce crime l'avait-il assassiné, lui aussi ?

— Binky ! hurlai-je en sortant précipitamment de la salle de bains. Binky, est-ce que ça va ?

J'explorai sa chambre, le bureau, le petit salon. Aucun signe de lui. Puis la panique me submergea pour de bon et j'imaginai son cadavre dissimulé sous l'une des housses de protection ; je courus d'une pièce à l'autre pour les arracher des meubles, chercher dans les armoires et sous les lits. Je descendis même à l'office et fouillai les lieux. Aucune trace de Binky, pas même dans le trou à charbon. Je regagnai sa chambre et m'aperçus que ses vêtements avaient disparu. Un affreux soupçon commença à prendre forme dans mon esprit. Je me rappelai mon frère annonçant vaillamment qu'il envisageait de provoquer de Mauxville en duel. Était-il possible que Binky eût tué ce Français ? J'écartai fermement cette idée. Il avait été élevé pour devenir un homme d'honneur. Il avait parlé d'un duel. Si celui-ci avait eu lieu, le fair-play aurait été de rigueur, avec force de « Et que le meilleur gagne » – quoiqu'il me paraisse très improbable que Binky puisse remporter quel que combat que ce soit. Mais noyer quelqu'un dans une baignoire ? Jamais mon frère n'aurait eu recours à une méthode si déshonorante, même confronté à son pire ennemi, quand bien même il aurait été assez fort pour maintenir sous l'eau un costaud comme de Mauxville jusqu'à ce que mort s'ensuive.

Je retournai dans la salle de bains, espérant à moitié que le cadavre se serait volatilisé pendant mon absence. Mais il gisait encore là, les yeux rivés au plafond, son pardessus noir flottant à la surface. Que faire ? Une idée extraordinaire me vint alors en tête : peut-être avait-il sur lui le document signé de la main de mon père. Réprimant une vague de dégoût, je fouillai dans ses poches et en retirai une enveloppe détrempée. La chance me souriait, car elle renfermait le document en question. J'entrepris de le déchirer en petits morceaux que je jetai dans la cuvette des toilettes avant de tirer la chasse. Je fus bien entendu aussitôt horrifiée par ce que je venais de faire, mais il était trop tard. Au moins, à son arrivée, la police ne découvrirait aucune preuve à charge sur la personne de De Mauxville.

Je fis les cent pas sur le palier du second étage, m'efforçant de mettre de l'ordre dans mes idées. Je devais prévenir la police, je le savais, et pourtant, j'hésitais. Le cadavre de notre ennemi juré gisait dans notre baignoire : n'importe quel agent de police en conclurait d'emblée qu'il avait forcément été tué par Binky ou par moi. Du reste, je me sentais bien incapable de convaincre la police qu'un inconnu avait choisi notre baignoire, entre toutes, pour se suicider...

Je venais néanmoins de détruire la preuve matérielle susceptible de nous incriminer. Par conséquent, qui, excepté nous, savait que de Mauxville était notre ennemi juré ? Oh, enfer et damnation ! Nos notaires, évidemment. Ils détenaient même une copie du document, et il serait sans doute difficile de les persuader de nous la remettre ou de la détruire – en dépit de deux siècles de loyauté vis-à-vis de notre famille. Et je ne pourrais certainement pas non plus les convaincre de taire nos liens avec de Mauxville une fois que la nouvelle de sa mort serait rendue publique.

Je jetai un autre coup d'œil dans la salle de bains. Des pensées absurdes se pressaient maintenant dans mon esprit. Était-il possible que nous parvenions, Binky et moi, à nous débarrasser du corps en le jetant dans la Tamise en catimini ? Toutes les morts par noyade devaient plus ou moins se ressembler, où qu'elles surviennent. Mais une telle entreprise me semblait plutôt décourageante : d'une part, de son vivant, de Mauxville était robuste, d'autre part, nous n'avions à Londres ni loyaux domestiques ni moyen de transport. Je nous voyais mal héler un taxi et installer le cadavre entre nous tout en annonçant : « Nous allons sur l'Embankment de la Tamise, mon brave, et faites en sorte de trouver un coin de rivage désert. » Et même si la chose était faisable, nous ferions du tort, d'une certaine manière, à des générations de farouches Écossais qui avaient pour devise « La mort plutôt que le déshonneur » – à la différence de nos ancêtres de la Maison de Hanovre qui pouvaient se montrer fort sournois quand ils le voulaient.

J'étais encore plongée dans mes pensées quand on sonna à la porte. Je faillis sauter au plafond. Fallait-il ouvrir ? Et si c'était seulement Binky, qui avait très probablement oublié sa clé ? Si je ne répondais pas maintenant, le visiteur reviendrait peut-être plus tard. Je devais me débarrasser de lui. Vu les circonstances, cette formulation me parut particulièrement mal choisie, et un frisson me parcourut. Je descendis au rez-de-chaussée et m'apprêtais à ouvrir quand soudain je me rendis compte que je portais encore mon uniforme de bonne. Je m'emparai de mon manteau, accroché dans l'entrée, et l'enfilai en prenant soin de m'y emmitoufler. Puis j'ouvris.

— Oh, bonjour, pourrais-je parler à lady… Mince alors, Georgie, c'est vous !

Un sourire radieux aux lèvres, Tristram Hautbois se tenait sur le seuil, l'air juvénile avec ses cheveux sombres lui retombant sur le front.

— Tristram. Oh. Quelle surprise, bredouillai-je.

— Désolé de débarquer à l'improviste, dit-il sans se départir de son sourire plein d'espoir. Mais le vieux bonhomme de l'étude notariale qui m'emploie m'a demandé de déposer des papiers à une adresse située tout près d'ici ; et je n'ai pas résisté à l'envie de découvrir où vous viviez et de passer vous dire bonjour. J'ai l'impression de ne pas vous avoir vue depuis une éternité.

Étant donné que je l'avais aperçu moins d'une heure plus tôt, je ne sus que répondre. Il n'avait visiblement pas fait le rapprochement entre moi et la bonne en uniforme noir agenouillée dans le salon des Featherstonehaugh. Je serrai davantage mon manteau autour de moi.

— Étiez-vous sur le point de sortir ? demanda-t-il.

— Non, je viens d'arriver. Je n'ai pas encore eu le temps d'enlever mon manteau.

— Vous n'êtes pas dans votre assiette ?

— Si, pourquoi ?

— Il ne fait pas si froid que ça, aujourd'hui. En réalité, le temps est plutôt doux. Je ne porte même pas de pardessus, alors que vous êtes tout emmitouflée.

— La maison est toujours glaciale à cause de ces hauts plafonds.

M'entendant jacasser ainsi, je tâchai de me ressaisir.

— J'ai de la chance de vous croiser, alors. J'espère que cette visite impromptue ne vous ennuie pas. Voici donc Rannoch House. Une demeure fort impressionnante, je dois dire. Je serais ravi d'en découvrir l'intérieur. J'ai cru comprendre que votre père était en quelque sorte un collectionneur et que vous possédiez de beaux tableaux…

— Je vous ferais volontiers visiter les lieux, Tristram, mais le moment est plutôt mal choisi, l'interrompis-je.

Il se rembrunit. Sa joie ou son désespoir s'affichait ouvertement sur son visage si enfantin.

— Je croyais que vous seriez contente de me voir, reprit-il d'une petite voix.

— Je le suis, et j'aurais été enchantée de pouvoir vous proposer d'entrer. Mais je suis seule à la maison, et vous savez ce que mes parents royaux diraient si je recevais un homme sans être chaperonnée, même au beau milieu de la journée, je regrette, donc…

— Je comprends parfaitement, acquiesça-t-il en hochant gravement la tête. Mais vos domestiques ne peuvent-ils faire office de chaperons ?

— Il n'y a pas de domestiques non plus. Je vis seule ici pour l'instant en attendant de pouvoir engager quelqu'un.

— Mince alors, qu'est-ce que c'est audacieux de votre part ! Si moderne.

— Je ne cherche pas à me montrer audacieuse ou moderne. Je manque simplement d'argent. Je dois trouver un moyen de subvenir à mes besoins.

— Nous sommes logés à la même enseigne, dans ce cas, répliqua-t-il, de nouveau rayonnant – et il avait en vérité un sourire des plus engageants. Abandonnés et affrontant un monde cruel.

— Pas exactement, dis-je. Nous ne sommes pas comme ces pauvres malheureux qui font la queue devant les soupes populaires.

— C'est vrai, reconnut-il.

— Et au moins, vous avez un emploi rémunéré. Une fois votre stage terminé, vous aurez un métier. En revanche, je suis seulement qualifiée pour un poste d'épouse, et ce uniquement en raison de ma lignée. Ma famille est déterminée à me caser avec quelque affreux prince étranger qui ne manquera pas d'être assassiné d'ici moins d'un an.

— Vous pourriez toujours vous marier avec moi, proposa-t-il – continuant évidemment de ne pas prononcer ses « r ».

— Vraiment ? répondis-je en riant. Et échanger une maison vide et glaciale pour une chambre meublée à Bromley ? C'est gentil, Tristram, mais j'ai peine à croire que vous soyez en mesure de subvenir aux besoins d'une épouse, du moins pendant un bon moment.

— Je le serai peut-être bientôt. Si j'hérite de la fortune de mon tuteur…

— Comment pouvez-vous dire une chose aussi horrible ? rétorquai-je d'un ton sec, à bout de nerfs. On dirait presque que vous espérez la mort de sir Hubert.

— Absolument pas ! Juste ciel, non, bafouilla-t-il. Rien n'est moins vrai. Je l'adore. Il a été si bon avec moi. Je me fie simplement à ce que disent les médecins, et ils m'ont bien fait comprendre que l'issue ne serait probablement pas heureuse. Il a subi un violent traumatisme crânien, vous savez. Il est toujours dans le coma.

— C'est tellement triste. Si le cerveau est atteint, je préférerais le savoir mort. Un homme aussi énergique que lui ne supporterait pas de vivre en invalide jusqu'à la fin de ses jours.

— Je partage entièrement votre avis, dit Tristram. Je continue donc d'espérer qu'il s'en sortira, mais je me prépare aussi au pire.

Soudain, rester là à bavarder une seconde de plus me parut intolérable – mes nerfs allaient lâcher.

— Écoutez, Tristram, je suis sincèrement ravie de vous avoir revu, mais il faut que j'y aille. J'ai… prévu de retrouver quelqu'un pour le thé, et je dois me changer.

— Une autre fois, peut-être ? Ce week-end ? Je vous avais promis de vous faire visiter Londres.

— Oui, c'est vrai. Et ce sera avec plaisir. Mais je ne sais pas encore ce que je ferai samedi et dimanche. (Même angoissée, j'étais incapable d'employer le mot « week-end ».) Mon frère est en ville, vous savez. J'aurai sans doute des obligations familiales.

— Votre frère ? Je ne crois pas l'avoir déjà rencontré.

— Probablement pas. C'est mon demi-frère, en réalité, et il devait être en pension lorsque je vivais chez sir Hubert avec ma mère.

— Quelle école a-t-il fréquentée ?

— Gairlachan. Un redoutable établissement dans les Highlands.

— Avec les courses à travers champs et les douches froides à l'aube ? Une éducation spartiate. Les faibles meurent et les forts deviennent des bâtisseurs d'empires.

— Celui-là même.

— Sir Hubert menaçait de m'y envoyer lorsque je ne faisais pas assez d'efforts à son goût, mais il a finalement choisi l'école de l'abbaye de Downside par respect pour les souhaits de maman, qui était catholique. Je dois dire que j'en ai été soulagé. Les moines y sont attachés à leur petit confort.

— Est-ce là-bas que vous avez connu Darcy ?

— O'Mara, voulez-vous dire ? précisa-t-il, un peu contrarié. Oui, il était deux classes au-dessus de moi, mais nous étions dans le même dortoir.

Il se pencha plus près de moi, bien que le trottoir soit désert.

— Écoutez, Georgie, je ne vous ai pas menti, l'autre jour. O'Mara est un sale individu, vous savez. C'est le type même de l'Irlandais indigne de confiance. Il vous serre la main, puis vous poignarde dans le dos dès que vous vous retournez.

Il s'interrompit pour me regarder.

— Vous n'êtes pas… euh… éprise de lui, j'espère ?

— C'est une simple connaissance, assurai-je – j'avais toutefois presque envie de mentir et d'annoncer que nous étions amants, simplement pour voir le visage de Tristram se décomposer. Nous nous sommes apparemment rencontrés à un bal à Badminton, puis nous nous sommes revus au mariage de l'autre jour. Voilà à quoi se résume notre relation.

J'omis de mentionner la petite scène troublante qui s'était déroulée dans la chambre à coucher des Featherstonehaugh.

Le soulagement illumina ses traits juvéniles.

— C'est bien, car je ne voudrais pas qu'une gentille jeune fille comme vous se retrouve avec le cœur brisé, ou pire encore.

— Merci, mais je ne compte pas laisser quiconque me briser le cœur, affirmai-je, tandis que la main me démangeait de refermer la porte d'entrée. Je dois y aller, maintenant, Tristram. Je vous prie de m'excuser.

— Puis-je vous revoir bientôt ? Et si je vous emmenais déjeuner quelque part ? Rien de trop chic, je le crains, mais je connais de bons restaurants italiens très abordables, qui proposent des spaghettis à la bolognaise et un verre de piquette pour quelques sous seulement.

— Merci. Je suis navrée pour aujourd'hui, mais je dois absolument y aller. Séance tenante.

Sur ces mots, je tournai les talons et m'engouffrai dans la maison. Une fois la porte refermée, je restai un bon moment appuyée contre le battant de chêne froid et solide, à attendre que mon cœur retrouve son rythme habituel.

13.

Rannoch House
Vendredi 29 avril 1932

Ce petit interlude m'avait au moins aidée à mettre de l'ordre dans mes idées. Je devais d'abord m'entretenir avec Binky, résolus-je. Avant d'alerter la police, il me fallait savoir avec certitude qu'il n'avait joué aucun rôle dans l'assassinat de Gaston de Mauxville, et c'était probablement à son club que je le trouverais. Il y prenait ses repas depuis son arrivée à Londres, et c'était un établissement où il avait ses aises. Je tâchais de rester optimiste : la disparition de mon frère n'avait peut-être rien à voir avec le cadavre. Peut-être avait-il finalement décidé qu'il serait plus simple de prendre une chambre à son club, cela lui éviterait de rentrer à pied à la maison après un dîner suivi de plusieurs verres de brandy.

Il aurait tout de même pu m'en informer, songeai-je, furieuse. C'était du Binky tout craché.

J'appelai le central téléphonique et demandai à être mise en relation avec le Brook's qui, avant de devenir le club de mon frère, avait été celui de mon père et de mon grand-père.

— Puis-je vous aider ? s'enquit une voix chevrotante de vieillard.

— Pourriez-vous me dire si lord Rannoch séjourne actuellement au club ?

— Hélas non, madame.

— Qu'entendez-vous par là ? Qu'il n'est pas chez vous ou que vous refusez de me dire s'il s'y trouve ?

— Précisément, madame.

— Je suis lady Georgiana de Rannoch, la sœur du duc, et je souhaite m'entretenir avec lui au sujet d'une affaire très urgente. Ainsi, pouvez-vous me dire s'il a pris une chambre chez vous ?

— Hélas non, lady de Rannoch, répondit le vieil homme, imperturbable.

Il était clair qu'il était prêt à mourir plutôt que de révéler à une personne du sexe opposé où se trouvait un membre du club. Il ne me restait plus qu'à me rendre sur place.

Je montai dans ma chambre pour me changer en essayant de ne pas regarder la porte de la salle de bains sur mon passage. Le fait que Binky avait emporté ses vêtements signifiait vraisemblablement qu'il ne comptait pas revenir. Et je pouvais simplement en conclure le pire : après avoir découvert le cadavre, il avait paniqué. J'espérais à présent qu'il n'était pas allé tout raconter à n'importe qui.

Je pris de quoi écrire et lui laissai un mot, au cas où il reviendrait avant moi : *Binky, il y a un cadavre dans la baignoire du deuxième étage. Ne fais rien avant mon retour. Surtout, ne téléphone pas à la police. Nous devons discuter de la conduite à tenir. Affectueusement, Georgie.*

Je me mis en route d'un pas rapide et remontai Piccadilly jusqu'à St James's Street, une rue qui abritait les plus anciens clubs londoniens ; après avoir gravi l'austère perron du Brook's, je toquai à la porte. Celle-ci fut ouverte par un portier antédiluvien aux yeux bleus larmoyants, aux cheveux blancs aussi fins que ceux d'un bébé, de surcroît affligé de tremblements continuels.

— Je suis navré, madame. C'est un club pour gentlemen, déclara-t-il en me décochant un regard si scandalisé qu'on aurait pu croire que je me tenais sur le pas de la porte dans le plus simple appareil.

— Je sais que le club est réservé aux gentlemen, répondis-je calmement. Je suis lady Georgiana de Rannoch, et j'ai téléphoné il y a quelques minutes. Il faut absolument que je sache si mon frère, le duc, est là. Si tel est le cas, je souhaite lui parler, c'est extrêmement urgent.

Je m'étais lancée dans une imitation assez réussie de mon estimée arrière-grand-mère – l'impératrice des Indes, non pas celle qui avait été marchande de poisson dans les quartiers de l'est londonien, même si j'avais cru comprendre qu'elle avait été fort autoritaire, se débrouillant également très bien pour imposer sa volonté.

Le portier tremblota, mais ne céda pas.

— Le règlement du Brook's m'interdit de révéler lesquels de ses membres y séjournent, lady de Rannoch. Si vous souhaitez laisser un message à M. le duc, je ferai en sorte de le lui transmettre.

Je le dévisageai tout en me demandant ce qui se passerait si je le bousculais pour entrer afin de jeter un rapide coup d'œil au registre de présence. Il était sans aucun doute plus petit et plus frêle que moi. Puis je décidai qu'un comportement d'une grossièreté aussi impardonnable parviendrait dans l'heure aux oreilles de S. M. et que je serais expédiée chez ma grand-tante, au fin fond du Gloucestershire, avant la fin de la semaine. Je laissai donc un mot à Binky, sans manquer de remarquer l'air suffisant du portier lorsqu'il me le prit des mains.

Je n'avais pas la moindre idée de ce que j'allais faire à présent. C'était vraiment vache de la part de Binky de disparaître dans la nature à un moment pareil. Je m'arrêtai en bordure de Green Park et, réchauffée par le soleil printanier, contemplai les nourrices qui prenaient l'air avec les jeunes enfants dont elles avaient la charge ; j'avais du mal à croire que, tout autour de moi, la vie suivait son cours normal. Il me vint à l'esprit que je ne m'étais jamais sentie aussi seule de toute mon existence avant cet instant. Un sentiment de profonde désolation me submergea. J'étais esseulée, vulnérable, livrée à moi-même dans cette grande ville. Frappée d'horreur, je m'aperçus que mes yeux se remplissaient de larmes. Qu'est-ce qui avait bien pu m'inciter à filer à Londres sans m'y être préparée raisonnablement ? Si j'étais restée en Écosse, jamais je ne me serais retrouvée dans un tel pétrin. J'avais une folle envie de faire mes valises et de monter dans le prochain train en partance pour le nord – ce que Binky avait précisément dû faire, songeai-je soudain. Un instinct inné, commun à toutes les générations de Rannoch, les poussait toujours à rentrer au bercail en traînant les pieds : des Rannoch blessés, épuisés, après les dernières escarmouches en date contre les Anglais / Vikings / Danois / Romains / Pictes – bref, quels que fussent les ennemis qu'ils combattaient à l'époque. J'étais maintenant absolument certaine que Binky était reparti chez nous ; il n'y avait pourtant pas grand-chose que je puisse faire pour le joindre. Même s'il s'était enfui après avoir découvert le cadavre, il n'arriverait pas en Écosse avant plusieurs heures, et il lui faudrait ensuite gagner Glenrannoch, qu'il n'atteindrait que tard dans la soirée.

Je sortis mon mouchoir et me tamponnai furtivement les yeux, parfaitement honteuse de cette attitude défaitiste. Selon ma gouvernante, une lady ne montrait jamais ses émotions en public. Et une Rannoch ne se laissait assurément pas abattre face au premier petit obstacle venu. Je me rappelai mon ancêtre Robert Bruce Rannoch, dont le bras droit avait été tranché au cours de la bataille de Bannockburn : il avait promptement changé son épée de main et repris le combat. Nous autres Rannoch ne battions pas en retraite. Binky avait peut-être fui et ainsi déshonoré les siens, mais je n'avais pas l'intention de l'imiter. Je passerais à l'action. Sur-le-champ.

Je me mis en route pour Rannoch House en réfléchissant à ce qu'il convenait de faire. Je ne pouvais laisser indéfiniment le cadavre dans la baignoire. Je n'avais pas la moindre idée du temps qu'il fallait à un corps pour se décomposer, et je n'avais aucune envie de le découvrir. Et je n'allais certainement pas dormir dans une maison avec un cadavre flottant à quelques mètres de ma chambre. J'entendis quatre coups sonner à une horloge ; mon estomac me rappela alors que c'était l'heure du thé et que je n'avais même pas déjeuné. Je pris conscience que, toute ma vie, j'avais été guidée, protégée, couvée par des nourrices, des gouvernantes, des domestiques, des chaperons. D'autres gens de mon âge avaient appris à penser par eux-mêmes. En ce qui me concernait, je n'avais jamais eu à prendre de décision importante. En réalité, la toute première que j'avais mise en œuvre avait été de fuir le château de Rannoch. Et, depuis, les choses n'avaient pas tourné aussi merveilleusement que prévu.

J'avais besoin d'aide, et vite. Mais à qui faire appel dans l'adversité ? Certainement pas à mes parents royaux. Puis la vision d'un bon repas m'évoqua mon grand-père – celui qui était en vie, pas le fantôme qui jouait de la cornemuse. Cette idée me parut si évidente qu'un grand soulagement s'empara de moi. Il saurait quoi faire. Je m'apprêtais à trouver la station de métro la plus proche quand je m'arrêtai net : il avait été agent de police, après tout. Il serait scandalisé d'apprendre que je n'avais pas immédiatement appelé ses anciens collègues et il m'obligerait à le faire. Et ensuite, il me faudrait bien entendu expliquer pourquoi j'avais fui en Essex plutôt que de signaler sans attendre qu'un meurtre avait été commis.

Je renonçai donc à cette idée. C'était d'un confident que j'avais besoin à cet instant, car il était crucial de prendre la bonne décision. Un problème partagé est un problème à demi résolu, ainsi que le répétait ma nourrice. Je regrettais presque de ne pas avoir laissé Tristram entrer lorsqu'il était apparu sur le pas de ma porte ; je lui aurais montré le corps. Nous étions quasiment parents, après tout. Il n'aurait certes pas eu la plus petite idée de ce qu'il fallait faire pour me tirer de cette situation extrêmement délicate (il se serait sûrement évanoui sur-le-champ), mais, au moins, j'aurais eu quelqu'un avec qui partager mes ennuis.

Tristram excepté, qui connaissais-je à Londres ? Il y avait bien Darcy, qui savait sans doute comment faire disparaître un cadavre. Mais je n'étais pas certaine de lui faire entièrement confiance ; du reste, j'ignorais son adresse. Je me souvins alors de Belinda. Lorsque nous étions à l'école ensemble, elle n'avait pas son pareil pour arranger toutes sortes de problèmes – comme la fois où nous avions découvert la remise du jardin en feu.

Belinda était exactement le genre de personne dont j'avais à présent besoin. Je me mis en route à toute allure vers sa petite maison, priant en silence pour qu'elle fût chez elle. En arrivant sur place, j'étais fort essoufflée et transpirais affreusement dans mon tailleur de tweed, la journée s'étant révélée plus chaude que je ne m'y étais attendue. (Naturellement, jamais je n'aurais pu admettre que j'avais « chaud ». Ma gouvernante avait aussi l'habitude d'affirmer que ce mot, de même que les termes « peau » et « maillot », était banni du vocabulaire d'une lady.) Je toquai à la porte. Sa bonne ouvrit.

— Mlle Belinda se repose et ne doit pas être dérangée.

— C'est une urgence. Je dois parler à votre maîtresse immédiatement. Allez la réveiller, je vous prie.

— C'est impossible, mademoiselle, répliqua-t-elle, aussi imperturbable que le maudit portier du Brook's. Elle m'a rigoureusement interdit de la déranger, même si le ciel nous tombait sur la tête.

Cela faisait deux fois en un après-midi que de loyaux serviteurs m'envoyaient promener, et c'en était assez.

— Justement, le ciel me tombe sur la tête. C'est en fait une question de vie ou de mort. Si vous refusez de la réveiller, je m'en chargerai. Veuillez lui dire que lady Georgiana est là pour une affaire des plus pressantes.

La fille parut prendre peur – impossible cependant de savoir si c'était de moi ou de sa maîtresse, qu'elle redoutait de tirer du sommeil.

— Très bien, mademoiselle... lady Georgiana, je voulais dire, bafouilla-t-elle. Elle va tout de même être extrêmement fâchée, vu qu'elle n'est pas rentrée à la maison avant trois heures du matin et qu'elle est censée sortir à nouveau ce soir.

Elle s'éloigna à contrecœur et se traîna jusqu'à l'escalier. À cet instant, la silhouette de Belinda apparut, théâtrale, en haut des marches. Elle portait un kimono écarlate et un masque était rejeté sur son front, couvrant en partie ses yeux ; elle avait pris une pause affectée de vedette de cinéma, un poignet levé contre sa tempe.

— Quel est ce vacarme, Florrie ? demanda-t-elle. Je t'ai pourtant dit que je ne voulais pas être dérangée.

— C'est moi, Belinda, annonçai-je. Il faut que je te parle.

Elle souleva légèrement son masque. Un regard vitreux se posa sur moi.

— Bonjour, Georgie.

— Navrée de t'avoir réveillée, mais j'ai de gros ennuis, et je ne vois pas vers qui d'autre me tourner.

Je me rendis compte, horrifiée, que j'avais prononcé la fin de cette phrase d'une voix tremblante.

Belinda se mit à descendre l'escalier à tâtons – une bonne imitation de lady Macbeth dans sa scène de somnambulisme.

— Va faire du thé, Florrie, s'il te plaît, dit-elle. Je suppose que tu ferais mieux de t'asseoir, Georgie, ajouta-t-elle en s'affalant sur le sofa. Bon sang, qu'est-ce que je me sens patraque, marmonna-t-elle. Ces cocktails étaient probablement mortels, et j'en ai bu des tas.

— Désolée de débarquer sans prévenir, insistai-je. Vraiment. Je ne serais pas venue si j'avais eu un autre endroit où aller.

— Assieds-toi et raconte tout à tata Belinda, dit-elle en tapotant le sofa.

Je pris place à côté d'elle.

— Ta bonne ne peut pas nous entendre, tu es sûre ? murmurai-je. Ce que j'ai à te dire est strictement confidentiel.

— La cuisine est au fond. Alors, vas-y. Crache le morceau.

— Je suis dans de sales draps, Belinda, lâchai-je.

De surprise, elle haussa ses sourcils épilés à la perfection.

— Tu as exprimé l'envie de perdre ta virginité il y a seulement une semaine. Tu ne peux tout de même pas être déjà enceinte !

— Non, cela n'a rien à voir du tout. J'ai découvert un corps dans ma baignoire.

— Un corps sans vie, veux-tu dire ?

— Oui, c'est exactement ce que je veux dire.

Belinda était à présent bien réveillée. Elle s'avança sur le bord du sofa et se pencha vers moi.

— Tout cela est extrêmement fascinant, ma chérie. Quelqu'un que tu connais ?

— En fait, oui. Un odieux Français du nom de Gaston de Mauxville, qui cherchait à mettre la main sur le château de Rannoch.

— Un parent perdu de vue depuis longtemps ?

— Ah ça, non. Rien à voir avec nous. Il a gagné la maison à l'issue d'une partie de cartes avec papa, c'est du moins ce qu'il affirmait.

— Et son cadavre gît maintenant dans ta baignoire. As-tu déjà appelé la police ?

— Non. Je veux d'abord retrouver Binky, qui a disparu. J'ignore donc s'il est mêlé à cette affaire.

— Cela fera mauvaise impression… Vous aviez tous deux une excellente raison de vouloir le tuer, après tout.

— Je sais bien.

— Qu'envisages-tu de faire, dans ce cas ? Te débarrasser du corps d'une manière ou d'une autre ? Y a-t-il un jardin à l'arrière de Rannoch House ? Des parterres de fleurs ?

— Belinda ! Je ne pourrais pas l'enterrer dans le jardin… cela ne se fait pas, voilà tout.

— Ce serait la solution la plus simple, Georgie.

— Non. D'une part, il est plutôt costaud, et même à deux nous ne parviendrions sans doute pas à le traîner jusqu'au jardin. D'autre part, il y aura sûrement quelqu'un qui regardera par une fenêtre et nous verra, et cela me vaudra de plus gros ennuis encore. Au moins, pour l'instant, je peux affronter la police en toute innocence. Et n'oublie pas la devise des Rannoch : « La mort plutôt que le déshonneur ».

— S'il avait été de petite taille et qu'il y avait eu une véritable jungle derrière chez toi, je parie que tu n'aurais pas hésité, affirma Belinda en affichant un large sourire.

— Peut-être, dis-je, souriant aussi, bien malgré moi.

— Ce de Mauxville cherchait à s'approprier votre château : qui d'autre est au courant ?

— Nos notaires, malheureusement. Eux excepté, je ne sais pas.

Elle réfléchit un moment, les sourcils froncés.

— Je crois que la meilleure façon d'aborder le problème consiste à jouer ta carte maîtresse.

— Laquelle ?

— Tes liens avec la famille royale, ma chérie. Convoque la police en affichant une colère indignée. Explique que tu viens de trouver un cadavre dans ta baignoire. Tu ignores tout de la manière dont il est arrivé là. Exige qu'on t'en débarrasse immédiatement. Pense à ton arrière-grand-mère. Les classes inférieures sont toujours impressionnées par tout ce qui relève de la royauté.

— On risque de me demander si je le connaissais. Je ne sais pas mentir.

— Reste assez vague. Tu penses qu'il est venu voir ton frère un jour. Évidemment, vous n'avez jamais été présentés ; officiellement, tu ne le connaissais donc pas.

— C'est vrai. Je ne lui ai jamais été présentée, soupirai-je.

— Tu as un bon alibi, j'espère ? s'enquit-elle en me tapotant le genou.

— Moi ? Oui, mais je ne peux pas le dévoiler à la police. Je faisais le ménage chez quelqu'un. Il est hors de question que cela se sache.

— Non, bien sûr que non. Oh là là. Bon, mieux vaut t'en inventer un. Voyons voir. Le matin, nous sommes allées chez Harrods ensemble, puis nous avons déjeuné chez moi avant de nous rendre à Rannoch House. En montant te changer, tu as découvert le corps, après quoi nous avons aussitôt appelé la police.

Je la dévisageai avec admiration.

— Belinda… tu ferais ça pour moi ?

— Bien entendu. Souviens-toi de ce que nous avons vécu ensemble aux Oiseaux. Je n'oublierai jamais toutes les fois où tu m'as couverte quand j'étais dans le pétrin. Le jour où, enfermée dehors, j'ai dû grimper le long du lierre…

— Oh, oui, je me rappelle, dis-je en souriant.

— Voilà qui est réglé, dans ce cas. Nous allons boire une tasse de thé. Ensuite, je m'habillerai et nous irons braver la tempête.

14.

Rannoch House
Vendredi 29 avril 1932

— Le voici.

J'ouvris la porte de la salle de bains et, d'un geste théâtral, désignai le corps, qui n'avait pas bougé depuis la dernière fois que je l'avais vu.

Belinda s'approcha et le scruta d'un œil critique.

— Qu'est-ce qu'il a l'air déplaisant ! Était-il tout aussi désagréable de son vivant ?

— Pire que ça.

— Dans ce cas, tu as manifestement rendu service à la société. Cela fait une personne horrible de moins dans le monde.

— Je n'ai strictement rien à voir avec sa mort, Belinda, et je suis certaine que Binky n'y est pas mêlé non plus. Nous avons simplement fourni la baignoire.

Elle examina de Mauxville avec attention, parfaitement impassible face à ce révoltant spectacle.

— Et comment est-il arrivé là, d'après toi ?

— Aucune idée. Je suis sortie accomplir mes tâches domestiques en laissant Binky à la maison. À mon retour, la porte d'entrée n'était pas verrouillée, le sol était trempé et cet homme gisait là.

— Et ton frère ?

— Je crains qu'il ne se soit enfui illico en Écosse.

— C'est très élégant de sa part de te laisser seule pour affronter cette épreuve. Tu ne le crois tout de même pas coupable ?

Je considérai sa question.

— Cela m'étonnerait vraiment, finis-je par répondre. Je n'arrive tout simplement pas à imaginer Binky en train de noyer quelqu'un dans une baignoire. Il est trop maladroit, de toute manière. Il aurait glissé sur le savon ou commis une autre bévue de ce genre. Et s'il avait résolu de se débarrasser de cet individu, il n'aurait tout de même pas laissé son cadavre dans notre salle de bains.

— Ce n'est en effet pas la chose la plus intelligente qui soit, mais ton frère n'a jamais été réputé pour son brillant intellect, il me semble…

— Même Binky n'aurait pas été stupide à ce point, répondis-je tout en décelant une pointe d'incertitude s'insinuer dans ma voix. Quoi qu'il en soit, je le soupçonne de se trouver en ce moment même dans un train pour l'Écosse. J'attends qu'il soit arrivé pour l'appeler et découvrir la vérité. Mais, entre-temps, que faire ? Nous ne pouvons quand même pas laisser de Mauxville ici.

Belinda haussa les épaules.

— Si tu ne veux pas essayer de l'enterrer dans ton jardin, ce qui serait à mon avis une excellente idée, il ne te reste plus qu'à appeler la police.

— Tu as raison, je suppose, acquiesçai-je. Après tout, de quoi devrais-je avoir peur ? Je suis innocente. Je n'ai rien à cacher…

— Hormis un petit détail : tu te déguises en femme de chambre afin de récurer des toilettes qui ne sont pas les tiennes, me rappela Belinda.

— Oui, hormis ce détail.

— Ne t'inquiète pas. Je suis à tes côtés. Il faudrait un agent de police bien redoutable pour avoir raison de nous deux.

Je parvins à esquisser un sourire.

— Très bien. Je m'en occupe.

J'allai téléphoner au rez-de-chaussée, puis nous attendîmes, assises côte à côte dans l'escalier, les yeux braqués sur la porte d'entrée, écoutant le tic-tac d'une horloge résonner quelque part dans la maison vide.

— Qui pourrait être le coupable, d'après toi ? demanda enfin Belinda. Et que faisait ce de Mauxville chez vous, de toute manière ?

— Il est venu voir Binky, j'imagine.

— Mais si ton frère ne l'a pas tué, qui s'en est chargé ?

— Un inconnu, sans doute, répondis-je avec un haussement d'épaules.

Elle secoua la tête.

— Tu veux faire croire à la police qu'un parfait quidam s'est introduit chez toi pendant ton absence et a noyé quelqu'un dans ta baignoire ? Un crime pareil aurait demandé pas mal de cran, une bonne organisation et beaucoup de chance, Georgiana.

— Je sais. Cela semble à peine vraisemblable, n'est-ce pas ? Qui pouvait de toute façon savoir que de Mauxville se rendait chez nous ? Presque personne n'a été informé de notre présence à Londres. Et de Mauxville ne devait pas connaître grand monde ici.

Belinda contempla le lustre d'un air pensif.

— Ce de Mauxville, est-il l'un des nôtres ? Ou un VRMC ?

Ce qui, au cas où vous l'ignoreriez, est l'abréviation de « vulgaire roturier, ma chère ».

— C'est difficile à dire. Il était plutôt grossier, mais je connais de nombreux aristocrates qui le sont, tout comme toi, je suppose.

— Sais-tu où il était descendu ?

— À l'hôtel Claridge's.

— Ce qui laisse à penser qu'il avait de l'argent, mais pas de club.

— Il était français, Belinda. Pour quelle raison aurait-il été membre d'un club londonien ?

— S'il avait des relations à Londres et qu'il traversait souvent la Manche, par exemple. Le fait qu'il séjournait au Claridge's signifie donc qu'il ne connaissait personne ici.

— Et en quoi cela va-t-il nous aider ?

— Il te faut découvrir le maximum d'informations à son sujet. Si tu l'as trouvé désagréable, il a sans doute dû agacer bien d'autres personnes qui attendaient simplement l'occasion de le noyer dans une baignoire. Tâche de savoir ce qu'il faisait quand il venait en Angleterre – du moins quand il n'essayait pas de mettre la main sur ton château.

— D'accord, mais comment ?

— Je connais un nombre considérable de gens, dont certains passent la moitié de l'année sur le continent. Des gens qui fréquentent les casinos de Nice et de Monte-Carlo. Je pourrais les interroger.

— Belinda… tu ferais ça pour moi ? Tu es vraiment une chic fille.

— Je trouve ça assez amusant, en réalité. Belinda Warburton-Stoke, détective privée.

En dépit de ma nervosité, je ne pus m'empêcher de rire.

— Oui, ça sonne bien ! m'exclamai-je.

— Je suis certaine que j'obtiendrais de meilleurs résultats que l'inspecteur assommant et lent d'esprit qui à coup sûr sera chargé de l'enquête.

Comme à point nommé, un coup retentissant fut frappé à la porte. Je décochai un regard à Belinda, puis allai ouvrir. Plusieurs uniformes bleus se tenaient sur le perron et, parmi eux, un imperméable fauve et un chapeau mou. Je vis sous ce dernier un visage aux traits tirés – un visage décoloré, au teint fauve, dont la physionomie laissait entendre que la vie était mortellement ennuyeuse –, pourvu d'une moustache fauve elle aussi assortie à l'imperméable. Le chapeau fut soulevé sans grand enthousiasme.

— Bonsoir, mademoiselle. Inspecteur Harry Sugg. On nous a signalé la présence d'un cadavre à cette adresse.

— C'est exact. Veuillez entrer, inspecteur.

Il me considéra avec méfiance.

— J'espère que ce cadavre existe et qu'il ne s'agit pas d'une de ces farces que vous autres, jeunes gens de la haute, semblez trouver si amusantes – comme celle consistant à voler leur couvre-chef aux agents de police ?

— Je vous assure qu'il y a bel et bien un cadavre et que la situation n'a rien d'amusant.

Je tournai les talons et le conduisis à l'intérieur. Belinda, qui s'était redressée, attendait dans l'escalier. Le chapeau mou fut à nouveau soulevé, à son attention cette fois.

— Bonsoir, madame. Êtes-vous la propriétaire de cette maison ?

— Non, intervins-je sèchement. Rannoch House appartient au duc.

— Et de quel duc voulez-vous parler, mademoiselle ? demanda Sugg en sortant un calepin et un crayon.

— Le duc de Glen Garry et Rannoch. Mon frère. Je suis lady Georgiana de Rannoch, arrière-petite-fille de la reine Victoria et cousine de Sa Majesté le roi. Voici mon amie Belinda Warburton-Stoke.

L'inspecteur ne paraissait pas impressionné outre mesure – il ne me fit ni révérence ni courbette, contrairement à ce que Belinda avait supposé.

— Enchanté, mademoiselle, dit-il en lui adressant un signe de tête. Bon, très bien. Et si vous me montriez ce cadavre ?

— Par ici, dis-je.

Je m'aperçus que j'éprouvais déjà pour lui une antipathie complètement irraisonnée. Je le conduisis jusqu'au premier étage ; nous traversâmes le palier, puis gravîmes la seconde volée de marches. Une fois en haut, je remarquai qu'il était un peu essoufflé – il n'avait visiblement pas l'habitude d'escalader des rochers écossais.

— Il est dans la baignoire, précisai-je.

L'inspecteur continuait d'afficher un air sceptique, à croire qu'il ne me prenait pas au sérieux et mourait d'envie de prouver que j'étais une idiote.

— Dans la baignoire, ah bon ? Vous êtes sûre que l'un de vos amis n'est pas en train de cuver après avoir bu un coup de trop ?

— J'en doute. Il est au fond de l'eau. Voyez par vous-même.

J'ouvris la porte de la salle de bains. Il s'avança dans la pièce, puis eut un net mouvement de recul.

— Je vois ce que vous voulez dire. Il est mort, effectivement. Rogers ! Par ici ! Vous feriez mieux de passer un coup de fil au commissariat. Dites-leur qu'on aura besoin du matériel pour relever les empreintes digitales, de l'appareil photo avec flash et de tout le toutim.

Il sortit de la salle de bains et se tourna vers moi.

— C'est une sale affaire. Sauf si la victime a décidé de mettre fin à ses jours, tout laisse à penser que quelqu'un s'en est chargé pour lui.

— Pourquoi aurait-il choisi de se suicider dans la baignoire de lady Georgiana ? s'enquit Belinda.

— Et si telle était son intention, il aurait ôté son pardessus, ajoutai-je.

— À moins qu'il n'ait trouvé l'eau un tantinet froide, ou qu'il n'en ait eu besoin afin de couler plus facilement, suggéra Belinda avec dans les yeux un pétillement à peine perceptible.

Il était clair qu'elle trouvait la situation plutôt divertissante – mais elle n'était pas le suspect principal. Je me surpris à me demander si les personnes de sang royal bénéficiaient encore du privilège d'être pendues avec une corde de soie ; puis je me dis qu'avoir le cou irrité par du chanvre rêche serait bien le dernier de mes soucis dans pareilles circonstances.

L'inspecteur Sugg regarda autour de lui, comme en quête d'inspiration.

— Y a-t-il un endroit où on puisse s'asseoir et discuter en attendant l'arrivée de mon équipe ?

— Le petit salon fera l'affaire, proposai-je. C'est par là.

— Le petit salon… ? sembla-t-il s'étonner.

S'était-il imaginé que ma langue avait fourché et que j'avais parlé de « salon funéraire » ? Il me suivit jusqu'au rez-de-chaussée. Une fois que nous fûmes assis, je m'interrogeai : quelle était l'étiquette dans ce genre de situation ? Fallait-il que je lui offre une tasse de thé ? Mais je chassai cette idée – je n'avais pas de bonne et refusais d'endosser ce rôle en présence de cet homme.

— Bon, venons-en aux faits, dit-il. Qui a découvert le corps ?

— Moi, répondis-je.

— Et j'étais juste derrière elle, ajouta Belinda.

— Et ça s'est passé à quelle heure, mademoiselle ?

Il allait visiblement continuer de me donner du « mademoiselle », alors que j'avais précisé être la sœur du duc. Peut-être n'avait-il jamais appris à s'adresser à une lady ou à appeler qui que ce soit par son titre de noblesse. Peut-être était-il socialiste, égalitariste par-dessus le marché. À moins qu'il ne fût bête, tout simplement. Je résolus de ne pas m'en irriter.

— Mon amie Belinda et moi avons fait des emplettes toute la matinée, puis nous avons rapidement déjeuné ensemble avant de revenir ici il y a un quart d'heure environ, expliquai-je, décrivant l'emploi du temps que nous avions soigneusement élaboré. Lorsque je suis montée me changer, j'ai vu de l'eau par terre, ouvert la porte de ma salle de bains et trouvé le corps.

— Avez-vous touché à quoi que ce soit ?

— J'ai d'abord voulu secourir cet homme avant de me rendre compte qu'il était mort. C'était la première fois que je voyais un cadavre, et cela m'a plutôt choquée.

— Qui est cet individu ?

— Je ne sais pas vraiment, répondis-je, consciente que j'étais incapable de mentir ouvertement. Il me semble l'avoir déjà croisé, mais je ne lui ai pas été présentée, j'en suis convaincue. Une connaissance de mon frère, peut-être.

— Votre frère, le duc ?

— C'est exact.

— Et où est-il, en ce moment ?

— Dans notre château écossais, je pense.

— Dans ce cas, pourquoi son ami était-il ici ?

Une question à laquelle j'étais en mesure de répondre, cette fois.

— Ce n'était pas un ami de mon frère, je vous assure. Et je n'ai pas la moindre idée de ce qu'il faisait chez nous. Il n'était pas là quand je suis partie ce matin et, à mon retour, son corps sans vie gisait dans la baignoire.

— Qui d'autre se trouvait dans la maison ? demanda l'inspecteur en mâchouillant son crayon – une vilaine habitude dont ma nourrice m'avait guérie à l'âge de quatre ans.

J'hésitai une brève seconde.

— Personne.

Je ne pouvais cependant me contenter d'en dire si peu.

— Mon frère est venu à Londres pour affaires, mais il a logé à son club la plupart du temps, ajoutai-je.

— Quand est-il reparti ?

— Je l'ignore. Il est plutôt du genre distrait, et il ne me fait jamais part de ses projets.

— Et les domestiques ? Où étaient-ils aujourd'hui ?

— Nous n'avons pas de personnel ici. Notre résidence principale se trouve en Écosse. Quand je suis partie pour Londres, ma bonne écossaise a refusé de quitter sa mère invalide, et je n'ai pas encore eu le temps d'engager une femme de chambre des environs. En réalité, Rannoch House me sert seulement de pied-à-terre, le temps que je m'organise.

— En gros, si je comprends bien, vous vivez toute seule ici ?

— En effet.

— Entendons-nous bien : vous êtes sortie ce matin, avez passé la journée avec votre amie ici présente, êtes revenue cet après-midi et avez découvert un cadavre dans votre baignoire – un individu que vous ne connaissez même pas. Et vous ignorez qui a pu lui ouvrir ou ce qu'il faisait chez vous ?

— C'est exact.

— C'est un petit peu difficile à avaler, vous ne trouvez pas ?

— J'en conviens, cette histoire peut paraître complètement invraisemblable, inspecteur, mais c'est la vérité. Une seule conclusion s'impose : un fou pervers rôde dans Londres.

— Il est hors de question que tu restes seule dans cette maison une minute de plus, Georgie, intervint Belinda. Va chercher quelques affaires. Tu pourras dormir sur mon sofa.

L'inspecteur reporta alors son attention sur elle – c'était peut-être ce qu'elle voulait.

— Mlle Warburton-Stoke, avez-vous dit ?

— C'est exact, répondit-elle en lui décochant un sourire éblouissant.

— Et vous habitez…

— Une charmante petite maison aménagée dans une ancienne écurie. Au 3 Seville Mews. À deux pas de Knightsbridge, plus précisément.

— Et vous étiez avec votre amie quand elle a découvert le corps ?

— J'étais avec lady Georgiana. Du moins, je l'ai attendue en bas pendant qu'elle montait se changer. Je l'ai rejointe dès que je l'ai entendue crier.

— Avez-vous aperçu le cadavre, mademoiselle ?

— Certainement. Un homme qui m'a paru affreux. Il m'a même semblé qu'il ne s'était pas rasé aujourd'hui.

— Et c'était la première fois que vous posiez les yeux sur lui ?

— Tout à fait. Je ne l'avais jamais vu avant aujourd'hui. Et croyez-moi, inspecteur, je n'aurais pas oublié un visage aussi déplaisant.

Sugg se releva.

— Bon, très bien. Je suppose que ce sera tout, pour l'instant. Mais il faudra que j'interroge votre frère, le duc. Comment puis-je le contacter ?

Je ne voulais pas que la police s'entretienne avec Binky avant que j'aie pu discuter avec lui de mon côté.

— Ainsi que je vous l'ai dit, je ne sais pas exactement où il se trouve en ce moment. Pourquoi ne pas essayer de le joindre à son club, au cas où il serait encore à Londres ?

— Vous avez pourtant affirmé qu'il était en Écosse.

— J'ai dit que j'ignorais où il pouvait être et qu'il était peut-être rentré chez lui. Si vous voulez, je peux me renseigner auprès d'amis et de membres de notre famille restés en Écosse, bien que le téléphone n'y soit pas d'un usage très répandu. L'endroit est plutôt isolé.

— Ne vous en faites pas, mademoiselle, nous le retrouverons, c'est certain.

— Inspecteur, nous devrions vraiment laisser lady Georgiana boire une tasse de thé, déclara Belinda en me prenant le bras. Elle est manifestement en état de choc. N'importe qui le serait après avoir découvert un cadavre chez soi, n'est-ce pas ?

Il opina du chef.

— Je suppose que ça vous a toutes deux un peu remuées. Allez donc boire un thé et vous étendre un moment. Je saurai où vous trouver si j'ai besoin de vous. Et entre-temps, si votre frère daigne réapparaître, dites-lui que nous souhaitons lui parler sans attendre. Est-ce clair ?

— Oh, extrêmement clair, inspecteur, acquiesçai-je.

— Allez-y, dans ce cas. Mes hommes vont sûrement en avoir pour un bon moment, ajouta-t-il en essayant de nous pousser en direction de la porte d'entrée.

— J'espère que tout se déroulera sous bonne surveillance. Rannoch House renferme de nombreux objets de valeur. Je ne voudrais pas que certains soient volés ou endommagés.

— Pas d'inquiétude, mademoiselle. Votre demeure est entre de bonnes mains. Tant que cette petite affaire ne sera pas élucidée, un agent montera la garde devant la maison. Allez, filez à présent.

— Lady Georgiana a besoin de récupérer quelques effets personnels avant de partir, intervint Belinda. Elle ne peut s'absenter sans emporter ne serait-ce qu'une brosse à dents.

— Très bien. Rogers, accompagne la jeune dame et garde un œil sur elle. Je ne voudrais pas qu'elle fasse disparaître de précieux indices.

Furieuse et indignée, je montai l'escalier d'un pas lourd, jetai pêle-mêle divers objets dans un sac, puis me rappelai une chose.

— Ma brosse à dents, mon savon et mon gant de toilette sont dans la salle de bains, dis-je.

— Je ne crois pas que vous pouvez toucher à quoi que ce soit là-dedans, répondit l'agent, l'air préoccupé.

— De toute manière, je n'aurais plus envie de me servir de ces objets après ce qui s'est produit dans cette pièce, répliquai-je.

— Nous passerons chez mon pharmacien pour t'acheter une brosse à dents neuve, ma chérie, dit Belinda, apaisante. Allez, partons. Cet endroit commence à devenir déprimant.

— Vous avez tout ce qu'il vous faut ? demanda l'inspecteur, soulevant son chapeau à contrecœur tandis que nous sortions de la maison.

— Quel horrible individu, déclara Belinda dès que la porte se fut refermée derrière nous. Je ne serais pas fâchée de le voir flotter dans une baignoire.

15.

Maison de Belinda Warburton-Stoke
3 Seville Mews
Knightsbridge
Londres
Vendredi 29 avril 1932

Dès que nous arrivâmes chez Belinda, je demandai à me servir de son téléphone et appelai le château de Rannoch. Comme d'habitude, ce fut Hamilton qui répondit.

— Allô ? Château de Rannoch. Le majordome de M. le duc à l'appareil.

Notre vieux serviteur n'avait jamais été très à l'aise avec ce moyen de communication.

— Bonsoir, Hamilton, c'est lady Georgiana, criai-je – il y avait en effet beaucoup de friture sur la ligne, et Hamilton était de plus en plus sourd.

— Je regrette, mais lady Georgiana est absente en ce moment, m'informa-t-il de sa douce voix écossaise.

— Hamilton, c'est moi, lady Georgiana ! J'appelle depuis Londres, hurlai-je littéralement dans le combiné. Je souhaite laisser un message à M. le duc.

— Je crois que M. le duc se trouve quelque part sur le domaine, dit-il.

— Ne soyez pas ridicule, Hamilton. Vous savez pertinemment qu'il n'est pas à Rannoch. C'est impossible, à moins que des ailes ne lui aient poussé. Dites-lui de me téléphoner dès son retour, je vous prie. C'est d'une importance vitale ; sinon, il aura de sérieux ennuis. Bon, je vais vous donner le numéro auquel on peut me joindre.

Après quelques longues minutes passées à lui dicter le numéro avec force cris, il parvint à le noter sans faire d'erreur. Je raccrochai, agacée.

— Binky a déjà persuadé notre majordome de mentir pour le protéger.

— Je crois que tu devrais te faire à l'idée que ton frère est sans doute coupable, ma chérie, déclara Belinda. Viens boire un thé, cela te fera du bien.

Lorsque je soulevai ma tasse, je m'aperçus, horrifiée, que ma main tremblait. Cette journée avait été des plus contrariantes.

S'ensuivit une nuit agitée sur le sofa de Belinda. Conviée à une énième fête, mon amie s'éclipsa. Elle m'avait généreusement proposé de l'accompagner, mais je n'étais pas d'humeur à m'amuser et je n'avais rien à me mettre. Du reste, j'attendais le coup de téléphone de Binky. La bonne rentra chez elle pour la nuit, et je tâchai de m'endormir. Le sofa moderne aux lignes épurées était diablement inconfortable. Incapable de trouver le sommeil, je restai étendue, à contempler les ténèbres, en proie à un sentiment de frayeur et de vide. Je n'arrivais pas à croire que mon frère pût être coupable, mais j'avais aussi du mal à comprendre comment de Mauxville avait pu atterrir dans notre baignoire – à moins que Binky n'y fût mêlé. J'avais hâte de lui parler, de savoir qu'il allait bien et qu'il était innocent. Si seulement il m'avait laissé un message avant de disparaître. Si seulement…

Je m'assis brusquement, à présent complètement, horriblement réveillée. Un message. J'en avais déposé un sur le lit de Binky, dans lequel je mentionnais le cadavre dans la baignoire et lui conseillais de ne pas appeler la police. Comment avais-je pu oublier un détail aussi compromettant ? L'inspecteur avait déjà dû trouver ce mot. Un agent de police resterait-il posté toute la nuit devant Rannoch House ? Parviendrais-je à m'introduire à la dérobée dans la maison afin de récupérer le message si, par le plus invraisemblable des hasards, il n'avait pas encore été découvert ? Si on me surprenait sur les lieux en pleine nuit, la police se méfierait sans doute encore davantage de moi, j'en étais consciente, mais je devais prendre ce risque. Il était possible que Sugg n'ait pas fait procéder à une fouille minutieuse dans l'immédiat, et le mot destiné à Binky était peut-être encore à sa place. Je me levai, enfilai ma robe et mon manteau par-dessus mon pyjama, puis coinçai un bout de papier entre la porte d'entrée et le loquet afin de pouvoir la rouvrir à mon retour (l'une des rares choses utiles que j'avais apprises aux Oiseaux). Je me faufilai dehors.

Dans les rues désertes, je ne croisai qu'un agent qui faisait sa ronde.

— Tout va bien, mademoiselle ? demanda-t-il en me regardant avec méfiance.

— Oh, oui, merci. Je rentre d'une fête.

— Vous ne devriez pas être seule dehors à une heure pareille.

— J'habite à deux pas, mentis-je.

Il me laissa poursuivre ma route, mais j'avais bien vu que cela le contrariait. Plus j'avançais, plus je me rangeais à son avis. J'entendis Big Ben sonner minuit, la brise portant jusqu'à moi le son du carillon. Il faisait froid, et je m'emmitouflai dans mon manteau. Belgrave Square était assoupi, plongé dans l'obscurité ; de même que Rannoch House. Aucun agent de police en vue. Je gravis le perron, introduisis ma clé dans la serrure. La porte s'ouvrit. J'entrai, cherchant l'interrupteur à tâtons. La lumière du vestibule projeta des ombres allongées dans l'escalier, et je songeai soudain que le cadavre était peut-être encore dans la baignoire. Je m'enorgueillis habituellement de mon sang-froid : un jour, alors que j'avais trois ans, mon frère et des amis, en vacances à Rannoch, m'avaient fait descendre dans le puits désaffecté de la cour du château ; ils cherchaient à vérifier la rumeur selon laquelle il était sans fond. Heureusement pour moi, ce n'était pas le cas. Une autre fois, j'étais restée assise sur les remparts durant toute une nuit dans l'espoir de voir le fantôme de mon grand-père jouer de la cornemuse. Mais l'idée que de Mauxville pût surgir de la baignoire pour réclamer vengeance m'inspirait un dégoût si grand que mes jambes refusèrent presque de me porter dans l'escalier.

J'atteignis le palier du premier étage, allumai la lumière et m'engageai sur la deuxième volée de marches. Une ombre menaçante, un bras levé, se dressa soudain au-dessus de moi. Je lâchai un petit couinement et manquai perdre l'équilibre. Il fallut deux bonnes minutes à mon cœur pour retrouver son rythme habituel, puis je m'aperçus qu'il s'agissait seulement de la statue d'un ange exterminateur – reléguée sur le palier du deuxième étage après que Binky lui avait ébréché le nez avec une batte de cricket. Quelle idiote j'étais, me réprimandai-je tout en reprenant mon ascension. La porte de la salle de bains était fermée, et le sol avait été épongé. Sur la pointe des pieds, je traversai le palier et entrai dans la chambre de Binky, qui donnait sur la rue. Le mot ne se trouvait plus sur son oreiller. Peut-être était-il tombé ; je m'agenouillai pour regarder sous le lit. Sentant quelque chose d'humide sous mon genou, je m'écartai brusquement, horrifiée, puis me relevai, le cœur battant à tout rompre. Je m'obligeai à m'agenouiller de nouveau afin d'examiner le sol : ce n'était que de l'eau, compris-je, et sa présence pouvait aisément s'expliquer – après avoir pris un bain, Binky était revenu tout dégoulinant dans sa chambre et avait laissé une serviette mouillée sur le plancher. Je fis soigneusement le tour de la pièce, en quête d'indices. Sans succès.

Je m'apprêtais à repartir quand je crus entendre un pas lourd dans l'escalier. La veille, un meurtre avait été commis dans cette maison, je ne l'avais évidemment pas oublié. Si Binky n'avait vraiment rien à voir avec ce crime, un parfait inconnu avait donc trouvé le moyen de s'introduire chez nous, d'y attirer de Mauxville et de l'assassiner. Et cet individu était peut-être de retour. J'embrassai la chambre du regard. Fallait-il que j'essaie de me cacher dans l'armoire ? Je me ravisai : il n'y aurait rien de pire que d'attendre d'être découverte et prise au piège, impuissante. Au moins, en restant visible, je prendrais l'intrus au dépourvu et parviendrais peut-être à le bousculer pour gagner l'escalier. Je me risquai sur le palier, où j'eus le souffle coupé par l'effroi à la vue d'une haute silhouette qui venait de surgir devant moi.

Celle-ci laissa échapper un hoquet de frayeur semblable au mien et faillit basculer en arrière. À cet instant, je remarquai son uniforme bleu.

— Est-ce que ça va, monsieur l'agent ? demandai-je, accourant pour l'aider.

— Seigneur ! Vous m'avez fichu une de ces frousses, mademoiselle, dit l'homme, qui se redressa en portant la main à son cœur. Je ne savais pas qu'il y avait quelqu'un dans la baraque. Qu'est-ce que vous faites donc là ?

— Je vis ici, monsieur l'agent. C'est ma maison.

— Mais un meurtre a été commis. Il ne devrait y avoir personne sur les lieux.

— J'en ai conscience. Je passe la nuit chez des amis, mais je me suis rappelée que j'avais oublié de prendre mon médicament contre la migraine, et cela m'empêchait de dormir.

J'étais plutôt contente de l'ingéniosité de cette explication improvisée.

— Et vous êtes revenue toute seule en pleine nuit ? fit-il, incrédule. Ils avaient pas d'aspirine, vos amis ?

— Mon médecin me confectionne une poudre spéciale en sachets. C'est le seul remède qui me convienne, je le crains, et je ne peux tout simplement pas avoir une insomnie après l'éprouvante journée d'hier.

Il hocha la tête.

— Et vous les avez trouvés, vos sachets ?

Je m'aperçus que la lumière provenant de la chambre de Binky éclairait le palier.

— Je croyais les avoir laissés à mon frère lors de son dernier séjour, mais ils ne sont apparemment pas dans sa chambre.

— Ils ont peut-être été emportés comme pièces à conviction, affirma l'agent d'un air entendu.

— Comment ça ? La victime est morte noyée.

— Ah mais comment savoir si on lui a pas fait perdre connaissance avec un médicament avant de la mettre dans la baignoire ? répliqua-t-il d'un air un peu trop suffisant à mon goût.

— Je vous assure que mon remède contre la migraine ne pourrait même pas tuer une souris. À présent, si cela ne vous dérange pas, je vais retourner me coucher. Il faudra que je me contente d'aspirine, finalement. Je présume que vous allez passer la nuit ici afin de surveiller la maison ? Quand je suis arrivée, j'ai été fort surprise de découvrir que personne ne montait la garde.

J'avais à l'évidence touché un point sensible. Il rougit.

— Pardon, mademoiselle. J'ai dû faire un saut au poste de police le plus proche, histoire de satisfaire un besoin naturel.

Je faillis répondre : « Eh bien, que cela ne se reproduise plus. » Le regard que je lui décochai suffit à le lui faire comprendre ; puis je descendis l'escalier d'un pas majestueux, digne de mon arrière-grand-mère.

Je rentrai au plus vite chez Belinda et tâchai de m'endormir. En pure perte, cette fois encore. La police détenait le message destiné à Binky. L'inspecteur avait également dû remarquer la flaque sur le sol de sa chambre et en conclure que mon frère avait trempé ses habits en noyant la victime. Une autre idée s'insinua dans mon esprit : le meurtrier n'avait pas simplement eu l'intention de tuer de Mauxville, il avait aussi voulu nous punir.

Je dus finir par m'assoupir, car je fus brutalement réveillée par le bruit d'une porte que l'on refermait. Je vis Belinda qui tentait, sans grand succès, de traverser le salon sur la pointe des pieds. Posant son regard sur moi, elle s'aperçut que j'avais les yeux ouverts.

— Oh, tu es réveillée. Navrée. Pas moyen de fermer cette porte doucement.

Elle vint s'asseoir près de moi.

— Bon sang, quelle soirée ! Ma parole, chaque cocktail était plus mortel que le précédent. On nous a concocté un breuvage qui s'appelle l'Étalon noir – j'ignore ce qu'il y a dedans, mais bon Dieu, quel coup de fouet ! Je suis bonne pour une affreuse gueule de bois.

— Veux-tu que je t'aide à faire du café noir ? demandai-je, n'ayant toutefois pas la moindre idée de la façon dont on s'y prenait.

— Non, merci. C'est mon lit qu'il me faut. Et seule, je précise. On m'a proposé à plusieurs reprises d'en partager d'autres, mais j'ai décliné ces offres. Je ne voulais pas que tu sois seule à ton réveil.

— C'est très aimable de ta part. Je ne t'en demande pas tant, tu sais.

— À dire vrai, aucun de ces types ne m'a paru très séduisant, reconnut-elle avec un grand sourire. J'ai compris d'emblée qu'ils étaient du genre à demander : « Ça vous dirait, une bonne partie de jambes en l'air ? » Juste pour tirer un petit coup rapide, pas plus de cinq secondes. Franchement, les écoles privées font vraiment du tort aux jeunes Anglais en ne leur apprenant pas les rudiments des ébats amoureux. Si cela ne tenait qu'à moi, j'engagerais une prostituée, française de préférence, dans chaque établissement, afin d'enseigner à ces garçons à s'y prendre correctement.

— Belinda, tu es incorrigible, dis-je sans pouvoir m'empêcher de rire. Et que dirais-tu d'un équivalent masculin pour les écoles de filles ?

— Mais ce fut notre cas, ma chérie. Tu te rappelles ces charmants moniteurs de ski que nous rencontrions à l'auberge ?

— Mais il ne se passait jamais grand-chose, pas vrai ? Je n'ai rien obtenu d'eux, hormis un furtif baiser derrière le bûcher. Pas même un peu de pelotage.

— On raconte que Primrose Asquey d'Asquey s'en donnait régulièrement à cœur joie avec Stefan. Le grand blond, tu te souviens ?

— La même Primrose qui s'est mariée en blanc l'autre jour ?

Belinda s'esclaffa.

— Ma chérie, si seules les vraies vierges avaient le droit de se marier en blanc, les organistes d'église seraient obligés de pointer au chômage. Je vais voir si je peux te trouver un étranger convenable. L'idéal, ce serait un Français. J'ai cru comprendre qu'ils étaient capables de te transporter d'extase pendant des heures.

— Je ne crois pas être très pressée de rencontrer un autre Français pour le moment. Le cadavre de l'un d'eux dans ma baignoire m'a suffi.

— Oh, justement, à propos de ce cadavre, j'ai posé quelques questions discrètes autour de moi. Plusieurs personnes ont croisé ton odieux de Mauxville à Monte-Carlo. Et aucune n'avait quoi que ce soit d'aimable à dire sur son compte. C'était apparemment une sorte de marginal – il donnait l'impression d'avoir des relations, mais personne ne sait vraiment lesquelles. Il était toujours aux tables où l'on jouait gros jeu… Oh, et quelqu'un a laissé entendre qu'il n'hésitait pas à recourir au chantage.

— Au chantage ?

Belinda opina du chef. Je me redressai sur le sofa.

— Si c'était le cas, et si quelqu'un en avait eu assez qu'on le fasse chanter, alors la solution aurait été de tuer de Mauxville.

— C'est exactement ce que je me suis dit.

— Mais pourquoi dans notre baignoire ?

— Pour deux raisons : premièrement, afin que la police ne puisse soupçonner le véritable meurtrier ; deuxièmement, parce que quelqu'un vous en veut, à ton frère et à toi.

— C'est ridicule. Personne ne me connaît. Du reste, qui pourrait avoir une dent contre Binky ? C'est le garçon le plus inoffensif qui soit. Il n'y a pas une once de méchanceté en lui.

— Contre ta famille, peut-être ? Une vieille querelle ? À moins qu'un antiroyaliste ne cherche à s'en prendre à toi, pensant ainsi faire du tort à la famille royale.

— C'est tout aussi ridicule. Nous sommes si éloignés dans la ligne de succession que personne ne cillerait si nous étions tous anéantis sous une avalanche écossaise.

— J'ai hâte de savoir ce que ton frère aura à dire de tout ça. Je crains qu'il n'ait, de loin, le meilleur mobile qui soit.

— Oui, je sais. J'espère qu'il est réellement en route pour l'Écosse et que le meurtrier ne s'est pas débarrassé de lui aussi.

Belinda bâilla.

— Désolée, ma vieille, mais il faut vraiment que j'aille me coucher, ou je risque de m'écrouler d'une seconde à l'autre, fit-elle en me tapotant la main. Je suis sûre que tout va s'arranger. Nous sommes en Angleterre, pays du fair-play et de la justice pour tous – à moins que cela ne s'applique qu'aux États-Unis ?

Sur ce, elle haussa les épaules et gravit vaillamment l'escalier.

Je tâchai de me rendormir, mais ne parvins qu'à m'assoupir par intermittences. Aux premières lueurs du jour, la sonnerie stridente du téléphone me tira du sommeil. Je me levai d'un bond afin de décrocher avant que Belinda ne fût dérangée à son tour.

— Appel interurbain depuis l'Écosse pour lady Georgiana de Rannoch, annonça l'opératrice dans un grésillement.

— Binky ?

— Oh, salut, ma vieille Georgie. J'espère que je ne te réveille pas.

Il paraissait extrêmement joyeux.

— J'attendais ton appel hier soir, Binky. Je n'ai pas fermé l'œil de la nuit.

— Je ne suis pas arrivé au château avant minuit. Je n'ai pas voulu te déranger à une heure pareille.

Il semblait tellement égal à lui-même, nullement inquiet. J'étais si angoissée que je m'emportai :

— Tu es proprement impossible ! Tu t'enfuis en me laissant seule ici, et tu me parles à présent sur un ton des plus insouciants. Je suppose que tu as vu le corps dans la baignoire avant de t'enfuir ?

— Attention, ma vieille. *Pas devant la opérateur**.

Son français avait toujours été exécrable.

— Hein ? Oh, je vois. Tu as vu un certain objet, dans la *salle de bains** ? Et tu l'as reconnu ?

— Bien évidemment. Pourquoi crois-tu que j'aie décidé de déguerpir sans demander mon reste ?

— En me laissant braver la tempête ?

— Ne sois pas bête. Personne ne te soupçonnera. Comment un petit bout de femme comme toi aurait pu traîner un *grand homme** jusque dans *le bain** ?

— À ton avis, de quoi auras-tu l'air si la police a vent de ta fuite ? C'est tout simplement inadmissible, Binky ! déclarai-je d'un ton cinglant, au bord des larmes. Un Rannoch ne se comporte pas ainsi. Souviens-toi de ton intrépide ancêtre qui a lancé son cheval au galop sur l'ennemi lors de la charge de la brigade légère. L'idée de fuir ne l'a même pas effleuré, alors qu'il était cerné par des canons. Je ne te permettrai pas de déshonorer notre nom de la sorte. Je t'ordonne de repartir immédiatement pour Londres. En te dépêchant, tu pourras prendre le train de dix heures qui vient d'Édimbourg.

— Hé, attends un peu… Tu ne pourrais pas simplement…

— Non, certainement pas ! hurlai-je dans l'appareil plein de friture, l'écho de ma voix se répercutant à mon oreille. De plus, si tu ne reviens pas sur-le-champ, je dirai à la police que tu es coupable.

Je raccrochai, non sans éprouver une certaine satisfaction. Au moins, j'apprenais à me faire respecter. Je m'entraînais, en prévision du jour où il me faudrait dire non à la reine et au prince Siegfried.

16.

Maison de Belinda Warburton-Stoke
Samedi 30 avril 1932

Maintenant que Binky s'acheminait vraisemblablement vers Londres, je me sentais un peu rassérénée. La bonne de Belinda arriva vers sept heures et s'affaira en faisant un tel tapage que je fus contrainte de me lever. Belinda, de son côté, n'apparut pas avant dix heures passées, blafarde dans son kimono de soie.

— Je ne boirai plus jamais d'Étalon noir, gémit-elle, s'approchant à tâtons de la table, puis tendant la main vers la tasse de thé que sa bonne avait placée devant elle. Il me semble avoir entendu le téléphone sonner. Était-ce ton frère ?

— Oui, et je lui ai dit de revenir immédiatement à Londres. Je me suis montrée très ferme.

— C'est bien. Mais, en attendant, nous devrions commencer notre enquête.

— Vraiment ? En faisant quoi ?

— Ma chérie, si ce n'est pas ton frère qui a noyé de Mauxville, alors quelqu'un d'autre s'en est chargé. Il nous faut retrouver le coupable.

— Ce n'est pas à l'inspecteur de s'en occuper ?

— La police est d'une bêtise notoire. Ce Sugg a probablement conclu à la hâte que ton frère était coupable, et il ne cherchera pas plus loin.

— Mais c'est affreux !

— C'est donc à toi de prendre les choses en main, Georgie.

— Que puis-je faire ?

— Commence par interroger les habitants de Belgrave Square, suggéra-t-elle avec un haussement d'épaules. L'un d'eux aura sans doute vu de Mauxville arriver, peut-être accompagné d'un inconnu, ou bien un individu essayant de s'introduire chez toi.

— Bonne idée.

— Tu pourrais aussi appeler le Claridge's afin de savoir si de Mauxville a reçu des messages ou des visites pendant son séjour.

— Il est peu probable qu'on accepte de me répondre.

— Explique que tu es une parente qui appelle depuis la France. Tu es folle d'angoisse. Tu cherches à le retrouver à tout prix. Une affaire de famille, ce genre de chose. Déploie tes ruses de femme.

— Pourquoi pas, après tout ? répondis-je avec hésitation.

— Fais-le maintenant. Allez, insista-t-elle en désignant le téléphone. Avec un peu de chance, la police n'aura pas encore cuisiné tout le monde.

— Très bien.

Je me levai et décrochai l'appareil d'un geste circonspect. Dès que je fus mise en relation avec la standardiste du Claridge's, j'adoptai un accent prétendument français.

— Allô, c'est *mademoiselle** de Mauxville. Je crois que mon frère est descendu chez vous, *n'est-ce pas** ? De Mauxville ?

— Oui, c'est exact. M. de Mauxville a pris une chambre au Claridge's.

— Pourrais-je lui parler ? demandai-je, tandis que je perdais déjà mon accent français.

— Je regrette de… en fait, il n'a pas passé la nuit dans sa chambre, *mademoiselle** de Mauxville.

— Oh là là, c'est affreux ! Il a repris ses virées nocturnes en ville, j'en ai bien peur. Pourriez-vous me dire, je vous prie, s'il a reçu des messages ? (Un mot que je prononçai « massages ».) Lui a-t-on transmis celui que je lui ai laissé hier ? Je cherche désespérément à le contacter, et il ne me rappelle pas.

— Un message lui a été porté hier dans sa chambre, mais j'ignore qui le lui a laissé. Je n'en vois aucun de votre part, *mademoiselle**.

— Comment est-ce possible ? J'ai téléphoné dans la matinée depuis Paris.

— Il lui a peut-être été transmis de vive voix, suggéra la standardiste.

— Et a-t-il eu des visites ? Je dois savoir si mon cousin a pu le rencontrer à propos d'une affaire de famille.

— Je l'ignore, désolée. Il faut demander à la réception, mais je ne crois pas qu'il leur soit permis de vous répondre. Cependant, si vous me laissez votre adresse et votre numéro de téléphone, *mademoiselle**, quelqu'un vous contactera sans doute prochainement à propos de votre frère.

— Mon adresse ? répétai-je, tandis que je réfléchissais à toute allure. Je suis malheureusement en voyage avec des amis en ce moment. Je rappellerai demain. Entre-temps, veuillez dire à mon frère que je dois absolument lui parler.

Je raccrochai.

— Je crois qu'ils sont au courant, expliquai-je à Belinda. Elle voulait mon adresse en France. Quoi qu'il en soit, un message a été transmis hier à de Mauxville, et il a peut-être eu un visiteur.

— Te l'a-t-elle décrit ?

— Non, elle a refusé de m'en dire plus.

— Tu devrais te rendre sur place et interroger le personnel. Ils te répondront peut-être.

Téléphoner était une chose. Cuisiner le personnel du Claridge's en était une autre. De plus, ma photographie avait suffisamment circulé pour que l'on me reconnaisse aisément – et cela ne ferait qu'aggraver notre situation, à Binky et à moi.

— Je ferais mieux d'aller interroger les habitants de Belgrave Square, je suppose. Veux-tu venir avec moi ?

— Ce devrait être amusant, mais j'ai rendez-vous avec une cliente à quatorze heures dans mon salon de modiste. J'ai une idée… Je mènerai l'enquête avec toi si tu acceptes de faire le mannequin pour cette cliente.

— Moi ? Faire le mannequin ? répétai-je en riant.

— Oh, sois chic, Georgie. D'habitude, je suis obligée de m'en charger. Ce serait tellement plus facile et prestigieux si je pouvais me contenter de bavarder avec la cliente pendant que quelqu'un d'autre porte mes créations. C'est ce qui se fait dans toutes les grandes maisons de couture – et j'ai vraiment besoin de réaliser cette vente. Je pense que cette cliente me paierait en espèces, pour une fois.

— Mais enfin, Belinda, je risquerais de te gêner plus qu'autre chose, je le crains. Souviens-toi de ma catastrophique présentation à la cour. Et de la fois où j'ai basculé du balcon alors que je jouais Juliette dans la pièce que nous avions montée à l'école. Je ne suis pas réputée pour ma grâce.

— Ce n'est pas comme si je te demandais de défiler sur un podium, ma chérie. Il te suffira d'ouvrir les rideaux et de rester plantée là. C'est à la portée de n'importe qui, et tu es grande et mince. Sans compter que ta chevelure rousse ira à merveille avec ma robe violette.

— Bon, c'est d'accord.

Il fallut à Belinda deux bonnes heures pour petit-déjeuner, prendre un bain et s'habiller, si bien qu'il était déjà midi lorsque nous arrivâmes à Belgrave Square.

Cette fois, il y avait deux voitures de police garées devant Rannoch House, un agent qui montait la garde et – comble de l'horreur – des messieurs de la presse équipés d'appareils photographiques. J'attrapai le bras de Belinda.

— Il ne faut pas qu'on me voie ici. Ma photo se retrouverait dans tous les journaux.

— Tu as tout à fait raison. Retourne chez moi, je mènerai l'enquête à ta place.

— Mais ils vont peut-être t'accoster.

— Je suis prête à prendre ce risque, dit-elle avec un sourire énigmatique. Imagine les gros titres : « Une courageuse styliste de mode défend l'honneur d'une amie », ajouta-t-elle en souriant de plus belle. Un peu de publicité ne ferait pas de mal à mon affaire.

— Belinda, tu seras prudente, n'est-ce pas ? Ne dévoile à personne que nous connaissions de Mauxville et ne va pas raconter que tu poses des questions dans le but de prouver notre innocence.

— Je serai la discrétion incarnée, ma chérie, comme d'habitude. Allez, à tout de suite.

Je m'éloignai à contrecœur – je venais en effet de me rappeler qu'elle n'avait pas toujours été la discrétion incarnée lorsque nous étions à l'école ensemble –, et j'allai l'attendre chez elle, non sans anxiété. Elle finit par arriver à treize heures trente, l'air contente d'elle-même.

— Un seul reporter m'a abordée. J'ai prétendu que je venais d'apprendre la nouvelle et que j'étais venue te soutenir. J'étais absolument accablée de ne pas te trouver chez toi. J'ai joué mon rôle à merveille.

— Et as-tu découvert quoi que ce soit ?

— L'un des jardiniers de Belgrave Square a vu ton frère arriver à pied, puis repartir en taxi. Selon lui, c'était à l'heure du déjeuner, car à ce moment-là il faisait une pause pour manger ses sandwichs au fromage et aux pickles. Un chauffeur employé par les propriétaires de la

— Elle est similaire, mais ce n'est pas la même, répliqua Belinda sur un ton glacial. J'ai vu une création et je l'ai copiée. Je suppose que Marisa a payé la sienne une fortune à Paris. Je ne répugne pas à voler les idées d'autres stylistes.

— Belinda !

— Personne n'a besoin de le savoir. Le mariage est passé. Les robes que nous y avons vues ne seront plus jamais portées, et aucune Américaine ne se trouvait parmi les invités, j'en suis sûre.

— Certaines jouaient peut-être les pique-assiettes, comme nous, suggérai-je.

— Si tel était le cas, elles n'ont pas les moyens de s'offrir mes créations, répondit Belinda avec suffisance. Dépêche-toi, elle sera là dans une minute.

Je me retirai derrière les rideaux et commençai à me déshabiller. J'avais à peine la place de bouger les bras dans la cabine sombre et exiguë. On frappa à la porte du salon alors que j'étais encore en sous-vêtements, en train de me demander si je devais passer la robe par-dessus ma tête ou par le bas. Je choisis la seconde solution en toute hâte, tandis qu'une voix stridente à l'accent américain résonnait dans la petite pièce.

— J'ai entendu parler de vous et décidé de faire un saut dans votre boutique, car j'ai besoin d'une toilette pour des réceptions à venir. Il faut qu'elle soit superbe et à la pointe de la mode. Des gens importants seront présents.

— Je pense avoir une robe que vous allez adorer, répondit Belinda avec une condescendance extrême, toute britannique. Sachez que des membres de la famille royale portent mes créations.

— Oh, ma chère, je ne vous en tiendrai pas rigueur, mais je vous prie de ne plus jamais utiliser un tel argument de vente. J'imagine aussitôt cette duchesse sans chic, attifée comme un sapin de Noël surmonté d'un diadème, ou votre affreuse reine si guindée qui semble porter un corset en acier de deux tailles trop petit.

Indignée, je réfrénai l'envie de surgir de derrière les rideaux. La duchesse à laquelle elle faisait référence ne pouvait être qu'Élisabeth d'York – une personne délicieuse, amusante, une compatriote écossaise que j'adorais au plus haut point ; quant à la reine... ma foi, c'était la reine. Il était impensable de la critiquer ainsi.

— Vous savez ce que je veux, mon chou ? poursuivit l'Américaine. Une tenue qui puisse être portée pour aller boire des cocktails dans une élégante boîte de nuit – et peut-être pour danser ensuite. Quelque chose d'avant-garde qui attirera tous les regards.

— J'ai exactement ce qu'il vous faut, déclara Belinda. Un instant, je vais demander à mon mannequin de se préparer.

Elle se précipita derrière les rideaux.

— Vite. Enlève la robe violette et mets cet ensemble noir et blanc.

Elle me le lança presque à la figure avant de se volatiliser. J'ôtai la robe en me tortillant, puis tâchai d'enfiler la création noir et blanc. Vu la pénombre et l'exiguïté du lieu, il était difficile de savoir par quel bout commencer. Hésitante, je la passai par les pieds et entrepris de me contorsionner en la tirant vers le haut.

— Dépêchez-vous un peu, mademoiselle ! appela Belinda. Notre cliente s'impatiente.

Je me démenai vaillamment. L'ensemble de satin noir se composait d'une jupe longue très étroite, si moulante que j'eus le plus grand mal à y faire entrer mes cuisses et mes hanches. À l'avant, le corsage de la robe ressemblait à un faux plastron blanc de serveur qui se boutonnait jusqu'au cou, et le dos était nu.

— Êtes-vous enfin prête ? demanda Belinda.

Je laissai ouvert le dernier bouton en espérant que des mèches de cheveux couvriraient mon cou et j'ouvris les rideaux. Parvenant à peine à marcher, j'étais contrainte de faire des pas minuscules, chancelants. Cette tenue n'était assurément pas adaptée pour aller danser en boîte de nuit ; ainsi vêtue, cette Américaine ne réussirait jamais à descendre la moindre marche. Je remarquai alors un pan de tissu pendouillant près de moi, semblable à une traîne qui aurait été cousue sur le côté. C'était vraiment le vêtement le plus étrange que j'aie jamais vu. La cliente était visiblement du même avis.

— Mon Dieu, quelle est cette chose ? s'exclama-t-elle. Mon derrière est beaucoup plus imposant que celui de votre mannequin, mon chou. Je ne rentrerai jamais dans une robe pareille. Regardez, cette fille semble prête à tomber par terre d'une seconde à l'autre.

À ces mots, je tendis la main vers le rideau pour m'y agripper et manquai faire chuter la plante en pot. Belinda s'était redressée d'un bond.

— Attendez, il y a un problème. C'est un pantalon, Georgie ! cria-t-elle. Tu as passé les deux jambes d'un seul côté !

L'Américaine partit d'un rire strident.

— Quelle andouille ! C'est d'un autre mannequin que vous avez besoin. Une Française, de préférence.

Elle s'était levée. Belinda la rejoignit précipitamment.

— Je ne l'ai pas prévenue, voyez-vous. Elle n'avait jamais vu…

— Si vous n'êtes même pas capable d'avoir du personnel de qualité, j'ai peu d'espoir quant au produit fini, l'interrompit la cliente.

Sur ces mots, elle sortit en claquant la porte derrière elle.

— Quelle femme grossière, fis-je remarquer. Es-tu obligée de supporter ce genre de chose en permanence ?

— C'est le prix à payer, acquiesça Belinda. Mais franchement, Georgie… qui d'autre que toi aurait essayé de glisser les deux pieds dans une seule jambe de pantalon ?

— J'étais pressée. Et je t'avais bien dit qu'il m'arrivait toujours des accidents.

— Tu es incorrigible, répondit-elle, hilare. Oh, ma pauvre chérie, regarde-toi un peu. Tu as l'air absolument ridicule, je dois l'avouer.

Pour la première fois depuis plusieurs jours, j'éclatai de rire.

17.

Maison de Belinda Warburton-Stoke
Samedi 30 avril 1932

Il me fallut un bon moment pour m'extirper de la jambe du pantalon sans déchirer les coutures.

— Elle aurait eu l'air idiot là-dedans, de toute manière, déclara Belinda en lançant un coup d'œil en direction de la porte. Trop vieille et trop petite.

— Qui était-ce, au fait ? demandai-je.

— Elle s'appelle Simpson.

— Mme Simpson ?

— Tu la connais ?

— Ma chérie, c'est la dernière toquade en date du prince de Galles, celle que je suis censée espionner lors d'une partie de campagne en fin de semaine prochaine.

— Tu vas jouer les espionnes ? Qui t'a embauchée ?

— La reine. Elle pense que David s'intéresse un peu trop à cette Mme Simpson.

— Elle est donc divorcée ? J'avais pourtant cru comprendre qu'il y avait encore son mari dans son sillage.

— C'est exact. Elle traîne ce pauvre type derrière elle afin de préserver sa respectabilité.

— Je dois dire que ta famille fait preuve d'un goût terrible en matière de femmes, commenta Belinda. Prends le roi précédent ; et ta mère n'était probablement pas un choix très convenable non plus.

— Elle était diablement plus convenable que cette Mme Simpson, répliquai-je. Quand elle s'est mise à insulter les miens, j'ai bien failli surgir de derrière les rideaux pour lui mettre une gifle, ajoutai-je avant de lancer un coup d'œil à l'horloge qui se trouvait de l'autre côté de la rue. Oh, mon Dieu, tu as vu l'heure ? Je dois aller chercher Binky à la gare. Je tiens à lui parler avant que la police ne l'interroge.

— Très bien, allez, file. Je vais ranger la boutique, et je suis ensuite invitée à une autre fête. Je suppose que tu voudras de nouveau passer la nuit chez moi ?

— C'est très gentil à toi. Mais si Binky veut s'installer à Rannoch House et qu'on l'y autorise, mieux vaut que je lui tienne compagnie. Je n'ai pas envie qu'il se sente abandonné.

Nous nous séparâmes. Je m'arrêtai en chemin pour prendre une tasse de thé et avaler un petit pain aux raisins grillé ; puis je dus affronter l'heure de pointe afin de gagner la gare de King's Cross à temps. Lorsque je sortis du métro, j'entendis les crieurs de journaux qui lançaient :

— Ne manquez pas les dernières nouvelles. Un cadavre dans la baignoire du duc de Rannoch !

Seigneur ! Binky allait piquer une crise. Je devais le faire sortir de la gare sans qu'il remarque ces gros titres. L'express arriva à dix-sept heures quarante-cinq, comme prévu. J'attendis derrière la barrière qui séparait le hall du quai, cherchant mon frère des yeux avec angoisse. Pendant un moment, je crus qu'il n'avait finalement pas pris le train ; puis je l'aperçus, avançant à grandes enjambées devant un porteur qui tenait à la main son sac de voyage ridiculement petit avec une certaine répugnance. Dès que Binky eut franchi la barrière, je lui attrapai le bras.

— Vite, prenons un taxi.

— Georgie, lâche-moi. Pourquoi es-tu si pressée ?

Soudain, une voix cria :

— Le voici ! C'est le duc ! C'est lui !

Des gens commencèrent à s'agglutiner autour de nous. Une ampoule de flash nous éblouit. Binky me regarda, avec dans les yeux une expression de panique absolue. J'arrachai son sac de voyage des mains du porteur, pris celle de Binky dans la mienne et l'entraînai à travers la foule ; je le poussai sans ménagement dans un taxi qui approchait, au grand agacement des voyageurs qui faisaient patiemment la queue.

— Que diable s'est-il passé ? demanda Binky, épongeant son front transpirant avec un mouchoir marqué de son monogramme.

— La presse londonienne, mon cher frère, est au courant de l'affaire. Des reporters campent devant la maison depuis ce matin.

— Oh, Seigneur ! Bon, c'est tout vu, je vais à mon club. Je ne tolérerai pas ce genre de sottises, déclara-t-il en tapotant la vitre qui nous séparait du chauffeur. Emmenez-nous au Brook's.

— Et moi ? intervins-je. Il ne t'est pas venu à l'esprit que je ne pouvais pas entrer dans ton club ?

— Quoi ? C'est impossible, évidemment. L'endroit est interdit aux femmes.

— Je dors en ce moment sur le sofa d'une amie, mais c'est rudement inconfortable.

— Écoute, Georgie, tu devrais peut-être rentrer à la maison.

— Je te l'ai dit, des journalistes se sont installés dans Belgrave Square.

— Non, je veux dire chez nous, en Écosse, à l'écart de tous ces désagréments. Ce serait la chose la plus sûre à faire. Réserve une place de wagon-lit dans le Flying Scotsman[1] de ce soir.

---

1. Littéralement, l'« Écossais volant », train express circulant entre Londres et Édimbourg depuis 1862. *(N.d.T.)*

— Pas question de te laisser en plan, répondis-je, songeant qu'affronter la police était de loin préférable à me retrouver coincée avec Fig. Et je crois que l'inspecteur chargé de l'enquête serait extrêmement méfiant si je disparaissais subitement, tout comme ton départ soudain a éveillé ses soupçons.

— Oh, mon Dieu, vraiment ? Quand j'ai vu que c'était de Mauxville qui flottait dans la baignoire, j'ai compris qu'on me croirait aussitôt coupable. Je me suis dit que je serais au-dessus de tout soupçon si j'étais en Écosse ; j'ai alors filé tout droit vers King's Cross et j'ai décampé, voilà.

— En me laissant devenir leur suspect numéro un ? rétorquai-je, indignée.

— Ne sois pas bête. Ils ne peuvent pas te soupçonner, je te l'ai dit. Tu n'aurais pas eu la force de noyer un grand costaud comme de Mauxville.

— Seule, non. Mais j'aurais pu avoir un complice.

— Oh, sans doute. Je n'y avais pas pensé. Même si l'idée que tu aies pu décider de te débarrasser de lui m'a bel et bien traversé l'esprit, je l'avoue. Après tout, tu avais parlé de le pousser dans le vide. Tu n'as rien dit à la police, j'espère ? demanda-t-il après une brève pause.

— Je n'ai rien à leur dire, Binky. J'ignore ce qui est arrivé. Je sais seulement que tu étais à Rannoch House dans la matinée, qu'à mon retour il y avait un cadavre dans notre baignoire et que tu avais disparu. En fait, puisque je suis apparemment mêlée à ce meurtre, que cela me plaise ou non, j'aimerais bien connaître la vérité.

— Je suis dans l'ignorance la plus complète, ma vieille.

— Tu n'avais donc pas convenu de rencontrer de Mauxville à la maison ?

— Certainement pas. En réalité, il s'est passé quelque chose de très louche – mon club m'a téléphoné pour dire qu'un type souhaitait s'entretenir avec moi sur-le-champ. Je suis allé au Brook's, mais personne ne s'est manifesté.

Je suis retourné à la maison. Alors que je cherchais mon peigne, je suis entré dans la salle de bains et j'ai vu un homme dans la baignoire. J'ai essayé de l'en sortir, mouillant mes habits au passage, quand je me suis rendu compte qu'il était mort. Et puis j'ai vu de qui il s'agissait ; je ne suis peut-être pas le type le plus futé au monde, mais j'ai tout de suite compris ce que cela impliquait.

— Quelqu'un t'a donc attiré hors de la maison avant d'y faire venir de Mauxville et de le tuer.

— C'est sûrement ça.

— Et qui t'a appelé depuis le club ?

— Aucune idée. Sa voix était un peu étouffée, en fait. Quand il a annoncé que c'était le Brook's à l'appareil, j'ai supposé que c'était un des portiers. Ils sont tous à moitié édentés et il n'est pas toujours facile de les comprendre.

— Il avait donc l'accent anglais ?

— Hein ? Oh, c'était un Anglais, j'en suis sûr. Ah, je vois. Tu penses que la personne qui m'a téléphoné n'appartenait pas au personnel du Brook's. Que c'était un imposteur. Quel comportement parfaitement indigne ! Ce qui signifie que quelqu'un d'autre souhaitait la mort de Gaston de Mauxville… Mais pourquoi commettre ce meurtre chez nous ?

— Pour te compromettre, ou nous compromettre tous les deux.

— Qui diable pourrait nous en vouloir ainsi ?

Alors que le taxi s'était momentanément immobilisé au coin de Baker Street, Binky regarda par la vitre. J'observai le pâté de maisons où le numéro 221B aurait dû se trouver et regrettai qu'il n'existe pas. J'aurais en effet bien eu besoin d'un bon détective.

— Crois-tu que la police a déjà découvert le document signé par papa ? demanda Binky d'une petite voix.

— Sache que j'ai détruit l'original, annonçai-je. C'est la première idée qui m'est venue à l'esprit. Je l'ai déniché en fouillant dans les poches du cadavre et jeté dans la cuvette des toilettes.

— Georgie, tu es formidable !

— Pas assez à mon goût. J'avais oublié que nos notaires en détiennent une copie et qu'il en existe peut-être d'autres.

— Oh, sapristi ! Je n'y avais pas pensé. Si la police trouve une de ces copies, nous risquons d'avoir des ennuis, pas vrai ?

— C'est toi qui risques d'en avoir, Binky. C'est toi qui as fui la scène de crime. C'est toi qui possèdes assez de force pour l'avoir noyé.

— Oh, arrête un peu, ma vieille. Tu sais bien que je ne m'amuse pas à assassiner qui que ce soit, pas même les sales types comme de Mauxville. Tu ne pourrais pas raconter à la police que j'avais quitté Londres avant que tout cela ne se produise ?

— Non, pas question. Je ne mentirai pas pour te protéger, Binky. De plus, des tas de gens ont été témoins de tes allées et venues – des porteurs, des chauffeurs de taxi, des contrôleurs. Un duc en voyage ne passe pas inaperçu, tu sais.

— Vraiment ? Oh, la barbe ! Que dois-je faire, à ton avis ?

— Malheureusement, on t'a vu revenir à Rannoch House puis en repartir en taxi, tu ne peux donc pas prétendre que tu étais à ton club ou que tu avais déjà quitté Londres. Et si tu racontais que tu n'es pas monté à l'étage, vu que tu devais prendre le train de la mi-journée pour l'Écosse ? Explique que tu es repassé à la maison simplement pour récupérer ta valise dans le vestibule. La police te croira peut-être.

— Sûrement pas, soupira-t-il. Et quand ils découvriront l'existence du document, je serai fichu.

— Nous allons résoudre ce problème d'une manière ou d'une autre, assurai-je en lui tapotant la main. Tous les gens qui te connaissent peuvent témoigner du fait que tu n'es pas d'un naturel violent.

— Dommage qu'on soit samedi. Nous devrons attendre jusqu'à lundi pour aller voir nos notaires.

— Penses-tu que nous pourrons les convaincre de ne pas mentionner le document ?

— Aucune idée, répondit mon frère en passant les mains dans sa tignasse indisciplinée. C'est un cauchemar, Georgie. Je ne vois aucune issue possible.

— Nous devons découvrir qui a tué de Mauxville, déclarai-je. Réfléchis un peu, Binky. Quand tu es sorti de Rannoch House, as-tu fermé à clé derrière toi ?

— Je n'en suis pas sûr. Si j'oublie souvent de verrouiller les portes, c'est parce qu'il y a toujours des domestiques pour s'en charger.

— Le meurtrier a donc pu gravir le perron et pénétrer dans la maison sans difficultés. As-tu remarqué qui que ce soit dans Belgrave Square quand tu es sorti ?

— Je ne sais pas trop. Les gens habituels – des chauffeurs qui traînaient dans le coin, des nourrices qui poussaient des landaus. Je crois avoir salué le vieux colonel qui vit dans la maison située à l'angle.

— Des laveurs de vitres, peut-être ? demandai-je. As-tu aperçu des ouvriers en train de laver les carreaux de Rannoch House quand tu t'y trouvais encore ?

— Je ne prête jamais attention aux laveurs de vitres. Franchement, quelle idée !

— Sais-tu par hasard quelle entreprise nous employons ?

— Bien sûr que non. C'est Mme McGregor qui paie les factures. Elle aura cette information dans son registre, mais elle a dû l'emporter avec elle en Écosse.

— Il nous faut ce renseignement, c'est peut-être important.

— Tu penses que ces laveurs de vitres ont vu quelque chose ?

— Non, je pense plutôt que le meurtrier a pu se faire passer pour l'un d'eux afin de pénétrer dans la maison.

— Oh, je vois. Tu es diablement futée, Georgie, tu sais. Dommage que ce ne soit pas moi le cerveau de la famille. Si c'était toi qui avais hérité du domaine de Rannoch, il aurait prospéré, j'en suis sûr.

— Je vais devoir mettre à profit toute l'intelligence dont je suis dotée pour nous tirer de ce pétrin, je le crains.

Mon frère hocha la tête d'un air sombre.

Le taxi s'arrêta devant l'entrée imposante du Brook's. En boitillant, le vieux portier gâteux descendit les marches du perron afin de prendre le sac de Binky.

— Heureux de vous savoir de retour, monsieur le duc. Je tiens à vous exprimer toute ma commisération en ce jour d'affliction. Nous avons été fort inquiets pour vous. La police est venue s'enquérir de vous à plusieurs reprises.

— Merci, Tomlinson. Ne vous en faites pas. Tout sera bientôt arrangé.

Binky m'adressa un sourire encourageant, puis suivit le vieillard à l'intérieur, me laissant seule sur le trottoir.

18.

Maison de Belinda Warburton-Stoke
Samedi 30 avril 1932

J'attendis que Binky réapparaisse. En vain. Décidément, les hommes sont trop désespérants. Ils ne pensent qu'à eux, dès le jour de leur naissance. Cette attitude est à mettre sur le compte de l'éducation dispensée dans les écoles privées. *Que la police l'arrête, cela lui servira de leçon*, songeai-je, regrettant aussitôt cette pensée. On ne pouvait en effet en espérer davantage de la part d'un garçon qui était passé sans transition des rigueurs de Gairlachan au confort du Brook's.

Je restai sur le trottoir, à regarder défiler une parade de taxis et de Rolls Royce, avec à leur bord du beau monde se rendant à des réceptions, et me demandai ce que j'allais faire. Belinda avait prévu de passer la soirée dehors. Rannoch House grouillait de policiers et de reporters. Je commençais à me sentir perdue, esseulée, quand j'entendis une sirène. Une voiture de police s'arrêta près de moi. En sortit l'inspecteur Sugg, qui me salua d'un coup de chapeau.

— Bonsoir, mademoiselle. J'ai cru comprendre que votre frère était tout juste de retour à Londres.

— C'est exact, inspecteur. Il vient d'entrer dans son club.

— J'aimerais lui toucher un mot, si possible, avant qu'il ne s'installe pour la soirée, dit-il en gravissant le perron du Brook's.

Bonne chance, pensai-je, m'attendant à ce qu'il fût repoussé de ce bastion tout comme je l'avais été. Binky réapparut pourtant en un rien de temps, l'inspecteur sur les talons.

— Nous allons à Scotland Yard pour causer un peu, annonça Sugg. Par ici, monsieur, s'il vous plaît.

— « Monsieur le duc », précisa Binky.

— Hein ?

— C'est ainsi que l'on s'adresse à un duc.

— Vraiment ? s'étonna l'inspecteur, visiblement peu impressionné. Il m'a rarement été donné d'arrêter des ducs au cours de ma carrière. Installez-vous sur la banquette arrière, si cela ne vous ennuie pas.

Binky me jeta un regard effrayé.

— Tu ne nous accompagnes pas ?

— Je croyais que tu n'avais pas besoin de moi, répliquai-je, encore agacée par son indélicatesse.

— Grands dieux, si ! Tu m'es indispensable, évidemment.

— Vous pourriez en effet nous être utile, mademoiselle, ajouta Sugg. Nous avons découvert certains faits nouveaux…

Il connaît l'existence du document, me dis-je.

Binky s'écarta pour que je puisse monter en voiture.

— Au fait, brigadier, sachez qu'il vous faut appeler ma sœur « lady Georgiana de Rannoch » lorsque vous vous adressez à elle.

— Vous m'en direz tant. Quant à moi, c'est « inspecteur », pas « brigadier ».

— Vraiment ? répondit Binky en esquissant un sourire à peine perceptible. Voyez-vous cela !

J'ai parfois l'impression que mon frère n'est pas aussi bête qu'il semble l'être.

La voiture se mit en route – sans la sirène, fort heureusement. J'éprouvai toutefois une sensation étrange lorsque nous franchîmes les portes de New Scotland Yard. Même si je savais qu'il n'y avait là ni oubliettes ni billots, je vis défiler dans mon esprit ceux de mes ancêtres qui avaient été envoyés à la Tour de Londres. On nous escorta jusqu'à une petite pièce miteuse qui donnait sur une cour et empestait le tabac froid. L'inspecteur m'indiqua une chaise à l'autre bout d'une table, et je m'assis. Binky prit place à son tour. Sugg nous observait, l'air plutôt content de lui, me sembla-t-il.

— Nous étions à votre recherche, monsieur *le duc*, dit-il, insistant délibérément sur le titre de mon frère.

— Je n'étais pas difficile à trouver, répondit Binky. J'étais chez moi, en Écosse. J'y suis retourné hier, et ça m'a vraiment fait suer d'être obligé de rebrousser chemin simplement parce qu'un quidam s'est noyé dans ma baignoire.

— Il ne s'est pas noyé tout seul, monsieur. J'imagine que quelqu'un l'y a aidé. C'était donc l'un de vos amis ?

— Comment le saurais-je, inspecteur ? Je n'ai pas eu l'occasion de poser les yeux sur ce sale type.

Je lançai un regard à mon frère. Le bon vieux sang des Rannoch et de la royauté anglaise sait assurément se manifester en situation de crise. Binky avait tout de la superbe de mon arrière-grand-mère.

— Vous voulez dire que vous n'avez pas vu le cadavre qui se trouvait dans votre baignoire ?

— Exactement. Tout à fait. C'est précisément ce que je veux dire.

Je lui jetai un nouveau coup d'œil. Il se montrait un peu trop catégorique, me dis-je. Et Sugg était manifestement du même avis.

— Si vous ne l'avez pas vu, monsieur, comment savez-vous que c'était un sale type ?

— Quiconque a le culot de mourir dans ma baignoire sans ma permission est forcément un sale type, inspecteur.

Sachez que j'ai appris la nouvelle quand ma sœur m'a téléphoné, pas avant.

— Si je vous dis que ce monsieur s'appelait Gaston de Mauxville, cela vous rappelle-t-il quelqu'un ?

— De Mauxville ? Oui, j'ai déjà entendu ce nom.

Une fois encore, il me parut trop péremptoire.

— Je crois que c'était une relation de feu notre père, n'est-ce pas ? intervins-je.

— De Mauxville, reprit mon frère. Oui. Je l'ai croisé une ou deux fois.

— Récemment ?

— Non, il y a quelque temps.

— Je vois. Dans ce cas, seriez-vous surpris d'apprendre qu'un message a été trouvé dans la chambre d'hôtel de ce monsieur, le conviant à vous rencontrer dans votre résidence londonienne à onze heures hier matin, pour une affaire extrêmement urgente ?

— Non seulement cela me surprendrait, mais je peux aussi vous garantir que je ne suis pas l'auteur de ce message, répliqua Binky en adoptant un ton des plus aristocratiques.

— Sachez que ce message est en ma possession, dit l'inspecteur, ouvrant un dossier et plaçant une feuille de papier devant nous. Il a été déposé au Claridge's hier matin, puis remis à *monsieur** (terme qu'il prononça « mon-scieur ») de Mauxville.

Binky et moi examinâmes le document.

— C'est un faux, déclara mon frère.

— Et comment pouvez-vous l'affirmer ?

— D'une part, je n'écris que sur du papier estampé de mes armoiries. Rien à voir avec cette feuille bon marché qu'on doit trouver chez Woolworth's.

— D'autre part, ce message est signé « Hamish, duc de Rannoch », ajoutai-je. Mon frère signe sa correspondance d'un simple « Rannoch » lorsqu'il s'adresse à ses pairs, et s'il lui fallait inclure son titre complet, ce serait « duc de Glen Garry et Rannoch ».

— De surcroît, ce n'est pas mon écriture, même si elle s'en rapproche, dit Binky. Quelqu'un a essayé d'imiter la mienne, mais je barre mes « t » différemment.

— Vous soutenez donc que vous n'avez pas envoyé ce message.

— Tout à fait.

— Dans ce cas, que s'est-il passé lorsque ce monsieur s'est présenté chez vous ?

— Je n'en ai aucune idée. Je n'étais pas à la maison. Voyons voir. Où étais-je ?

— Tu te préparais à retourner en Écosse, Binky, lui rappelai-je.

— C'est exact. J'avais déjà fait mes bagages et je m'apprêtais à partir, quand j'ai reçu un appel téléphonique me demandant de me rendre à mon club pour une affaire urgente. J'y suis aussitôt allé, naturellement, mais personne ne m'y attendait. J'ai taillé une bavette avec quelques amis avant de retourner à Rannoch House à temps pour récupérer mon sac de voyage dans le vestibule et prendre un taxi pour King's Cross.

Il avait débité son histoire à toute allure, tel un écolier jouant un rôle dans un spectacle de fin d'année.

— C'est bien commode, monsieur.

— « Monsieur le duc ».

— Si vous le dites, monsieur, répondit l'inspecteur en nous regardant tour à tour, mon frère et moi. Vous savez ce que je pense ? Que vous êtes de connivence. Pourquoi un duc et sa sœur seraient-ils venus seuls à Londres, sans même un domestique, si ce n'était pour tramer un coup en douce ?

— Je vous le répète : j'ai laissé ma femme de chambre en Écosse et je n'ai pas encore eu le temps d'en engager une autre. Quant à mon frère, il est simplement venu deux jours pour affaires. Il a pris ses repas à son club.

— Mais qui s'est occupé de sa garde-robe ? demanda l'inspecteur, affichant à présent un petit sourire suffisant.

N'avez-vous pas besoin d'un valet pour vous aider à vous habiller, vous autres aristocrates ?

— Lorsqu'on a fréquenté une école comme Gairlachan, on a appris à se débrouiller seul, rétorqua Binky d'un ton glacial.

— En outre, pour quelle raison le duc et moi aurions-nous pu souhaiter la mort d'un Français que nous ne connaissions pas ? demandai-je.

— De nombreuses raisons me viennent à l'esprit, *lady Georgiana de Rannoch*, répondit Sugg, prononçant mon titre d'une voix pétrie de sarcasme. De Mauxville avait une réputation de joueur. Cette semaine, il a été aperçu dans l'un des tripots les plus célèbres de Londres. Votre frère a peut-être accumulé des dettes de jeu qu'il était incapable de régler…

— Mon bon monsieur, bredouilla Binky en se mettant debout. Mes moyens me permettent à peine d'entretenir mon domaine écossais. J'ai besoin du plus petit sou de mes maigres revenus pour nourrir mon bétail et mon personnel. Nous ne pouvons pas nous chauffer. Nous vivons dans une frugalité incroyable. Je vous assure que je n'ai jamais joué de ma vie !

— Bon, bon, très bien, monsieur. Pour l'instant, personne ne vous accuse de rien. Nous nous contentons de reconstituer les pièces du puzzle. Je crois que ce sera tout pour le moment. Mais je pense que nous souhaiterons nous entretenir de nouveau avec vous. Allez-vous vous installer à Rannoch House… sans domestiques ?

— Je serai à mon club, répondit Binky. Et lady Georgiana loge chez une amie, il me semble.

— Nous vous contacterons, monsieur, dit l'inspecteur en se levant. Merci à vous deux d'être venus.

L'interrogatoire était terminé.

— Je trouve que cela s'est plutôt bien passé, n'est-ce pas ? fit remarquer Binky alors que nous sortions de Scotland Yard.

Vraiment ? C'était comme si notre ancêtre Bonnie Prince Charlie[1] avait affirmé que la bataille de Culloden s'était plutôt bien déroulée. Les hommes de notre lignée étaient-ils d'un optimisme débridé ou tout bonnement idiots ?

★

Le lendemain matin, alors que je me réveillais avec un bon torticolis, je vis Belinda traverser la pièce sur la pointe des pieds.

— Tu t'es levée tôt, fis-je observer, ensommeillée.

— Ma chérie, je n'ai pas encore été au lit – du moins dans *mon* lit, devrais-je dire.

— Dois-je en conclure que l'assortiment d'hommes présents était préférable à celui de l'autre soir ?

— Exactement, ma chérie.

— Comptes-tu me donner des détails ?

— Cela manquerait de discrétion. Je me contenterai de dire que c'était divin.

— As-tu l'intention de le revoir ?

— Sait-on jamais, répondit-elle avec un sourire rêveur, tout en se dirigeant vers l'escalier. Je vais dormir, à présent. Ne me réveille pas, s'il te plaît, même si un cadavre se matérialise dans ma baignoire.

Au bas des marches, elle se retourna vers moi.

— Une fête fabuleuse est organisée ce soir sur un bateau. Un vrai bateau équipé d'un moteur, cette fois. Nous allons descendre la Tamise pour aller pique-niquer à Greenwich, et tu es invitée, bien sûr.

— Oh, je ne pense pas que…, commençai-je.

— Georgie, m'interrompit-elle. Après tout ce que tu as enduré, tu as besoin de t'amuser, de te laisser aller.

1. Surnom de Charles Édouard Stuart (1720-1788), prétendant aux couronnes anglaise et écossaise, qui fut vaincu par les Anglais lors de la bataille de Culloden en avril 1746. *(N.d.T.)*

De plus, si tu ne viens pas, j'en connais qui seront extrêmement déçus.

— Qui ça ?

Avec un sourire béat, elle plaça sur ses lèvres un doigt dont l'ongle était verni de rouge.

— Ah, ce serait trahir un secret ! Nous prendrons un taxi à dix-sept heures. À tout à l'heure. Bonne nuit.

Elle disparut dans l'escalier. Qui espérait me voir ? Probablement des amateurs de sensations fortes, avides de détails sanglants dans cette affaire de meurtre, pensai-je, furieuse. Je n'irais pas à cette fête. Cependant, l'idée d'un tour sur la Tamise et d'un pique-nique dans un parc me paraissait merveilleuse. Depuis combien de temps n'avais-je pas eu l'occasion de vraiment m'amuser ?

J'avais déjà décidé de ce que j'allais faire entre-temps : je demanderais de l'aide auprès de la seule personne qui pouvait m'être utile – mon grand-père. C'était un splendide 1er mai, le soleil brillait, les arbres étaient en fleurs, les oiseaux pépiaient à qui mieux mieux et des nuées de pigeons tournoyaient dans le ciel. Le genre de journée où l'on est heureux d'être en vie. Je pris le métro jusqu'à la station Upminster Bridge et gravis la colline menant à la maison de mon grand-père. En me voyant sur le pas de sa porte, il parut content et étonné à la fois.

— Ma foi, ça m'en bouche un coin ! Salut, mon cœur. Je me suis fait un sang d'encre pour toi. J'ai appris la nouvelle par les journaux du matin. J'envisageais d'aller à la cabine téléphonique pour t'appeler.

— Tu n'aurais pas pu me joindre. Je ne suis plus à Rannoch House. L'endroit grouille de policiers et de journalistes.

— Évidemment, il fallait s'y attendre. Bon, reste pas plantée là. Entre. Entre donc. Quelle histoire affreuse. Raconte-moi. Il avait trop bu ?

— Non, il a été assassiné, j'en ai bien peur. Mais ni Binky ni moi ne savons qui a pu commettre ce meurtre.

C'est pour cette raison que je suis venue te voir. Tu as été agent de police, par le passé.

— Ah, oui, mais je faisais juste des rondes, mon canard. J'étais un modeste flic, c'est tout.

— Tu as tout de même dû participer à des enquêtes criminelles. Tu sais comment ce genre de chose se déroule.

— Je vois pas comment t'aider, dit-il en haussant les épaules. Une p'tite tasse de thé ? demanda-t-il avec son accent cockney.

— Oui, merci, répondis-je en m'asseyant à sa minuscule table de cuisine. Grand-papa, je me fais du souci pour Binky. Il est le suspect tout désigné, et le fait qu'il se soit enfui en Écosse après avoir découvert le corps risque d'aggraver son cas.

— Ton frère avait-il un lien étroit avec la victime ?

— Un seul, malheureusement.

Je lui parlai alors du document signé de la main de notre père.

— Oh, bon Dieu. Sacré bon Dieu. Il est dans de beaux draps, hein ? Et tu es certaine qu'il dit la vérité ?

— Sûre et certaine. Je connais Binky. Quand il ment, ses oreilles rougissent.

Grand-papa souleva du feu la bouilloire qui sifflait et versa de l'eau dans la théière.

— À mon avis, il faut découvrir deux choses : qui savait que ce type venait à Londres, et qui il avait prévu d'y rencontrer.

— Et comment vais-je m'y prendre ?

— Où est-ce qu'il logeait ?

— Au Claridge's.

— Ma foi, c'est plus facile que si c'était une maison particulière. Dans les bons hôtels, le personnel est au courant de tous les faits et gestes des clients – qui leur rend visite, où ils demandent à se rendre en taxi, et ainsi de suite. Nous n'avons qu'à aller poser quelques questions au Claridge's. Nous pourrons aussi jeter un coup d'œil à sa chambre.

— Mais à quoi bon ? La police a déjà dû la fouiller de fond en comble.

— Si tu connaissais leurs priorités, tu serais surprise.

— Cela fait maintenant deux jours qu'il a été tué. Ses affaires ont dû être emportées et le ménage de sa chambre a sûrement été fait, tu ne crois pas ?

— C'est possible. Mais, d'après mon expérience, je sais que ces enquêtes ne se font pas dans la précipitation, surtout le week-end. La police voudra être certaine de ne rien avoir oublié. Et quand elle aura autorisé que les effets de la victime soient emportés, ils seront entreposés quelque part avant que l'ordre soit reçu de les expédier à son plus proche parent.

Je secouai la tête, avec le sentiment que je m'apprêtais à affronter une terrible épreuve.

— Mettons que ses affaires soient encore dans sa chambre. Qui nous laissera y entrer ? Si je demande à la visiter, le personnel de l'hôtel trouvera cela extrêmement suspect.

Il me dévisagea, la tête inclinée sur le côté, en impertinent cockney qu'il était.

— Qui a parlé de demander la permission ?

— Tu proposes que je m'y introduise par effraction ?

— À moins de trouver un moyen d'y entrer…

— Je peux me procurer un uniforme de femme de chambre, proposai-je avec circonspection. Personne ne remarque jamais les domestiques, n'est-ce pas ?

— En voilà une bonne idée !

— Mais cela reste illégal, grand-papa.

— Ça vaut mieux que de se balancer au bout d'une corde, ma chérie. Vu mon ancien métier, je devrais pas encourager ce genre d'agissements, mais j'ai l'impression que vous avez de gros ennuis, ton frère et toi, ce qui exige des mesures extrêmes. Je t'accompagnerai pour faire un brin de causette avec le portier et les grooms. Certains d'entre eux se souviendront peut-être de moi, à l'époque où je faisais mes rondes.

— Ce serait formidable. Autre chose : j'ai besoin de savoir si des laveurs de vitres travaillaient dans Belgrave Square vendredi ; et si tel est le cas, de connaître le nom de leur entreprise. Je pourrais aller enquêter, mais avec tous ces reporters…

— Je m'en charge, ma chérie. Je peux au moins faire ça pour toi. Je te proposerais bien de rester déjeuner, mais j'ai promis à la veuve d'à côté de partager son repas. Elle n'arrêtait pas de m'inviter et je n'arrêtais pas de refuser ; et puis, je me suis dit : Pourquoi pas ? Quel mal y a-t-il à avoir un peu de compagnie ?

— En effet, quel mal y a-t-il à cela ? renchéris-je, prenant sa main dans la sienne pour la lui serrer. Elle sait cuisiner ?

— Pas aussi bien que ta grand-maman, mais elle se débrouille. Elle se débrouille plutôt pas mal.

— Bon appétit, grand-papa.

Il afficha une mine presque timide.

— Elle peut pas en avoir après mon argent, ajouta-t-il avec un rire asthmatique. Ça doit être mon charme, j'imagine. Alors, on se voit demain ? J'irai me renseigner à propos des laveurs de vitres et, ensuite, on se retrouvera au Claridge's.

— Parfait, dis-je, sentant un nœud se former dans mon estomac.

Se faire passer pour une bonne afin de s'introduire dans une chambre d'hôtel pouvait être lourd de conséquences. Si on me prenait sur le fait, cela risquait de desservir Binky plutôt que de plaider en sa faveur.

19.

Maison de Belinda Warburton-Stoke
Dimanche 1er mai 1932

Belinda se secoua peu avant dix-sept heures et descendit au rez-de-chaussée, superbe dans un pantalon rouge et une redingote noire. Je me rappelai alors que je n'avais rien à me mettre – quand bien même je parviendrais à pénétrer dans Rannoch House, ce qui semblait peu probable. Je m'en plaignis à mon amie, qui ouvrit immédiatement sa garde-robe et me trouva une épatante tenue de yachting – une jupe blanche et un blazer orné d'un parement blanc. J'eus même droit à une petite casquette de marin fort seyante. Dans le miroir, le résultat me parut tout à fait satisfaisant.

— Tu es certaine de ne pas vouloir porter cet ensemble ? demandai-je à Belinda.

— Seigneur, non. Il n'est pas exactement du dernier cri, ma chérie. Sur toi, cela passe évidemment sans problème, mais si on me voyait attifée de la sorte dans le port de Cowes, ma réputation en prendrait un sacré coup.

Je songeai en mon for intérieur que sa réputation était probablement déjà bien entachée.

— Allez, en route, annonça-t-elle en glissant son bras sous le mien.

— Belinda, je te suis reconnaissante de tout ce que tu fais pour moi.

— C'est parfaitement normal, ma chérie. J'aurais été exclue des Oiseaux des dizaines de fois si tu ne m'avais pas secourue. Et tu as bien besoin d'une amie en ce moment.

J'étais entièrement d'accord. Un taxi nous emmena jusqu'à la jetée de Westminster, même si je devinais que ni elle ni moi ne pouvions nous permettre ce genre de dépense. Mais il aurait été impensable d'arriver à pied, ainsi que l'avait déclaré Belinda.

Le yacht amarré à la jetée avait des lignes épurées et me parut plus imposant que les bateaux de plaisance que j'avais déjà pu voir – le modèle réduit d'un paquebot transatlantique, en quelque sorte. Un auvent avait été installé sur le pont arrière. (Appelle-t-on cela la « poupe » ? Le vocabulaire nautique n'est pas mon fort.) De la musique sortait d'un gramophone et des couples dansaient déjà en sautillant. Captivée par cette scène, je faillis me prendre les pieds dans un cordage posé en haut de l'échelle permettant d'atteindre le bateau ; si Belinda ne m'avait pas rattrapée, je me serais étalée de tout mon long sur le quai.

— Prends garde, dit-elle. Mieux vaut ne pas arriver la tête la première. Descends à présent de dos et regarde où tu poses les pieds. Je n'ai aucune envie de devoir te repêcher dans la Tamise.

— Je vais faire de mon mieux. Crois-tu que je serai un peu moins maladroite un jour ?

— Sans doute pas, répliqua Belinda avec un grand sourire. Puisque ni les cours de maintien et de gymnastique aux Oiseaux ni l'escalade de rochers écossais escarpés n'ont pu t'en guérir, tu es destinée à l'être à vie, il me semble.

Je descendis prudemment l'échelle. Avant que j'atteigne le dernier barreau, des mains m'enserrèrent la taille et me soulevèrent pour me déposer sur le pont.

— Eh bien, regardez qui voilà ! dit une voix familière. Je suis content que Belinda vous ait persuadée de venir.

Je me retrouvai devant Darcy, irrésistible dans une chemise blanche à col ouvert et un pantalon de marin retroussé.

— Moi aussi, bredouillai-je – car il n'avait pas encore ôté ses mains de ma taille et, à mon grand agacement, je me sentis rougir.

— N'allez-vous pas m'aider, Darcy ? s'enquit Belinda.

— Si vous insistez, répondit-il en me lâchant. Je vous croyais toutefois capable de vous débrouiller à merveille, quoi que vous fassiez.

Je décelai, dans le bref regard qu'ils échangèrent, une lueur que je ne sus interpréter. Était-ce le lit de Darcy que mon amie avait partagé la nuit précédente ? Cette idée me traversa effectivement l'esprit, et l'élan de jalousie que j'en éprouvai me surprit. Pourtant, si elle avait voulu se l'approprier, pourquoi aurait-elle insisté pour que je vienne cet après-midi ?

— Je vais te présenter à notre hôte, dit Belinda en m'entraînant derrière elle. Eduardo, voici mon amie lady Georgiana de Rannoch. Georgie, voici Eduardo Carrera. Il est argentin.

Je me retrouvai face à un gentleman des plus chics, qui n'avait pas encore trente ans ; les cheveux sombres et lisses, arborant une fine moustache d'acteur hollywoodien, il était impeccablement vêtu d'un blazer et d'un pantalon de flanelle.

— Señor Carrera, le saluai-je, tandis qu'il portait à ses lèvres ma main tendue.

— Enchanté de vous accueillir à bord de mon petit rafiot, lady Georgiana, répondit-il dans un anglais parfait, sans la moindre trace d'accent espagnol.

— Un petit rafiot, vraiment ? m'exclamai-je en riant. Avez-vous navigué depuis l'Argentine ?

— Hélas non, simplement depuis l'île de Wight. Ce bateau est toutefois censé pouvoir traverser l'Atlantique.

Je ne suis pas retourné dans mon pays depuis que mes parents m'ont envoyé à l'école d'Eton. Il faudra naturellement que je rentre un jour afin de reprendre l'entreprise familiale mais, dans l'intervalle, je profite des plaisirs que m'offre l'Europe, précisa-t-il, laissant son regard s'attarder d'abord sur moi, puis sur Belinda, de manière extrêmement suggestive. Je vais vous chercher une coupe de champagne.

Tandis qu'il s'éloignait, Belinda me donna un petit coup de coude.

— Tu vois ce que je voulais dire à propos de charmants étrangers ? N'importe quel Anglais que tu rencontrerais te lancerait : « Alors, comment ça va, ma vieille ? » et se mettrait à parler de cricket ou, le plus souvent, de chasse.

— Il a plutôt fière allure.

— Sa mère est une Anglaise d'origine argentine. À elles deux, ses familles maternelle et paternelle possèdent la moitié du pays. C'est un très bon parti.

— As-tu l'intention de lui mettre le grappin dessus, ou bien me conseilles-tu de l'attirer dans mes filets ? chuchotai-je.

— Je ne suis pas encore décidée, répondit-elle en souriant. Alors, fais comme tu l'entends. J'ai une devise : en amour comme à la guerre, tous les coups sont permis.

Faisait-elle allusion à Darcy ? me demandai-je à nouveau. Et je ne pus m'empêcher de m'enquérir :

— Au fait, où as-tu rencontré O'Mara ? Était-il présent à la fête d'hier soir ?

— Quoi ? fit-elle d'un air distrait. Darcy ? Oh, oui. Il était là. Il est peut-être un peu trop fougueux pour toi, Georgie, mais je peux t'assurer qu'il est encore intéressé. Il m'a posé un millier de questions.

— À propos de quoi ?

— Oh, d'un tas de choses. Évidemment, tous les invités y sont allés de leurs suppositions à propos du meurtre. Il va sans dire qu'ils étaient tous de ton côté. Aucun d'eux ne croit Binky capable de noyer quelqu'un dans une baignoire.

— Ont-ils avancé des théories sur l'identité possible du meurtrier ?

— Non, aucune. Mais de Mauxville n'était pas l'individu le plus populaire qui soit. Tout le monde s'est accordé à dire qu'il trichait aux cartes et qu'il n'avait pas un comportement de gentleman. On peut ainsi affirmer sans se tromper qu'il avait son compte d'ennemis.

— Personne n'a suggéré de noms ?

— Si tu veux savoir si l'un d'eux a avoué, la réponse est non. Le meurtrier n'appartient pas nécessairement à notre milieu. Si de Mauxville fréquentait des criminels, alors il peut s'agir d'une brouille entre escrocs.

— Bonté divine, je n'y avais pas pensé ! Mais comment ferions-nous pour enquêter sur des criminels ?

— Tout le monde a un verre à la main ? lança Eduardo. OK. Asseyez-vous et accrochez-vous, que nous puissions lever l'ancre.

— Installons-nous ici afin de profiter de la merveilleuse brise, proposa Belinda.

Elle se hissa sur le rebord du bateau, les pieds posés sur le banc de teck, et je l'imitai.

— Connaissant Eduardo, je suis certaine que nous allons filer à toute allure, reprit-elle. Il conduit aussi des voitures de course et il aime la voltige.

— Comme Peter Pan ?

— Mais non, il pilote un avion, ma chérie, répliqua Belinda en riant. Un charmant petit avion. Il a promis de m'emmener dans les airs, un de ces jours.

Comme à point nommé, le moteur ronfla et le bateau tout entier vibra violemment.

— Prêt à larguer les amarres ! hurla Eduardo, tandis que quelqu'un se précipitait pour détacher les cordages retenant le yacht à la jetée.

Soudain, le bateau s'élança avec une telle force que je fus projetée en arrière. Je tentai vainement de m'agripper au flanc lisse de la coque, mais fus éjectée dans l'eau glaciale. Le fleuve bouillonnait avec fracas autour de moi, et le bruit des hélices en mouvement était assourdissant. Suffocante, je m'efforçai de remonter à la surface. Je suis bonne nageuse, et je n'étais pas particulièrement effrayée, jusqu'au moment où je me rendis compte que j'étais entraînée derrière le yacht. Quelque chose s'était fermement enroulé autour de ma cheville, et j'étais emportée à une telle vitesse qu'il m'était impossible de le dénouer. Je tâchai de garder la tête au-dessus de l'eau assez longtemps pour hurler, mais je bus la tasse. Il avait tout de même dû y avoir des témoins de cet accident. Sur le pont, j'étais entourée de gens, et Belinda était assise juste à côté de moi. J'agitai désespérément les bras. J'entendis alors un éclaboussement, des bras vigoureux m'enlacèrent et le moteur fut coupé, Dieu merci. On me traîna jusqu'au bateau avant de me hisser à bord. Je me retrouvai assise sur le pont, hors d'haleine et toussant comme un poisson échoué, tandis que les autres passagers s'affairaient autour de moi.

— Est-ce que ça va ? demanda Darcy, qui était trempé.

Je compris qu'il avait fait partie de ceux qui avaient plongé pour me secourir.

— Je crois. Je suis plus ébranlée qu'autre chose.

— Par chance, vous ne vous êtes pas cogné la tête contre la coque quand vous êtes tombée à l'eau, dit quelqu'un d'autre.

Levant les yeux, je vis la silhouette raide et guindée de Whiffy Featherstonehaugh.

— Auquel cas vous auriez sombré, et nous ne nous en serions peut-être pas rendu compte, ajouta-t-il.

Je frissonnai. Whiffy me tapota gauchement l'épaule.

— Quoi qu'il en soit, ma chère Georgie, je suis au regret de vous informer qu'il n'y a pas de poisson assez gros dans la Tamise pour que vous puissiez servir d'appât.

C'était typique d'un Anglais de compatir de la sorte. Je m'aperçus que ses habits étaient secs.

Eduardo apparut, une couverture dans une main, un verre de brandy dans l'autre.

— Je suis sincèrement navré, dit-il. Je ne comprends pas comment cela a pu se produire.

— C'est du Georgie tout craché, répondit Belinda en m'aidant à placer la couverture autour de mes épaules. Il lui arrive toujours quelque chose, semble-t-il. Elle est sujette aux accidents, voyez-vous.

— Je prendrai donc garde à ce que rien d'autre ne fasse obstacle à notre croisière, déclara Eduardo. Venez dans la cabine, je vais vous trouver des vêtements secs.

— Tu en es maintenant réduit à essayer de noyer une jeune fille afin de pouvoir l'attirer dans ta cabine, hein, Eduardo ? lança quelqu'un.

Tout le monde prenait maintenant l'épisode à la légère – ce que font généralement les gens après avoir eu une frayeur. Belinda m'accompagna dans la cabine et m'aida à enfiler un pull-over rayé de marin appartenant à Eduardo et un pantalon bouffant d'environ cinq tailles trop grand.

— Franchement, Georgie, dit-elle en riant – elle semblait toutefois préoccupée. Hormis toi, qui serait capable de tomber d'un bateau en ayant le pied emmêlé dans une corde ?

— Je ne comprends pas comment cela a pu arriver. Ce fichu cordage était solidement enroulé autour de ma cheville. J'ai vainement essayé de le dénouer.

— Je ne vais plus te quitter des yeux pendant le reste de cette croisière. Retournons à présent sur le pont et voyons si nous pouvons faire sécher tes vêtements.

— Ce sont les tiens, et l'eau de la Tamise les a abîmés, je suis désolée, répondis-je. Elle avait un goût infect.

Darcy m'attendait à la sortie de la cabine.

— Vous êtes certaine que ça va ? Mon Dieu, vous ressemblez à un rat mouillé. Ne préférez-vous pas que je vous raccompagne chez vous ?

Je ne me sentais pas dans mon assiette, il fallait le reconnaître. J'avais dû avaler des litres d'eau et je grelottais encore – sans doute le contrecoup.

— Si cela ne vous ennuie pas, acquiesçai-je. Ce serait peut-être plus prudent. Mais je ne veux pas gâcher votre fin d'après-midi.

— Je suis moi aussi trempé, ainsi que vous l'avez sans doute remarqué, et Eduardo n'a pas proposé de m'accompagner dans sa cabine pour m'aider à me sécher.

Je m'esclaffai.

— Voilà qui est mieux, reprit-il. Il y a une minute encore, vous sembliez sur le point de vous évanouir. Allons voir si Eduardo est capable de faire reculer cet engin.

Quelques instants plus tard, le yacht était de nouveau amarré à la jetée.

— Prends garde aux cordages, cette fois ! me conseilla Belinda alors que je regagnais la terre ferme. À ce soir.

Darcy héla un taxi.

— Belgrave Square, il me semble ? Quel numéro ? me demanda-t-il.

— Je ne peux pas rentrer chez moi, expliquai-je d'un ton lugubre. La police s'y trouve peut-être encore, et la maison est de toute manière cernée par des reporters et des curieux en quête de détails morbides.

— Dans ce cas, où allons-nous ?

— En ce moment, je loge chez Belinda. J'y ai de quoi me changer et je pourrai laver les vêtements qu'elle m'a prêtés avant que l'eau de la Tamise ne les ait irrémédiablement abîmés.

— Vous souhaitez donc retourner chez elle ?

— Je n'ai aucun autre endroit où aller dans l'immédiat, répondis-je d'une voix tremblotante. Le problème, c'est que c'est le jour de repos de sa bonne et je ne sais rien cuisiner, excepté les haricots blancs en boîte ; je me réjouissais tellement de l'agréable pique-nique à Greenwich.

— J'ai une idée. Pourquoi n'irions-nous pas chez moi ? Ne faites pas cette tête. Je vous promets de me comporter en gentleman ; il y a du bon vin à la cave et je connais un endroit sensationnel pour pique-niquer. Je suis par ailleurs sur le point d'attraper une pneumonie, et vous ne voudriez tout de même pas que je tombe malade, surtout après que j'ai plongé dans cette eau infecte pour vous secourir ?

— Comment pourrais-je refuser ? Ce que vous proposez me paraît beaucoup plus plaisant que des haricots blancs.

Le taxi nous emmena à vive allure en direction de Chelsea, puis s'arrêta devant une jolie petite demeure peinte en bleu et blanc, pourvue de volets.

— Nous voici arrivés, annonça Darcy.

Il ouvrit et me fit entrer dans un minuscule salon. Ni trophées ni boucliers aux murs, aucun portrait d'ancêtre, seulement deux ou trois tableaux contemporains de qualité et des sofas confortables. *C'est ainsi que vivent les gens ordinaires*, songeai-je avec une pointe d'envie ; et je m'imaginai habiter avec Darcy une maison comme celle-ci, en train de préparer le repas, de faire ma toilette et de…

— Je vais me changer, j'en ai pour une minute, annonça-t-il. Si vous voulez rincer ces vêtements mouillés, vous trouverez un évier dans l'arrière-cuisine.

Depuis que je vivais seule à Rannoch House, je savais ce qu'était une arrière-cuisine ; je traversai une petite cuisine impeccable pour me rendre dans la pièce adjacente. Là, je remplis l'évier et y mis les habits à tremper. (L'eau était chaude, quel bonheur ! Je faillis y plonger moi aussi.) Lorsque je les ressortis, je remarquai que la jupe blanche avait viré au bleu clair. *Pourvu qu'elle retrouve sa couleur initiale une fois sèche*, me dis-je. J'ouvris la porte donnant sur l'arrière de la maison afin de les étendre dehors ; je fus soudain au bord de la Tamise, dans un joli petit jardin doté d'une minuscule pelouse et d'un arbre dont les premières feuilles bourgeonnaient. Au-delà, je vis une jetée. Je restai immobile, sous le charme, jusqu'à ce que Darcy me rejoigne.

— Vous savez à présent comment vivent les roturiers. C'est pas mal, hein ?

— C'est très beau. Mais ne m'avez-vous pas dit que vous y logiez temporairement ?

— C'est exact. Je n'ai pas les moyens de louer ce genre de maison. Elle appartient à un cousin éloigné qui préfère passer l'été en Méditerranée, sur son yacht. Heureusement, j'ai des cousins à travers toute l'Europe, vu que les catholiques considèrent la contraception d'un mauvais œil. Restez là pendant que je vais chercher du vin et voir ce que j'ai dans le garde-manger.

Nous fûmes bientôt installés sur des chaises longues, à déguster du vin blanc frais, du fromage à point, du pain croustillant et du raisin. L'air était tiède en cette fin d'après-midi, et le soleil couchant rougeoyait sur les vieux murs de brique. Pendant un moment, je bus et mangeai en silence.

— C'est merveilleux, dis-je. Hourra pour tous vos cousins.

— À propos de famille, j'ai cru comprendre que ce pauvre Hubert Anstruther n'en avait plus pour longtemps. Il est dans le coma, paraît-il.

— Le connaissez-vous ?

— Nous avons fait de l'escalade ensemble dans les Alpes à deux ou trois occasions. Il ne m'a pas semblé qu'il était homme à se laisser emporter par une avalanche.

— Tristram est anéanti. Sir Hubert est son tuteur, vous savez.

— Hum, se contenta-t-il de marmonner.

— Mais ni l'un ni l'autre ne font partie de ma famille, ajoutai-je. Ma mère a eu de nombreux autres maris depuis sir Hubert, et cela fait donc bien longtemps que Tristram et moi ne sommes plus parents.

— Je vois.

Suivit une longue pause, durant laquelle Darcy nous servit un autre verre de vin.

— Et vous le voyez souvent, cet imbécile de Hautbois ?

— Darcy, j'ai l'impression que vous êtes jaloux.

— Je me contente de garder un œil protecteur sur vous, rien d'autre.

Je décidai de riposter.

— J'ai cru comprendre que vous aviez fait la fête avec Belinda, hier soir.

— Belinda ? Oui, elle était là. Une fille sensationnelle – on s'amuse beaucoup avec elle. Elle n'a pas la moindre inhibition.

— D'après elle, vous seriez trop fougueux pour moi, dis-je avant de marquer une pause. Je me demande comment elle peut le savoir.

— Et vous comptez sur moi pour vous le dire ? Ce serait trahir un secret.

S'apercevant de mon embarras manifeste, il fit un grand sourire et se pencha plus près de moi.

— Allez-vous m'autoriser à vous embrasser, ce soir ? Même si je suis trop fougueux ?

— Vous avez promis de vous comporter en gentleman, ne l'oubliez pas.

— C'est exact. Passez-moi donc votre verre, que je le remplisse.

— Essayez-vous de m'enivrer afin de parvenir à vos fins ? demandai-je, mes propres inhibitions ayant miraculeusement commencé à se dissiper dès les premières gorgées de vin.

— Je ne suis pas adepte de cette méthode. J'aime qu'une femme soit pleinement consciente de ce qu'elle fait afin qu'elle puisse en tirer le maximum de plaisir.

Ses yeux enjôleurs me fixaient au-dessus de son verre. Je tentai de me mettre debout.

— Il commence à faire plutôt froid, non ? Et si nous rentrions ?

— Bonne idée.

Il prit nos verres et la bouteille – qui s'était vidée comme par enchantement – et me précéda à l'intérieur de la maison. Je le suivis avec les restes de notre repas. J'étais en train de les déposer dans la cuisine quand ses bras enlacèrent ma taille.

— Darcy !

— Je trouve toujours préférable de prendre une femme par surprise, chuchota-t-il avant de m'embrasser dans le cou, avec tant d'ardeur que mes jambes se dérobèrent sous moi.

Je me retournai, et ses lèvres s'approchèrent des miennes. J'avais été embrassée de nombreuses fois par le passé, derrière les palmiers en pot lors des bals pour débutantes, sur la banquette arrière des taxis en rentrant chez moi. Mais aucune de ces expériences ne m'avait procuré pareilles sensations. Je passai les bras autour de son cou et lui rendis son baiser. Sans que je puisse me l'expliquer, mon corps semblait savoir comment réagir de lui-même. Le désir me faisait tourner la tête.

— Aïe ! m'exclamai-je, sentant un bouton de la cuisinière me rentrer dans le dos.

— Les cuisines sont diablement inconfortables, pas vrai ? dit-il en riant. Venez, nous allons admirer le coucher du soleil à l'étage. Nous aurons une vue splendide sur la Tamise.

Me prenant par la main, il m'entraîna dans l'escalier. Je le suivis en planant, à moitié dans un rêve. La chambre était baignée par un magnifique coucher de soleil rosé et, en contrebas, les eaux de la Tamise scintillaient, comme par magie. Des cygnes passaient à la nage, leurs plumes blanches teintées de rose.

— C'est merveilleux, répétai-je.

— Bientôt, ce le sera plus encore, je vous le promets, dit-il en recommençant à m'embrasser.

Sans que je sache comment, nous nous retrouvâmes assis sur le lit. Ce fut alors que des petites sonnettes d'alarme se déclenchèrent dans ma tête. Je le connaissais à peine, après tout. Et peut-être avait-il passé la nuit précédente avec Belinda. Voulais-je vraiment d'un homme qui papillonnait d'une fille à l'autre, d'une aventure à l'autre ? Une autre pensée m'affolait davantage encore : marchais-je sur les traces de ma mère ? Allais-je emprunter la longue voie qu'elle avait prise, passant d'un homme au suivant sans jamais avoir ni foyer ni stabilité ?

Je me redressai et lui saisis les mains.

— Non, Darcy. Je ne suis pas prête. Je ne suis pas comme Belinda.

— Mais je vous promets que cela vous plaira.

Le regard qu'il me lança faillit entamer à nouveau ma détermination. Car je ne doutais pas qu'il dise la vérité.

— J'en suis certaine, mais je le regretterais ensuite. Et vu tout ce qui m'est arrivé récemment, ce ne serait pas le bon moment. De plus, je veux attendre de rencontrer un homme qui m'aime vraiment.

— Et comment savez-vous que je ne vous aime pas ?

— Aujourd'hui, peut-être, mais pouvez-vous me garantir que vous aurez des sentiments pour moi demain ?

— Oh, arrêtez, Georgie. Oubliez un peu votre affreuse éducation d'aristo. La vie, c'est fait pour prendre du bon temps. Et qui sait comment les choses pourraient tourner ?

— Je suis navrée. Je n'aurais jamais dû vous donner de faux espoirs. Vous aviez cependant promis de vous comporter en gentleman.

— Justement, à ce propos…, reprit-il – avec un sourire tellement espiègle. Votre parent le roi Édouard VII était un parfait gentleman, mais par Dieu il a couché avec la moitié des femmes de son royaume.

Il me dévisagea brièvement, puis se releva avec un soupir.

— Bon, très bien. Je vais vous appeler un taxi.

20.

Maison de Belinda Warburton-Stoke (une fois de plus)
Lundi 2 mai 1932

Lorsque ce soir-là, éprouvant un regret des plus vifs, j'arrivai chez Belinda, je trouvai un message de Binky me demandant de le rejoindre à l'étude de nos notaires à dix heures le lendemain. J'espérais que ce rendez-vous ne s'éterniserait pas, car je devais voir mon grand-père à l'heure du déjeuner. Par sûreté, je me rendis à Rannoch House tôt le matin afin de récupérer mon uniforme de femme de chambre. Une idée judicieuse car, de si bonne heure, je ne vis ni fonctionnaires de police ni journalistes. La maison me parut très étrange et terriblement froide ; il n'y avait toutefois plus aucune trace du cadavre dans la baignoire. Je me surpris cependant à passer devant la salle de bains sur la pointe des pieds, sous l'œil vigilant de la statue de l'ange exterminateur.

Alors que je sortais l'uniforme de mon armoire, j'entendis un cliquetis. Plongeant la main dans la poche du tablier, je découvris la statuette que j'avais brisée chez les Featherstonehaugh. Tant d'événements s'étaient produits depuis que je l'avais complètement oubliée. Mince alors ! Il fallait maintenant que je la fasse réparer avant d'aller la replacer en douce dans la maison. J'espérais simplement que personne n'avait remarqué sa disparition au milieu de cette multitude d'épées, de divinités et tout le tralala. Je la rangeai dans le tiroir du haut de ma coiffeuse et fourrai l'uniforme dans un sac en papier. Je trouverais bien des toilettes publiques où me changer en chemin.

Je m'apprêtais à sortir quand le téléphone sonna.

— Georgie ? demanda une voix masculine.

L'espace d'une seconde, je crus qu'il s'agissait de Binky ; mais, avant que je puisse répondre, mon interlocuteur poursuivit :

— C'est Tristram. Désolé de vous appeler à une heure pareille. Vous ai-je réveillée ?

— Me réveiller ? Tristram, je suis debout depuis des heures. En fait, je loge chez une amie ; je suis simplement repassée à Rannoch House pour récupérer des affaires avant de rejoindre mon frère chez nos notaires. Vous avez appris la nouvelle, je suppose ?

— Oui, par les journaux. Je n'en ai pas cru mes yeux. Quelle drôle d'affaire. Votre frère n'est pas du genre à liquider les gens, tout de même ?

— Certainement pas.

— Mais alors, qui a pu commettre ce meurtre ? J'ai bavardé avec Whiffy au téléphone hier soir, et nous nous sommes demandé pour quelle raison étrange quelqu'un avait pu laisser un cadavre chez vous. Pensez-vous que ce soit une plaisanterie de mauvais goût ?

— Aucune idée, Tristram.

— Quelle poisse, en tout cas.

— Ça, vous pouvez le dire.

— Et Whiffy m'a raconté qu'il vous était arrivé quelque chose de fâcheux hier. Vous seriez tombée d'un bateau et auriez failli vous noyer, selon lui.

— Oui, rien ne semble vraiment marcher comme sur des roulettes en ce moment, répondis-je, tout en réfléchissant au moyen de mettre poliment un terme à cette conversation.

— Et Whiffy m'a dit que vous étiez repartie avec cet O'Mara.

— En effet, Darcy a eu l'amabilité de me raccompagner chez moi.

— Fichtre ! J'espère qu'il s'est comporté en gentleman.

Un léger sourire passa sur mes lèvres.

— Tristram, je crois que vous êtes jaloux de Darcy.

— Jaloux ? Grands dieux, non ! Je m'inquiète simplement pour vous, ma vieille. Et, je ne vous le cache pas, je ne fais pas confiance à cet O'Mara. Il n'est jamais rien sorti de bon d'Irlande.

— Le whisky. Et la Guinness.

— Hein ? Oh, sans doute. Mais vous voyez ce que je veux dire.

— Tristram, Darcy est un pair du royaume et il s'est comporté comme tel, répliquai-je avec fermeté, tout en songeant aux manières extraordinaires dont les pairs, à ma connaissance, pouvaient se conduire. Mais il faut absolument que j'y aille, je vais être en retard.

— Oh, très bien. Je voulais seulement vous proposer mes services, voyez-vous. Savoir si je pouvais vous être utile.

— C'est gentil à vous, mais je n'ai besoin de rien, je vous assure.

— Je suppose que votre frère prend soin de vous.

— Mon frère est à son club.

— Vraiment ? Je viendrais volontiers monter la garde la nuit si vous me le demandiez.

Je ne pus réprimer un gloussement en imaginant Tristram patrouillant devant la maison.

— Merci, mais je vais probablement rester chez mon amie pendant quelque temps encore.

— Bonne idée. Quel soulagement d'avoir quelqu'un qui veille sur vous. J'imagine que vous n'avez guère envie de me retrouver plus tard ? Je pourrais vous emmener manger un bout et vous redonner le sourire.

— Merci, vous êtes très aimable, mais je ne crois pas que je sois d'humeur à déjeuner, et j'ignore combien de temps durera notre rendez-vous chez les notaires.

— Bon, aucun problème. Je prendrai de vos nouvelles de temps à autre afin de savoir comment vous vous en sortez. Whiffy et moi sommes tous deux désireux de vous aider. À très bientôt ! Et ne vous laissez pas abattre, ma vieille.

Je raccrochai et m'empressai de rejoindre Binky. J'étais assez curieuse de savoir si nous allions aujourd'hui faire la connaissance du vieux maître Prendergast et ainsi découvrir à quoi il ressemblait – jusqu'à ce que l'on m'informe qu'il était mort dix ans plus tôt. Assis face à nous, le jeune maître Prendergast nous observait ; il lâcha une exclamation désapprobatrice, puis soupira.

— Une triste affaire, monsieur le duc. Et très fâcheuse, d'ailleurs.

— Ma sœur et moi n'y sommes absolument pas mêlés, je vous en donne ma parole, répondit Binky.

— Notre étude est au service de votre famille depuis des générations, déclara le vieil homme. Votre parole me suffit.

— Mais vous comprenez à quel point cela nous compromet.

— Bien entendu. C'est fort ennuyeux.

— Nous nous demandions si vous aviez parlé du document à la police, au cas où celle-ci n'aurait pas encore découvert son existence, reprit mon frère. Parce que voilà, cela reviendrait à laisser entrer le loup dans la bergerie, pour ainsi dire.

— Cela nous pose en effet un dilemme moral, monsieur le duc. Notre loyauté vis-à-vis de nos clients doit-elle favoriser la rétention d'informations dans une affaire criminelle ? Si la police décidait de m'interroger, je serais évidemment contraint de répondre honnêtement à leurs questions. Et il me faudrait alors leur dévoiler l'existence de ce document. En revanche, ai-je le sentiment qu'il m'incombe de fournir de moi-même des renseignements susceptibles d'incriminer un client ? Un client qui m'a donné sa parole quant à son innocence ? Non, j'estime que rien ne m'y oblige.

Binky se leva et serra la main du vieux notaire. J'entendis un craquement d'os.

— Je trouve que ça s'est plutôt bien passé ! s'exclama mon frère, une fois que nous eûmes quitté l'étude. Ça te dirait d'aller manger un bout quelque part ? Au Claridge's, peut-être ?

— Au Claridge's ? répétai-je d'une voix stridente. Ce serait avec plaisir, mais je dois malheureusement retrouver mon grand-père. Souviens-toi qu'il était autrefois agent de police. J'espère qu'il aura des conseils à me donner ; et peut-être a-t-il encore des connaissances à Scotland Yard.

— Épatant. C'est une idée extra.

— Du reste, il paraît que le restaurant du Claridge's ne vaut plus grand-chose, ajoutai-je, au cas où Binky déciderait malgré tout d'aller y déjeuner seul.

— Vraiment ? J'ai toujours trouvé cet endroit sensass. Oh, tant pis. Autant aller manger au club et faire des économies, dans ce cas. Où pourrai-je te rejoindre ensuite, Georgie ? Et combien de temps suis-je censé rester en ville, à ton avis ? Ce séjour au Brook's me coûte une fortune, tu sais. Les whisky-sodas ne sont pas donnés.

— Tu devras le demander à la police. Par ailleurs, tu pourras me trouver à Rannoch House, car j'envisage de m'y installer de nouveau. J'y suis passée ce matin, et la police n'était plus là. De même que le cadavre.

— C'est rudement courageux de ta part, ma vieille. Je ne crois pas que je pourrais le supporter. Et puis, c'est tellement confortable, au club.

Sur ce, nous prîmes congé l'un de l'autre ; mon frère monta dans un taxi, tandis que je m'engageais dans l'escalier de la station de métro de Goodge Street. Un arrêt plus loin, à Tottenham Court Road, je dus prendre une correspondance. J'aurais sans doute pu me rendre à pied jusqu'à Holborn et ainsi éviter un changement, mais il s'était mis à pleuvoir, et je n'avais aucune envie d'arriver au Claridge's trempée jusqu'aux os.

J'avais si rarement pris le métro au cours de mon existence que les nombreux couloirs et escaliers mécaniques qui menaient d'une ligne à l'autre me déroutaient toujours un peu. La station de Tottenham Court Road était bourdonnante d'activité, et les gens couraient dans toutes les directions. Tout le monde paraissait extrêmement pressé. Lorsque je pris l'escalier mécanique pour rejoindre la Northern Line, les voyageurs qui le descendaient sur ma droite ne cessèrent de me bousculer. Je finis par trouver mon quai et restai à l'avant pour attendre le métro. Un flot de plus en plus important de gens se massait derrière moi. Le grondement du train me parvint enfin aux oreilles, annoncé par une bourrasque de vent qui jaillit du tunnel. Alors que la première voiture apparaissait, on me poussa brutalement dans le creux du dos. Je perdis l'équilibre et fus projetée vers les rails électriques. Tout arriva si vite que je n'eus pas même le temps de hurler. Des mains se tendirent vers moi et me rattrapèrent, puis on me tira brusquement sur le quai, à l'instant même où le métro passait devant moi dans un grand fracas.

— Ouf ! Vous l'avez échappé belle, mademoiselle, me dit un ouvrier costaud tout en me remettant debout. J'ai bien cru que vous étiez fichue.

Son visage était littéralement blême.

— Moi aussi, répondis-je. Quelqu'un m'a poussée.

Je regardai autour de moi. Les gens nous contournaient déjà pour monter dans le train, comme si nous n'existions pas.

— Tous ces fichus voyageurs sont toujours tellement pressés, ça m'étonne qu'y ait pas plus d'accidents, fit observer mon compagnon. Il y a trop de gens à Londres, de nos jours. C'est ça, le problème. Et ceux qu'ont des autos peuvent plus se permettre de les faire rouler, vu le prix de l'essence.

— Vous m'avez sauvé la vie. Merci infiniment.

— Pas de quoi, mademoiselle. La prochaine fois, tâchez de pas attendre trop près du bord. Il suffit que quelqu'un trébuche ou bouscule ceux qui sont derrière vous pour que vous tombiez sous un train.

— Vous avez raison. Je serai plus prudente, désormais.

Je terminai mon voyage, contente pour une fois que Belinda ne soit pas avec moi. Elle aurait certainement eu beaucoup à dire sur le fait que ma maladresse devenait impossible à maîtriser. Même si ce qui s'était produit n'était pas à mettre sur le compte de ladite maladresse. Je m'étais juste trouvée au mauvais endroit au mauvais moment.

Tandis que j'enfilais mon uniforme de femme de chambre dans les toilettes pour dames de la station de Charing Cross, mes mains tremblaient encore ; mais j'avais recouvré mon calme en arrivant au Claridge's. Par chance, il pleuvait encore, et je pus ainsi dissimuler mes vêtements sous mon imperméable. En approchant de l'hôtel, je vis la silhouette familière de mon grand-père, qui m'attendait.

— Salut, mon canard. Alors, tu tiens le coup ?

— Oui, ça peut aller. Sauf quand on essaie de me pousser sous un métro.

— Quand est-ce arrivé ? demanda-t-il, le visage soudain pétri d'inquiétude.

— Je venais de quitter l'étude de nos notaires pour me rendre ici. J'étais à l'avant d'un quai bondé, et la foule a dû se ruer en avant en entendant le train approcher. J'ai failli tomber sur la voie.

— Tu dois être plus prudente, ma chérie. Londres est une ville dangereuse.

— Je le serai, à l'avenir.

Il m'observa un instant, la tête inclinée sur le côté.

— Bon, mieux vaut qu'on s'y mette, j'imagine.

— As-tu déjà pu bavarder avec quelques employés de l'hôtel ?

— Ton grand-papa n'a pas perdu la main, répondit-il en se tapotant le nez. Il a encore les qualités requises pour ce genre de boulot. Il sait leur passer de la pommade. Je me suis d'abord rendu dans ton quartier de snobs, et je peux te garantir qu'aucun laveur de carreaux n'y travaillait l'autre jour.

— Par conséquent, si quelqu'un en a vu un…

— Celui-ci préparait un sale coup.

— C'est exactement ce que je me disais. Les gens que tu as interrogés ont pu te décrire cette personne ?

— Personne ne remarque les ouvriers, ma chérie.

— Tout comme personne ne prête attention aux domestiques. À ce propos, j'ai enfilé mon uniforme de bonne, mais je ne connais pas le numéro de la chambre où séjournait de Mauxville, et j'ignore de quelle manière je vais m'y introduire.

— Je me suis renseigné, c'était la 317. De plus, le ménage n'a pas encore été fait. Le monsieur avait apparemment payé d'avance pour une semaine, et ça embêtait le personnel d'enlever ses affaires avant d'avoir reçu des instructions.

— Comment as-tu réussi à découvrir tout ça ?

— Alf, le portier, se souvient encore de moi, répondit mon grand-père avec un grand sourire.

— Tu es un génie.

— Tu vois, ton vieux grand-papa peut encore se rendre utile, ajouta-t-il, rayonnant.

— As-tu appris autre chose ?

— Ton *monsieur** de Mauxville sortait tous les soirs pour jouer – au Crockford's et dans d'autres casinos moins recommandables. Et il a eu de la visite. Un grand jeune homme brun. Un snob.

— Autre chose ?

— Pas encore. Je compte causer avec les grooms, et je pourrais aussi interroger les autres femmes de chambre du troisième étage.

— Très bien.

Maintenant que je m'apprêtais à passer à l'action, j'étais terrifiée. S'introduire quelque part par effraction était en soi suffisamment grave, mais si on me prenait sur le fait, ce délit me ferait aussi passer pour coupable aux yeux de l'inspecteur Sugg.

— Comment éviter de me faire remarquer si j'emprunte l'escalier ? Je risque d'être reconnue.

— Passe par l'escalier de secours. Il y a toujours une issue de ce genre dans un hôtel.

— Bien, j'y vais. Tu n'as pas envie de m'accompagner, par hasard ?

— Je suis prêt à faire beaucoup de choses pour toi, mon cœur, mais pas ça. Je suis un ancien policier, un type insignifiant. Si on me prenait sur le fait, la justice me traiterait plus sévèrement que toi. Je n'ai aucune envie de finir mes jours dans la prison de Wormwood Scrubs.

— Cela ne me tente pas vraiment non plus.

Il s'esclaffa.

— C'est une prison pour hommes. Mais tu ne serais pas condamnée, vu ton standing et sachant que tu essaies simplement d'aider ton frère.

— Je l'espère sincèrement, répondis-je en hochant la tête. Souhaite-moi bonne chance, d'accord ? Je te retrouve ici dans une heure.

Je gagnai l'escalier de secours sans encombre ; après avoir laissé mon imperméable roulé dans un coin, je me coiffai de ma toque de bonne et arrivai au troisième étage. Je pris alors conscience que je n'avais aucun moyen de m'introduire dans la chambre 317. Mon plan manquait à l'évidence de préparation. J'errais le long du couloir en essayant d'ouvrir quelques portes quand, derrière moi, une voix me fit sauter au plafond.

— Hé, vous ! Que faites-vous ?

Je me retournai et me retrouvai face à une jeune Irlandaise au teint frais, vêtue d'un uniforme de bonne très différent du mien. Je décidai de changer mon histoire au plus vite.

— Ma maîtresse a passé la nuit dernière dans cet hôtel, et elle a dû perdre une de ses boucles d'oreilles en diamant dans son sommeil. D'habitude, elle ôte ses bijoux avant de se coucher, mais elle est rentrée très tard. Elle m'a donc demandé de la récupérer. Et comme personne ne m'a ouvert, je suppose que mon maître a dû déjà partir lui aussi.

— Quelle chambre était-ce ?

— La 317.

Elle me dévisagea bizarrement.

— C'était la chambre du monsieur français qui a été assassiné.

— Assassiné ? Ici ?

— Vous ne lisez donc pas les journaux ? Non, ça s'est passé dans la baignoire d'un duc. De toute manière, la police est venue et a passé la chambre au peigne fin.

— A-t-elle découvert quoi que ce soit ?

— Comment je le saurais ? Vous vous imaginez peut-être que les policiers se sont confiés à moi ?

— Avez-vous été obligée de faire ses bagages, dans ce cas ?

— Pas encore. Ses affaires sont toujours là, pour autant que je sache, et la police a donné l'ordre de ne laisser entrer personne.

— Il a donc été tué ? C'est affreux. C'était quelqu'un de gentil ?

— Bien au contraire. Un individu grossier et ingrat, d'après ce que j'ai pu constater. Il m'a hurlé dessus simplement parce que j'avais déplacé des papiers sur son bureau.

— Quel genre de papiers ?

— Rien de spécial. Des magazines qu'il était en train de lire. À l'entendre, on aurait cru que j'avais fouiné dans ses affaires, précisa-t-elle en lissant son uniforme de la main. En tout cas, je ne peux pas rester là à bavarder. Je dois me remettre au travail.

— Et je dois retrouver cette boucle d'oreille ou je risque de me faire enguirlander. J'ai la mémoire comme une passoire. Était-ce plutôt la 217 ? Savez-vous où lord et lady…

Je laissai le reste de ma phrase en suspens en espérant qu'elle mordrait à l'hameçon. Ce qu'elle fit.

— Lady Furness ? Chambre 313.

— Oh, que le ciel soit remercié ! Si je rentrais à la maison sans sa boucle d'oreille, je n'aurais pas fini d'en entendre parler. Auriez-vous la gentillesse de m'ouvrir la porte ?

— Pourquoi pas, mais je dois absolument…

— Écoutez, lady Furness déjeune avec une amie au restaurant du Claridge's. Voulez-vous que j'aille la chercher afin qu'elle vous autorise à me laisser entrer dans la chambre ?

La jeune fille m'examina attentivement.

— Non, j'imagine qu'il n'y a aucun mal à ça, finit-elle par répondre. Mais les draps ont déjà été enlevés. Si le bijou n'a pas été trouvé, il y a peu de chances pour qu'il soit encore là.

— Un petit diamant a pu tomber sous le lit sans que personne le remarque. De toute manière, on m'a donné l'ordre de le chercher et mieux vaut que j'obéisse, sinon… Vous devriez la voir quand elle perd son sang-froid.

Elle m'adressa alors un grand sourire.

— Bon, allez-y, et n'oubliez pas de refermer soigneusement derrière vous. Je n'ai pas envie d'avoir des ennuis à cause d'une porte ouverte.

— Oh, bien entendu. J'y veillerai. Je vais même la garder close pendant que je fouille la pièce.

Dès qu'elle m'eut ouvert, j'entrai et poussai la porte derrière moi. À quoi bon visiter la chambre 313 ? me demandais-je. C'était néanmoins mieux que rien. Soulevant la fenêtre à guillotine, je découvris une large corniche qui courait le long du bâtiment. Si le loquet de la fenêtre de la 317 n'avait pas été bien tiré, peut-être réussirais-je à m'y introduire. Je grimpai précautionneusement sur la corniche. J'étais très loin du sol. Je voyais la procession des bus rouge vif passer en contrebas dans la rue du Strand. Et cette large corniche me paraissait fort étroite à présent. N'ayant pas le courage de me mettre debout, je commençai à avancer à quatre pattes et atteignis la 315, puis la 317. Vu ma position précaire, j'eus d'abord du mal à trouver une prise sur le châssis de la fenêtre, mais il finit par céder un peu.

Je parvins à le soulever, me glissai à l'intérieur et, à bout de souffle, me redressai. La bonne irlandaise avait dit vrai : la chambre moquettée, déserte, avait apparemment été fouillée de fond en comble ; les draps et les serviettes dont de Mauxville s'était servi avaient été emportés. Il restait bien quelques documents soigneusement empilés sur le bureau. Je les consultai, mais ne trouvai qu'un exemplaire du *Times* daté du 29 avril et des magazines sportifs. La corbeille à papiers avait été vidée. Sur le buvard, je ne vis aucune trace susceptible de fournir un indice. Je regardai sous le lit, mais le sol était impeccable. J'ouvris les tiroirs de la commode, qui ne renfermaient que des sous-vêtements grisâtres et une paire de chaussettes ayant grand besoin d'être reprisées. Des armoiries étaient toutefois brodées sur les mouchoirs. Je passai ensuite à l'armoire. J'y trouvai un smoking et deux ou trois chemises blanches propres. Les poches de l'habit étaient vides, mais, quand je le replaçai sur son cintre, il me parut s'affaisser davantage d'un côté – alors que les costumes d'un gentleman sont normalement taillés à la perfection. Je l'examinai à nouveau et découvris que la doublure d'une des poches intérieures était déchirée. Je suivis l'accroc du bout du doigt et en sortis un rouleau de papier. Le souffle coupé par la surprise, je vis qu'il s'agissait d'une liasse de billets de banque de cinq livres sterling – il y en avait des centaines… Bon, peut-être pas autant, mais cela représentait malgré tout une coquette somme. Je regardai fixement cet argent. Pour moi qui étais sans le sou depuis des années, cela représentait une fortune. Si je m'en emparais, qui le saurait ? Cette question se répercuta dans mon esprit. Personne ne découvrirait que j'avais dérobé les gains mal acquis d'un mort. Mais mes ancêtres, paternels tout autant que maternels, finirent par triompher. La mort plutôt que le déshonneur.

Je m'apprêtais à replacer l'argent dans la doublure quand je me rendis compte que j'avais sans doute à la main une pièce à conviction et que j'y avais laissé mes empreintes digitales ; et qu'au demeurant j'en avais laissé partout ailleurs dans la chambre ! Comment avais-je pu être aussi stupide ? J'ignorais si la police était capable de relever des empreintes sur des billets de banque, mais mieux valait ne pas prendre le risque. Je m'empressai d'essuyer la liasse avec mon tablier avant de la replacer. Puis je répétai l'opération à travers la pièce, frottant toutes les surfaces que j'avais touchées.

Près du téléphone était posé un calepin qui semblait intact. À la lumière, je vis toutefois des marques sur la première feuille, comme si on avait appuyé trop fort avec un stylo en écrivant. Je m'approchai de la fenêtre et levai le morceau de papier devant moi.

R… 10 h 30.

La police avait-elle arraché la feuille sur laquelle ce message avait été inscrit ? Même le plus bête des inspecteurs aurait été capable de déduire que le *R* signifiait « Rannoch ». Cela n'arrangerait pas la situation de Binky, à moins que je ne parvienne à découvrir la provenance de la liasse de billets.

La chambre ne recelant aucun autre secret, je grimpai de nouveau sur la corniche en prenant soin de refermer la fenêtre derrière moi, puis me remis à avancer à quatre pattes. Je venais d'arriver à la hauteur de la chambre 315 quand des voix résonnèrent. Je me figeai sur place. À mon grand effroi, quelqu'un dit alors :

— On étouffe, ici, tu ne trouves pas ?

J'entendis la fenêtre s'ouvrir. Je me relevai précipitamment juste à côté de la croisée et, plaquée contre un tuyau d'évacuation, m'y agrippai de toutes mes forces. Un jeune homme aux cheveux d'un blond roux passa la tête au-dehors.

— Voilà, tu es satisfaite, maintenant ? demanda-t-il avant de reculer dans la pièce.

Je n'avais que l'embarras du choix : passer devant cette fenêtre ouverte pour rejoindre la chambre 313 ou retourner dans la 317, au risque qu'on me voie en sortir depuis le couloir.

Je décidai de rebrousser chemin. Alors que je tentais de m'agenouiller, le tuyau suivit mon mouvement et commença à se détacher du mur. Je me cramponnai à la paroi de pierre et ne la lâchai plus. Je dus pousser un cri, car une voix s'exclama derrière moi :

— Que diable faites-vous là ?

C'était le jeune homme blond qui avait de nouveau passé la tête par la fenêtre.

— Désolée, monsieur. Je secouais mon plumeau au-dessus de la corniche quand je l'ai lâché. Je suis alors sortie pour le récupérer, mais je n'arrive plus à retourner à l'intérieur.

— Ma chère petite, répondit-il, à quoi bon risquer votre vie pour un plumeau ? Allez, donnez-moi la main, ajouta-t-il en m'aidant à enjamber le rebord de sa fenêtre.

— Merci, monsieur, c'est très aimable à vous, dis-je avec un accent qui, je l'espérais, passerait pour irlandais.

Il sortit de la poche de son gilet un souverain d'or.

— Tenez, cela devrait vous suffire à acheter un plumeau neuf et à vous éviter des ennuis.

— Oh, non, monsieur, je ne peux pas accepter.

— Si, prenez. Justement, mes affaires ont été plutôt fructueuses, cette semaine.

Il me mit de force la pièce dans la main.

— Merci, monsieur. C'est très généreux de votre part.

Je saluai d'un signe de tête la jeune femme qui venait d'émerger de la salle de bains et quittai la pièce en toute hâte. Aucun signe de la bonne irlandaise dans le couloir.

Tout en fredonnant, je renfilai mon imperméable et me dirigeai vers l'escalier. Un souverain en échange de tout le mal que je m'étais donné. Je devrais sans doute envisager de travailler dans un hôtel !

21.

Rannoch House (sans cadavre)
Lundi 2 mai 1932

Mon grand-père m'attendait sous la marquise de l'hôtel, à l'abri de la pluie. Malheureusement, il n'avait pas pu glaner beaucoup plus de renseignements. Je lui parlai de la liasse de billets et lui suggérai d'appeler anonymement la police afin de leur dire que de Mauxville s'était adonné aux jeux d'argent. J'estimais que le moins que je puisse faire était de l'inviter à déjeuner, et il me fallut presque le traîner de force jusqu'au salon de thé Lyons le plus proche. Je tâchai d'être gaie et enjouée, mais il me parut inquiet et préoccupé tout au long de notre repas. Au moment de me dire au revoir, il m'observa attentivement.

— Fais attention à toi, veux-tu ? Et si tu préfères venir t'installer chez moi, tu sais que tu seras toujours la bienvenue.

— C'est gentil, grand-papa, répondis-je en souriant. Je dois cependant rester en ville pour surveiller Binky et poursuivre mon enquête.

— Oui, tu as raison, soupira-t-il. Mais prends tout de même garde.

— Ne t'en fais pas pour moi. Tout ira bien, ajoutai-je, surtout par bravade, car je n'en pensais pas un mot.

Tout en m'éloignant, je lançai un coup d'œil derrière moi. Il n'avait pas bougé et continuait de me regarder.

Autour de quatorze heures, j'assistai de nouveau au petit numéro de Belinda descendant l'escalier à la manière de lady Macbeth, puis je lui fis part de ma décision de retourner à Rannoch House.

— Georgie, n'est-ce pas risqué ?

— J'y suis allée ce matin. Toute trace du cadavre a disparu, et il me semble idiot de continuer de dormir sur ton sofa alors que j'ai chez moi un lit très confortable.

— C'est incroyablement courageux de ta part, affirma-t-elle – mais elle était manifestement soulagée.

— J'ai un minuscule service à te demander. Cela t'ennuierait-il de me tenir compagnie ce soir ? J'aurais peut-être du mal à rester seule et te savoir près de moi, au moins la première nuit, serait vraiment appréciable.

— Tu veux que je passe la nuit à Rannoch House ?

Il était clair qu'elle hésitait.

— Bien entendu, reprit-elle. Pourquoi pas ? Il est grand temps que j'arrête de sortir et que je me couche de bonne heure. En me regardant dans le miroir, j'ai vu des poches qui commençaient à se former sous mes yeux.

Ce soir-là, après le départ des journalistes et des badauds, Belinda et moi entrâmes dans la maison.

— Cette demeure m'a toujours donné la chair de poule, même en plein jour, déclara mon amie. Elle est si froide et humide.

— En comparaison du château de Rannoch, c'est une fournaise, répondis-je avec un rire gêné, car j'étais d'accord avec elle.

J'étais sur le point de proposer que nous retournions dans sa douillette maison, quand je me rappelai qu'un Rannoch ne fuit jamais face au danger. Nous nous déshabillâmes et nous préparâmes à aller nous coucher, puis je descendis au rez-de-chaussée et nous versai à chacune un verre de scotch afin de nous remonter le moral. Une fois assises sur mon lit, nous préférâmes bavarder de tout et de rien plutôt que d'éteindre la lumière.

— Je brûle d'avoir des détails de ta soirée d'hier, ma chérie. J'ai failli te réveiller quand je suis rentrée à la maison. Tu avais un si beau sourire aux lèvres que j'en ai d'emblée conclu que M. O'Mara t'avait révélé les mystères de la vie et de l'amour.

— Ce n'est pas l'envie qui lui manquait.

— Mais pas toi ?

— Ce n'est pas ça. Pour tout te dire, j'en avais envie. Très envie.

— Dans ce cas, pourquoi n'as-tu rien fait ?

— Je n'ai tout simplement pas pu aller jusqu'au bout. J'ai pris conscience qu'il ne ferait pas un mari convenable, et je me suis imaginée finir comme ma mère, c'était horrible.

— Elle a pourtant eu des tas de maris.

— Mais je veux quelqu'un qui m'aimera et restera avec moi pour la vie.

— Ma chérie, tu es terriblement vieux jeu ! Et il faut que quelqu'un te délivre de cet affreux fardeau. Qui ferait mieux l'affaire que Darcy ?

— Tu peux le recommander, n'est-ce pas ?

Belinda me regarda avant d'éclater d'un rire charmant.

— Oh, c'était donc ça ! Tu croyais que Darcy et moi… et tu n'as pas voulu me marcher sur les pieds. Tu es trop mignonne.

J'aurais pu ajouter que je ne voulais pas d'une marchandise défraîchie, mais je préférai me taire.

À cet instant, une violente bourrasque de vent surgit de la cheminée et s'engouffra dans la chambre. L'orage avait couvé toute la journée. Nous échangeâmes un regard affolé.

— Tu ne penses tout de même pas que le fantôme de Gaston de Mauxville erre dans la maison, réclamant vengeance ? demanda Belinda.

— Le château de Rannoch est peuplé de fantômes. J'y suis habituée.

— Vraiment ? En as-tu déjà vu un pour de vrai ?

— D'une certaine façon. Tu sais, comme quand on a l'impression d'apercevoir quelque chose du coin de l'œil.

— Est-ce que l'air devient glacial avant qu'ils n'apparaissent ?

— Impossible à dire, à Rannoch.

Un grand fracas retentit dans la rue.

— Qu'est-ce que c'était ? demanda Belinda avec nervosité.

J'allai à la fenêtre.

— Je ne vois rien d'ici.

— On aurait dit que c'était tout près. Peut-être dans ton sous-sol ?

— C'était probablement un chat ou une poubelle que le vent aura renversée, rien d'autre. Mais autant aller s'en assurer.

— As-tu perdu la tête ? Un assassin s'est déjà introduit dans cette maison.

— Belinda, nous sommes deux. Nous n'avons qu'à prendre un objet pour nous défendre. La maison est remplie d'armes. Tu n'as que l'embarras du choix.

— Très bien.

Elle n'avait pas du tout l'air d'aller très bien. Je sentis soudain la colère monter en moi. Ma vie entière avait été bouleversée. Mon frère était soupçonné d'avoir commis un meurtre, et je voulais mettre un terme à tout cela. Je descendis l'escalier d'un pas lourd, attrapant au passage une sagaie qu'un membre de la famille avait rapportée de la guerre des Boers.

Nous nous dirigeâmes vers la cuisine sans allumer la lumière afin de surprendre l'intrus – si intrus il y avait. En travers du sol de la pièce apparut alors l'ombre d'un homme qui se tenait derrière la fenêtre ; Belinda et moi bondîmes dans les bras l'une de l'autre.

— J'en ai assez de me montrer bêtement courageuse, siffla mon amie. Appelle la police.

Je fus forcée de me ranger à son avis. Belinda sur les talons, je me dirigeai à pas de loup vers le téléphone du vestibule. Puis nous attendîmes, cramponnées l'une à l'autre comme si nous étions sur un océan agité par la tempête. Je finis par entendre des cris et des bruits de bagarre, et enfin un coup retentissant contre la porte d'entrée. Je l'entrebâillai et, à mon soulagement, découvris deux agents de police sur le seuil.

— Nous avons attrapé un individu qui fouinait autour de votre maison, lady de Rannoch, expliqua l'un d'eux.

Je le reconnus, car c'était celui que j'avais croisé l'autre soir.

— C'est du bon travail, monsieur l'agent. Il s'agit peut-être de l'individu qui a tué le Français. Où est-il ?

— Amène-le à la lumière, Tom, ordonna-t-il à son camarade.

Ce dernier approcha, poussant devant lui un homme en imperméable.

— Grand-papa ! m'écriai-je. Que fais-tu là ?

— Vous connaissez cet individu, lady de Rannoch ?

— C'est mon grand-père.

L'agent le relâcha.

— Désolé, monsieur. Mais la jeune dame nous a appelés pour dire qu'elle avait entendu du bruit dehors.

— Il n'y a pas de mal, monsieur l'agent. Ma petite-fille ignorait que j'étais dans le coin.

— Je suis contente que tu sois là, maintenant, assurai-je.

Les policiers prirent congé et grand-papa entra dans la maison. Nous nous servîmes un autre scotch pour nous calmer et nous installâmes dans le petit salon.

— Qu'es-tu venu faire ici ? demandai-je. Tu nous as fait une peur bleue quand nous avons vu ton ombre au-dehors.

Il afficha une mine penaude.

— Je m'inquiétais pour toi, alors j'ai décidé de venir jeter un coup d'œil. Juste au cas où.

— Tu penses que je suis en danger ?

Il hocha la tête.

— Écoute, mon cœur. Je vis à Londres depuis toujours, et je n'ai jamais entendu parler que d'un ou deux accidents dans le métro. Il est rare que des voyageurs tombent des quais.

— Que veux-tu dire ?

— Que quelqu'un essaie peut-être de te tuer.

— Me tuer… ? Mais pourquoi ?

— Je n'en sais rien, mais une idée m'a traversé l'esprit : et si le meurtrier de ce Français avait cru que c'était ton frère qu'il assassinait ?

— Oh, tout de même pas.

Malgré tout, je me rappelai que Binky et de Mauxville étaient à peu près de la même taille.

— Eh bien, je suis pour ma part heureuse que ton grand-père soit là, déclara Belinda, qui se releva en bâillant. Allons lui préparer un lit, et nous irons ensuite nous coucher.

★

Étendue dans mon lit, j'écoutais l'orage qui se déchaînait au-dehors, la pluie qui crépitait contre les vitres, le vent qui mugissait dans la cheminée. Vu les incessantes tempêtes qui s'abattaient sur le château de Rannoch, un faible orage londonien aurait dû me laisser indifférente, mais j'étais cette nuit-là si tendue que le moindre bruit me faisait sursauter. J'essayais de me persuader que tout irait bien, maintenant que Belinda dormait près de moi et que mon grand-père était là. Mais il avait dévoilé un nouvel aspect, affolant, de ce cauchemar en suggérant que quelqu'un voulait ma mort. Et que cet assassin avait peut-être pris de Mauxville pour Binky. J'avais beau me creuser la tête, je ne voyais pas qui avait pu commettre ce meurtre, ni pourquoi. Nous n'étions pas du genre à avoir des ennemis. Nous étions trop éloignés dans la ligne de succession au trône pour qu'on veuille nous éliminer. Nous nous conduisions impeccablement, au point d'en être assommants.

Je tâchai de revivre le moment où je m'étais tenue sur le quai du métro ; avais-je aperçu un visage vaguement familier dans la foule ? Mais l'incident me semblait à présent extrêmement confus. Toutefois, une chose était claire : sans l'intervention de l'immense ouvrier qui se trouvait près de moi sur le quai, je serais morte.

Je me rappelai alors l'accident dont j'avais été victime sur le bateau, la veille. Je m'assis dans mon lit, les muscles crispés. Cela n'avait pas été un accident. J'étais peut-être maladroite, mais comment une corde avait-elle pu s'enrouler d'elle-même autour de ma cheville, si solidement que je n'avais pas pu en défaire le nœud ? À moins que quelqu'un ne l'eût délibérément nouée autour de ma jambe. J'étais juchée sur la rambarde du yacht, entourée de nombreux autres invités, debout ou assis eux aussi. Nous étions tous en train de prendre du bon temps et, en toute franchise, si quelqu'un avait discrètement passé un cordage autour de ma cheville avant de choisir le bon moment pour me pousser brusquement par-dessus bord, j'avais pu tout à fait ne pas m'en rendre compte. C'était donc quelqu'un que je connaissais. Quelqu'un de mon milieu. Tout mon corps se glaça.

— Belinda, chuchotai-je en donnant un petit coup de coude à la silhouette allongée près de moi.

— Hmmm, grogna-t-elle, déjà profondément endormie.

— Belinda, réveille-toi. Il faut que je sache qui était sur le bateau.

— Quel... bateau ?

— Celui dont je suis tombée. Allez, Belinda, réveille-toi. Je dois savoir qui était à bord. Tu as passé la soirée sur ce yacht.

Elle se retourna, grommela et entrouvrit les yeux.

— La bande habituelle, répondit-elle, et des amis d'Eduardo. Je ne les connaissais pas tous.

— Dis-moi qui tu connaissais, parmi ceux qui me connaissaient aussi.

— Comment le saurais-je ? Whiffy Featherstonehaugh était là. Daffy Potts aussi. Et Marisa, la fille complètement ivre au mariage de Primrose. À part eux, je ne vois pas. Bon, je peux me rendormir, maintenant ?

Ce qu'elle fit.

De nouveau allongée, je l'écoutai respirer paisiblement. Whiffy Featherstonehaugh. N'était-ce pas lui qui avait aidé Eduardo avec les cordages et qui était monté à bord à la dernière minute avec une corde à la main ? Mais pour quelle raison nous en voudrait-il, à Binky et à moi ? Je me rappelai toutefois que ses habits étaient secs quand il s'était ensuite adressé à moi. Il n'avait pas plongé dans l'eau pour me secourir.

22.

Rannoch House
Mardi 3 mai 1932

Une main se posa sur moi, et je me réveillai en sursaut.

— Tout va bien, mon cœur, ce n'est que moi, dit la voix calme de mon grand-père. Quelqu'un te demande au téléphone.

Le soleil entrait à flots par la fenêtre. L'orage s'était dissipé pendant la nuit. Je me levai, enfilai mon peignoir et descendis dans le vestibule.

— Allô ?

— Georgie, c'est moi, Binky. Je suis à Scotland Yard. La police m'a arrêté.

— Quoi ? Ils ont perdu la tête ! Ils n'ont aucune preuve et se raccrochent à ce qu'ils peuvent. Que veux-tu que je fasse ?

— Contacte d'abord Prendergast. J'ai essayé de l'appeler, mais personne n'était encore arrivé à l'étude.

— Ne t'inquiète pas, Binky. Je vais de ce pas à Scotland Yard et j'arrangerai la situation. C'est cet empoté d'inspecteur Sugg. Il ne voit pas plus loin que le bout de son nez. Je vais te sortir de là en un rien de temps.

— Je l'espère, répondit Binky, qui semblait très abattu. Je l'espère vraiment. Nom d'un chien, Georgie, c'est intolérable ! Comment des choses pareilles peuvent-elles m'arriver ? C'est rudement humiliant d'être traité comme un vulgaire criminel. Ils m'ont même confisqué mon beau stylo avec la plume en or, celui qu'on m'avait offert pour mes vingt et un ans. Ils ont dû se figurer que j'allais m'en servir pour me poignarder. Et je frémis en pensant à ce que Fig dira quand elle apprendra la nouvelle. Je préférerais presque qu'on me pende plutôt que d'avoir à l'affronter.

Malgré la gravité de la situation, je ne pus réprimer un sourire.

— Tiens bon, Binky, et ne dis rien tant que Prendergast ne sera pas auprès de toi. J'arrive tout de suite.

Je me précipitai dans ma chambre et enfilai à la va-vite un élégant tailleur de ville – le genre d'ensemble que je porterais pour une fête officielle. La situation requérait en effet une tenue de circonstance. Puis j'écrivis un message à l'attention du jeune maître Prendergast et demandai à mon grand-père de l'appeler à neuf heures et demie pile pour le lui transmettre. Je réussis à boire quelques gorgées de la tasse de thé qu'il m'avait forcée à accepter avant de héler le taxi le plus proche ; celui-ci me conduisit à Scotland Yard, où j'entrai comme un navire toutes voiles dehors.

— Je suis lady Georgiana de Rannoch. Je viens voir mon frère.

— Je regrette, mais c'est impossible, me répondit un brigadier à la forte carrure. Il subit un interrogatoire en ce moment même. Voulez-vous vous asseoir et attendre ?

— Je souhaite parler au supérieur de l'inspecteur Sugg sur-le-champ. C'est d'une importance capitale.

— Je vais voir ce que je peux faire, lady de Rannoch.

Je pris un siège et patientai dans un couloir lugubre. Après une attente qui me parut durer des heures, j'entendis un bruit de pas alertes et un homme s'approcha de moi. Il portait un costume bien coupé, une chemise blanche empesée et une cravate rayée, aux couleurs d'une école que je ne reconnus pas d'emblée ; mais, vu les circonstances, je n'allais pas lui en tenir rigueur.

— Lady Georgiana ?

Son accent suggérait qu'il avait fréquenté un établissement scolaire convenable.

— C'est exact, répondis-je en me levant.

— Commissaire Burnall, annonça-t-il en me tendant la main. Désolé de vous avoir fait attendre. Par ici, je vous prie.

Je le suivis dans un escalier jusqu'à un bureau austère.

— Veuillez vous asseoir.

— Commissaire, j'ai cru comprendre que mon frère avait été arrêté. C'est absolument ridicule. J'ose espérer que vous ordonnerez à vos subalternes de le libérer au plus vite.

— Je crains que cela ne soit impossible, lady Georgiana.

— Et pour quelle raison ?

— Nous avons suffisamment de preuves en notre possession pour penser que votre frère est le coupable le plus plausible.

— Vous voulez savoir ce que j'en pense, commissaire ? Balivernes ! Vous n'avez rien, excepté un message prétendument rédigé par mon frère. Un faux, à l'évidence. Il doit y avoir des empreintes digitales sur ce papier. Vous pouvez aussi procéder à une analyse de l'écriture.

— C'est ce que nous avons fait. Le message ne porte que les empreintes de la victime, et il n'est pas clairement établi que l'écriture ait été contrefaite. Il est vrai que votre frère forme certaines lettres très différemment, mais cela aurait pu être délibéré afin de brouiller les pistes.

— Mais mon frère a déjà expliqué qu'il n'utilise que du papier à lettres portant les armoiries de notre famille – à moins qu'il n'ait été à son club, auquel cas l'emblème du Brook's se trouverait sur la feuille.

— Encore une fois, il aurait pu se servir exprès d'un bloc-notes ordinaire afin que ce message passe pour faux.

Dès qu'il employa le terme « bloc-notes » – preuve qu'il n'avait finalement pas fréquenté une école convenable –, il baissa dans mon estime.

— Sachez, monsieur le commissaire, que mon frère n'est pas réputé pour sa vivacité d'esprit ou son intelligence. Il n'aurait jamais pu élaborer un plan aussi compliqué. En outre, pour quelle raison aurait-il assassiné un homme qu'il connaissait à peine ? Sans mobile, vous n'avez aucune charge contre lui, il me semble.

Il me considéra attentivement de ses yeux bleus, si perçants que j'eus du mal à soutenir son regard.

— Nous pensons au contraire qu'il avait un puissant mobile, lady Georgiana. Il cherchait à conserver votre demeure familiale.

Il dut remarquer que je m'étais rembrunie.

— Ce que vous saviez pertinemment, j'en suis sûr. Ou peut-être êtes-vous impliquée vous aussi. Nous nous pencherons sur votre cas, bien que vous ayez apparemment un alibi – si votre amie est digne de confiance.

— Puis-je savoir de quelle manière vous en avez eu connaissance ?

— Par un pur hasard. L'experte en écriture que nous avons consultée était celle-là même à qui il avait été demandé d'analyser l'écriture de votre père. Elle a bien entendu été ravie de nous montrer sa copie du document de Gaston de Mauxville. Vu ses liens avec la famille royale, votre frère s'est peut-être imaginé qu'il était au-dessus des lois. Mais je peux vous assurer qu'elle est la même pour un duc ou un roturier. Nous pensons qu'il a assassiné Gaston de Mauxville. Et si tel est le cas, il sera pendu.

— J'espère que vous continuez d'étudier d'autres pistes. Ou bien avez-vous décidé que mon frère faisait un bon pigeon ?

J'essayais de paraître sereine, maîtresse de moi-même, mais ma bouche était si sèche que je peinais à articuler.

— Si nous découvrons d'autres pistes plausibles, nous les explorerons, répondit-il calmement.

— J'ai posé quelques questions autour de moi, et j'ai cru comprendre que ce de Mauxville était un joueur et un maître-chanteur notoire. Avez-vous songé que l'une de ses victimes aurait pu finir par en avoir assez ?

— Oui, tout à fait. Nous avons retrouvé une liasse de billets de cinq livres dans la poche de son costume. Et nous nous sommes également demandé s'il faisait chanter votre frère.

Je ne pus m'empêcher de rire.

— Je suis navrée, commissaire, mais s'il y a une personne au monde que vous ne pourriez pas faire chanter, c'est bien Hamish. Il mène une vie irréprochable au point d'être parfaitement ennuyeuse. Ni liaisons, ni dettes, ni la moindre mauvaise habitude. Trouvez donc quelqu'un qui a un mode de vie plus intéressant, et vous aurez votre meurtrier.

— J'admire votre loyauté, lady Georgiana. Je vous assure que nous étudierons toutes les éventualités et que votre frère aura droit à un procès équitable.

— Avant que vous ne le condamniez à la pendaison, répliquai-je avec amertume, puis je sortis de la pièce d'un pas majestueux.

Je quittai Scotland Yard plongée dans une profonde mélancolie. Que pouvais-je donc faire pour secourir Binky ? J'avais déjà le plus grand mal à me repérer dans Londres. Et la seule personne sur laquelle nous pouvions compter était un notaire qui aurait dû se retirer dans une station balnéaire comme Worthing ou Bournemouth depuis des années.

En passant devant le bureau de poste, je me rendis compte que j'avais complètement oublié de me soucier de ma nouvelle affaire. Je n'étais pas vraiment d'humeur à faire le ménage en ce moment, mais j'aurais besoin d'argent s'il me fallait parcourir Londres en taxi afin d'aider Binky. J'entrai donc dans le bureau, où l'on me remit deux lettres. La première était signée d'une certaine Mme Baxter qui vivait à Dullwich : elle voulait engager du personnel supplémentaire pour la fête d'anniversaire de sa fille, qui allait avoir vingt et un ans. Étant donné que j'étais la seule employée de mon entreprise, je me dis qu'il était très improbable que j'accepte cette mission.

La seconde provenait de Mme Asquey d'Asquey, la mère de la jeune mariée de Grosvenor House. Sa fille (qui s'appelait désormais Primrose Roly Poley), en voyage de noces en Italie, devait rentrer le 7 mai ; afin de lui faire une surprise, sa mère souhaitait que sa nouvelle demeure fût aérée, propre et prête à l'accueillir, avec des fleurs fraîchement coupées dans toutes les pièces. Je fus tentée d'accepter ; j'avais désespérément besoin d'argent, mais le risque était vraiment trop grand. Comment être certaine que la mère de Primrose ne serait pas présente dans la maison, passant d'une pièce à l'autre d'un pas majestueux, les bras chargés de bouquets, réaménageant l'intérieur de sa fille ? J'avais le pressentiment que ce serait le cas. Elle ne m'avait peut-être pas remarquée au cours de la réception de mariage, car tout le monde est plus ou moins en état de choc lors de ce genre d'événement, mais elle me reconnaîtrait assurément si elle me découvrait en train d'épousseter la chambre à coucher de Primrose. Je répondis à contrecœur que j'avais déjà un trop grand nombre d'engagements cette semaine pour pouvoir lui rendre service.

De retour chez moi, je fus accueillie par une délicieuse odeur de cuisine. Mon grand-père était occupé à préparer une tourte au bœuf et aux rognons. Par ailleurs, la chaudière fonctionnait enfin, et il régnait dans la maison une agréable chaleur, chose rare dans une demeure appartenant aux Rannoch. Belinda s'était déjà échappée pour regagner son confortable logis, déclarant qu'elle ne pourrait pas supporter une autre nuit aussi agitée ; grand-papa et moi restâmes donc seuls, à discuter de ce que nous pouvions faire pour mon frère. Mais aucun de nous ne put trouver une idée satisfaisante.

À seize heures, Fig téléphona. Elle arriverait le lendemain afin d'être aux côtés de son mari. Pouvais-je m'assurer que tout serait en ordre dans sa chambre et son cabinet de toilette ? Un feu de cheminée serait le bienvenu, car le voyage allait la fatiguer. Elle m'en voulait, poursuivit-elle. Comment avais-je pu laisser Binky se mettre dans d'aussi beaux draps ? Il lui revenait à présent de tout arranger, supposait-elle. Pendant un instant, je plaignis vraiment les fonctionnaires de Scotland Yard. J'étais impatiente d'assister à la rencontre entre Fig et l'inspecteur Sugg. Si la situation n'avait pas été si dramatique, j'aurais laissé échapper un petit rire.

Le lendemain matin, j'étais occupée à faire la poussière dans le cabinet de toilette de ma belle-sœur quand on toqua à la porte. Grand-papa, qui faisait désormais office de majordome en sus de son rôle de cuisinier, vint m'informer qu'un certain commissaire Burnall souhaitait me voir.

— Fais-le attendre dans le petit salon, dis-je en soupirant, avant d'ôter à la hâte le fichu dont j'avais couvert mes cheveux pour effectuer mes corvées domestiques.

Burnall avait une allure impeccablement soignée et fort distinguée ; je savais pour ma part que je portais une vieille jupe dont le tweed s'était élimé au fil des années. Il se leva pour venir à ma rencontre et me salua poliment de la tête.

— Lady Georgiana. Je m'excuse de vous déranger à nouveau. Je vois que vous avez maintenant un majordome.

Son air suffisant sous-entendait que, comme un fait exprès, nous n'avions eu aucun domestique dans la maison le jour de la mort de De Mauxville.

— Vous faites erreur, c'est mon grand-père. Il est venu veiller sur moi car il pense que je suis peut-être en danger.

— Votre grand-père, ça alors !

— Quel bon vent vous amène ce matin ? Des nouvelles encourageantes ? Vous avez trouvé le véritable meurtrier ?

— Je regrette de devoir vous décevoir sur ce point, lady Georgiana. Je viens en réalité pour tout autre chose. Une affaire extrêmement délicate.

— Vraiment ? fis-je, incapable d'imaginer de quoi il voulait parler. Vous feriez mieux de prendre un siège, je suppose.

Nous nous assîmes.

— Vous connaissez la maison de sir William Featherstonehaugh, dans Eaton Place ?

— Bien entendu. Roderick Featherstonehaugh a été l'un de mes cavaliers lorsque j'ai fait mes débuts dans le monde.

— Je suis au regret de vous informer qu'à son arrivée chez elle le week-end dernier, lady Featherstonehaugh s'est aperçue de la disparition de plusieurs objets de grande valeur.

— C'est affreux, dis-je, espérant qu'il ne pouvait entendre mon cœur qui s'était soudain emballé.

— Il apparaît que lady Featherstonehaugh avait engagé une agence pour ouvrir la maison avant qu'elle ne s'y installe. L'agence du Diadème, me semble-t-il. En suivant la piste de l'annonce publiée dans le *Times*, nous avons appris que la propriétaire de cette entreprise n'était autre que vous-même, lady Georgiana. Est-ce exact ?

— Oui, en effet.

— Intéressant. Puis-je savoir si vous contribuez à la gestion des services proposés au jour le jour ou si vous en êtes simplement la directrice nominale ?

— Non, je gère moi-même l'entreprise.

— Je vois. Je vous serais donc reconnaissant de bien vouloir me donner les noms des employés qui ont travaillé chez lady Featherstonehaugh. Je suppose que vous avez minutieusement vérifié leurs références avant de les embaucher ?

La gorge serrée, je m'efforçai d'imaginer un mensonge plausible. En vain.

— Que ceci reste strictement entre nous, commissaire. Je vous saurais gré de ne pas divulguer ce que je vais vous confier, sauf s'il le faut vraiment.

— Je vous écoute.

— Pour tout vous dire, je *suis* l'agence du Diadème. Je n'ai pas encore de personnel.

Il aurait sans doute eu l'air moins scandalisé si je lui avais avoué que je dansais nue sur les tables d'un cabaret comme le Minou Rose.

— Vous faites des ménages ? Vraiment ?

— Aussi étrange que cela puisse paraître, c'est par nécessité. On m'a coupé les vivres, et il faut bien que je gagne ma vie. Cette agence m'a paru être une bonne façon de m'y mettre.

— Ma foi, je vous tire mon chapeau. Bon, cela devrait nous faciliter les choses. Je vais vous lire une description des objets et vous pourrez peut-être me dire si vous les avez vus au cours de vos tâches domestiques. Une cafetière en argent de l'époque géorgienne. Un grand plateau en argent. Deux miniatures indiennes de l'école moghole. Une petite figurine chinoise représentant la déesse de la Miséricorde.

— Je connais cette statuette. J'ai involontairement cassé l'un de ses bras. Je l'ai gardée, prévoyant de la faire réparer et de la rapporter. Je ne pensais pas qu'on s'apercevrait de son absence parmi tant de bibelots.

— Elle date du VIIIe siècle, paraît-il.

— Mince alors ! m'exclamai-je, la gorge nouée. Quant aux autres objets, je me rappelle avoir épousseté une table vitrée remplie de miniatures, mais je ne crois pas qu'il en manquait, car j'aurais remarqué davantage d'écart entre certaines. Et je ne me souviens absolument pas d'une cafetière ou d'un plateau.

Je me rendis compte qu'il parcourait la pièce du regard, comme s'il espérait découvrir la cafetière cachée derrière l'horloge de bronze doré.

— Vous avez pourtant affirmé être dans le besoin, lady Georgiana. La tentation a peut-être été trop grande.

Le désir de me lancer dans une imitation de mon arrière-grand-mère monta soudain en moi.

— Avez-vous déjà commis un vol, commissaire ?

— Quand j'étais enfant, j'ai chapardé des pommes dans un verger voisin, avoua-t-il en souriant.

— À l'âge de trois ans, j'ai pris l'un des biscuits sablés que notre cuisinière avait laissés refroidir sur une grille. Ils sortaient du four et je me suis brûlé la langue. Depuis, je n'ai plus jamais volé. Mais libre à vous de fouiller cette maison si tel est votre souhait.

— Je vous crois sur parole. De plus, un prêteur sur gages ou un joaillier se rappelleraient vous avoir vue dans leur boutique.

— Vous êtes certain que ces objets se retrouveront chez l'un d'eux ?

— À moins que le voleur ne soit un professionnel, auquel cas ils seront remis à un receleur qui connaît son métier. Mais nos enquêteurs étudient également cette piste. L'un de ces articles réapparaîtra tôt ou tard, vous verrez.

— Vous ne pensez donc pas qu'il s'agit d'un professionnel ?

— Ces larcins n'en auraient pas valu la peine. S'il avait pu s'introduire dans la maison, pourquoi se serait-il contenté de quelques bibelots alors qu'il y avait autour de lui des objets de plus grande valeur encore ? Non, quelqu'un a saisi l'occasion de s'emparer de quelques babioles. Ce qui m'amène à ma question suivante : avez-vous été seule dans la maison à tout moment ?

J'ouvris la bouche, mais aucun son n'en sortit. Je ne pouvais lui parler de la visite de Darcy sans m'attirer de sérieux ennuis. Darcy expliquerait en effet qu'il était passé me voir, et les Featherstonehaugh sauraient alors que je faisais le ménage chez eux ; tout Londres serait au courant en deux secondes, et le palais l'apprendrait dans la foulée.

— Non, pas tout à fait, répondis-je avec circonspection, tâchant toutefois d'éviter un mensonge éhonté. Le fils des Featherstonehaugh est passé avec l'un de ses amis.

— Vous a-t-il vue ?

— Il ne m'a pas reconnue. J'étais agenouillée à leur arrivée, et j'ai pris soin de ne pas relever la tête. Du reste, personne ne prête attention aux employés de maison.

— Avez-vous fermé la porte à clé en sortant ?

Je réfléchis un instant.

— Je crois avoir entendu le loquet claquer derrière moi. J'ignore si Roderick Featherstonehaugh était encore à l'intérieur quand je suis partie. C'est peut-être lui qui a laissé la maison ouverte. Comme le dit mon frère, on ne pense pas à verrouiller les portes quand on est habitué à avoir des domestiques.

Burnall se releva.

— Navré de vous avoir importunée de nouveau, lady Georgiana. Si par hasard vous vous rappeliez avoir vu certains de ces objets, contactez-moi, voulez-vous ? Quant à la figurine chinoise, si vous vous dépêchez de la faire réparer, je la rapporterai à lady Featherstonehaugh en restant vague à propos de l'endroit où nous l'avons retrouvée.

— C'est très aimable à vous, commissaire.

— C'est le moins que je puisse faire, lady Georgiana.

Mon grand-père attendait dans le vestibule avec le chapeau de Burnall. Celui-ci m'adressa un signe de tête et prit congé. Je remontai à l'étage afin de terminer le ménage dans la chambre de Fig. Elle était capable de pointer du doigt des grains de poussière, et c'était bien la dernière chose que j'étais capable de supporter en ce moment. À dire vrai, j'étais à cran, sur le point de craquer. Par-dessus tout, je m'en voulais d'avoir été si naïve. Darcy s'était simplement servi de moi. Pour quelle autre raison aurait-il recherché ma compagnie, même après avoir appris que j'étais aussi pauvre que lui ? Je n'étais pas son genre – il préférait les filles qui s'amusaient ou fréquentaient les boîtes de nuit. Je courus au rez-de-chaussée et enfilai mon manteau.

— Je sors ! lançai-je à mon grand-père avant de prendre un taxi qui me conduisit à Chelsea.

Darcy semblait sortir du lit. Vêtu d'un peignoir en tissu éponge, pieds nus, il n'était pas rasé et ses cheveux étaient ébouriffés. J'essayai de chasser de mon esprit l'idée que tout cela le rendait extrêmement séduisant. Lorsqu'il me vit sur le pas de sa porte, ses yeux s'illuminèrent.

— Eh bien, quelle surprise ! Bonjour à vous, beauté ! Êtes-vous venue reprendre là où nous en sommes restés l'autre soir ?

— Je suis venue vous dire que vous êtes une ignoble fripouille et que je ne veux plus jamais vous revoir. Vous avez beaucoup de chance, je n'ai pas donné votre nom à la police.

Il écarquilla ses yeux d'un bleu affolant.

— Hou là, du calme ! Que diable ai-je donc pu faire pour qu'une telle diatribe jaillisse de ces aristocratiques lèvres ?

— Vous le savez parfaitement. J'ai été vraiment idiote d'imaginer que vous sembliez vous intéresser réellement à moi. Vous vous êtes servi de moi, avouez-le. Vous êtes venu chez les Featherstonehaugh en prétendant que c'était pour me voir, alors que vous cherchiez simplement une excuse pour vous introduire dans la maison et voler des objets de valeur.

— Quels objets de valeur ? dit-il, fronçant les sourcils.

— Oh, arrêtez, Darcy, je ne suis pas bête à ce point. Vous entrez à pas de loup dans la maison, faites semblant de flirter avec moi et, comme par enchantement, plusieurs bibelots disparaissent.

— Et vous croyez que je les ai pris ?

— Vous m'avez dit vous-même que vous étiez sans le sou et que vous viviez d'expédients. J'imagine que votre train de vie dispendieux est difficile à maintenir, entre les boîtes de nuit et les femmes. Et puis, qui remarquerait l'absence d'un objet en argent de l'époque géorgienne ? Vous avez une sacrée chance, car je n'ai rien dit à la police, mais maintenant c'est moi qu'ils soupçonnent, naturellement. Ils s'imaginent déjà que Binky et moi avons assassiné de Mauxville ; et, comme si cela ne suffisait pas, ils me prennent à présent pour une voleuse. Par conséquent, si vous êtes un tant soit peu gentleman, vous allez sur-le-champ remettre ces objets à la police, vous rendre et tout avouer.

— C'est donc ce que vous pensez de moi… que je suis un voleur ?

— Ne jouez pas l'innocent avec moi. Je me suis montrée bêtement naïve sur bien des sujets. Pour quelle autre raison auriez-vous fait semblant de vous intéresser à moi après avoir appris que j'étais sans le sou ? Je ne pouvais certainement pas vous offrir les plaisirs d'une Belinda Warburton-Stoke.

Sur ces mots, je m'enfuis avant de fondre en larmes. Il n'essaya pas de me rattraper.

23.

Rannoch House
Mercredi 4 mai 1932

J'avais sombré dans la morosité. Dès son arrivée, Fig avait clairement fait comprendre qu'elle n'appréciait pas la présence de mon grand-père chez elle. Elle avait trouvé à redire à tout – notamment qu'il faisait trop chaud dans la maison et que faire fonctionner une chaudière pour une seule personne était une dépense sans précédent. Grand-papa s'était hâté de battre en retraite en me répétant que j'étais la bienvenue chez lui, puis il m'avait laissée seule avec Fig et sa bonne. Je crois que jamais je ne m'étais sentie aussi déprimée. À quoi devais-je encore m'attendre ?

La réponse à cette question ne tarda pas à arriver. La bonne de Fig me remit une lettre provenant du palais qui venait d'être livrée en mains propres. Sa Majesté la reine souhaitait me voir immédiatement. Chose étrange, ma belle-sœur en fut extrêmement contrariée.

— Comment se fait-il que Sa Majesté veuille vous voir ? s'enquit-elle.

— Je suis sa parente, répondis-je afin de bien lui rappeler qu'elle, Fig, ne l'était pas.

— Je devrais sans doute vous accompagner, suggéra-t-elle. Sa Majesté est de la vieille école et n'apprécierait guère qu'une femme non mariée sorte sans chaperon.

— Très aimable à vous, mais non, merci. Il y a peu de risques que quelqu'un m'aborde sur l'avenue de Constitution Hill qui mène au palais.

— Mais que peut-elle bien vous vouloir ? poursuivit ma belle-sœur. Si elle souhaitait discuter de la situation de ce pauvre Binky, c'est à moi qu'elle s'adresserait.

— Je n'en ai pas la moindre idée.

C'était faux, en réalité. Je me doutais que la reine avait découvert l'existence de l'agence du Diadème et que j'étais sur le point d'être expédiée au fin fond du sombre Gloucestershire pour faire du tricot et promener des pékinois. Je revêtis mon tailleur blanc et noir, le seul que je possédais, et je me présentai cette fois à l'entrée habituelle des visiteurs dans la cour principale, après être passée sans encombre devant les bonnets à poils qui montaient la garde. On me conduisit à l'étage, jusqu'à l'aile arrière du palais, où se trouvait le cabinet personnel de la reine ; cette pièce sobre et paisible, qui donnait sur les jardins, reflétait à la perfection la personnalité de Sa Majesté. Les seuls ornements en étaient quelques belles porcelaines Wedgwood et une petite table marquetée. Mieux valait ne pas s'interroger sur la provenance de ces objets.

Sa Majesté, rigide et sévère, était assise à son secrétaire, une paire de lunettes perchée sur le nez ; lorsque l'on m'annonça, elle leva les yeux.

— Ah, Georgiana, ma chère. Venez donc vous asseoir. Une fâcheuse affaire, ajouta-t-elle en secouant la tête, puis elle tourna le visage pour recevoir le baiser sur la joue et la révérence de rigueur. La nouvelle m'a profondément affligée.

— Je suis désolée, madame, dis-je en me juchant sur un fauteuil Régence à rayures, face à elle.

— Ce n'est pas votre faute, répliqua-t-elle sèchement. Vous ne pouvez pas passer votre temps à surveiller votre imbécile de frère. Je suppose qu'il est innocent ?

Je poussai un énorme soupir de soulagement. Elle n'était donc pas au courant de mes aventures ménagères.

— Bien évidemment, madame. Vous connaissez Binky – l'imaginez-vous capable de noyer qui que ce soit dans une baignoire ?

— Franchement, non. D'abattre quelqu'un par accident, peut-être, dit-elle en secouant de nouveau la tête. J'aimerais savoir quels moyens ont été mis en œuvre pour l'aider.

— Son notaire a été informé. Son épouse est arrivée, et elle s'occupe en ce moment même de la police.

— Si c'est là l'ensemble des avocats de la défense, cela ne présage guère une issue heureuse. J'aimerais lui prêter assistance, mais le roi affirme que nous ne pouvons intervenir. Nous devons montrer que nous avons entièrement confiance dans le système judiciaire de notre pays, et non user de notre autorité simplement parce que votre frère est un membre de notre famille.

— Je comprends très bien, madame.

Elle me scruta par-dessus ses lunettes.

— Je compte sur vous, Georgiana. Votre frère est un garçon convenable, mais il n'est pas particulièrement doté d'intelligence, je le crains. Vous, en revanche, avez toujours été extrêmement fine et vive d'esprit. Mettez ces qualités à profit afin d'aider votre frère, sinon j'ai peur qu'il ne finisse par avouer un crime qu'il n'a pas commis.

C'était l'absolue vérité.

— Je fais de mon mieux, Votre Majesté, mais ce n'est pas simple.

— Je veux bien vous croire. Ce Français qui est mort… savez-vous qui aurait pu vouloir le noyer dans votre baignoire ?

— C'était un joueur et un maître-chanteur notoire, madame. Je pense que quelqu'un en a profité pour effacer une dette qu'il avait envers lui, mais j'ignore comment découvrir son identité. Je ne fréquente pas les maisons de jeux.

— Bien entendu. Mais ce meurtrier doit aussi connaître votre famille – sur un pied d'égalité, pour ainsi dire. On ne se risque pas à noyer quelqu'un dans la baignoire d'un aristocrate quand on est un simple ouvrier ou un employé de banque.

— C'est donc quelqu'un de notre milieu, acquiesçai-je.

— Un individu qui sait un tant soit peu comment les choses se passent à Rannoch House et qui connaît plutôt bien votre frère, selon moi. Savez-vous lesquels de ses amis lui rendaient régulièrement visite ?

— Je l'ignore, madame. Je suis rarement venue à Londres, hormis pour la saison mondaine, et j'ai peu séjourné à Rannoch House depuis la mort de mon père. Mais d'après ce que je sais de mon frère, il ne vient à Londres que s'il y est obligé. Il préfère de loin vaquer à ses occupations sur son domaine.

— Tout comme son grand-père. La reine Victoria était pratiquement contrainte de promulguer un ordre royal pour l'obliger à amener sa femme à la cour en visite. Vous ignorez donc qui, parmi les amis de votre frère, est à Londres en ce moment ?

— Je ne sais même pas qui il fréquente, je le crains. S'il retrouve des amis quelque part, ce ne peut être qu'à son club.

— Et si vous meniez discrètement l'enquête dans cet établissement ? C'est le Brook's, non ?

— C'est plus facile à dire qu'à faire, madame. Avez-vous déjà essayé de persuader les employés d'un club pour gentlemen de vous dire si tel ou tel de ses membres s'y trouve ?

— Non, jamais je n'y ai été obligée, étant donné que mon mari n'est pas du genre volage, mais je suis certaine que la souveraine précédente, la reine Alexandra, devait le faire régulièrement. Il est possible que le palais puisse vous apporter son aide sur ce point précis. Je demanderai au roi d'envoyer son secrétaire personnel au Brook's afin qu'il se renseigne. Il en est membre, me semble-t-il. J'ai du mal à croire qu'ils refuseront de lui fournir des informations ; et si tel est le cas, il lui suffira de consulter le registre des membres, n'est-ce pas ?

— C'est une idée formidable, madame.

— Entre-temps, restez vigilante. Le meurtrier cherchera peut-être à savoir comment se déroule l'enquête. Sans doute se réjouit-il de la situation humiliante dans laquelle se trouve votre frère. Il paraît que les assassins sont vaniteux.

— Je ferai de mon mieux, madame.

Elle hocha la tête.

— Bien, nous verrons ce que sir Julian pourra découvrir, d'accord ? Nous devrions avoir des renseignements d'ici lundi, à votre retour du Sussex.

Le Sussex ? Je me creusai la cervelle : qui parmi mes parents royaux vivait dans ce comté ? Sa Majesté me lança un regard sévère.

— Ne me dites pas que vous avez tout oublié de la petite mission que je vous ai confiée… et de la partie de campagne de lady Mountjoy.

— Oh, c'est vrai ! La partie de campagne. Le prince de Galles. Il s'est produit tant d'événements ces derniers jours que cela m'était sorti de l'esprit.

— Mais vous envisagez toujours d'y aller, en dépit des malheureuses circonstances actuelles ?

— Si tel est votre souhait, madame, je vous rendrai volontiers ce service.

— Tel est mon souhait, naturellement. D'ailleurs, quelques jours à la campagne vous feront du bien et vous permettront d'échapper à l'attention de la presse à scandale. Du reste, tout ce que j'entends dire de cette femme me répugne. Il faut que je sache la vérité, Georgiana, avant que le roi et moi n'essayions d'étouffer dans l'œuf toute insinuation d'une liaison amoureuse.

— J'ai déjà fait sa connaissance.

Elle ôta ses lunettes et se pencha vers moi.

— Vraiment ?

— Oui, dans le salon de modiste d'une amie.

— Et alors ?

— Elle s'est montrée particulièrement désagréable. Je l'ai trouvée insupportable.

— Ah ! Je m'en doutais. Bon, à l'issue de cette partie de campagne, j'espère qu'il sera clair qu'elle ne vaut pas la corde pour la pendre. Oh, ciel, la métaphore est inopportune… Venez prendre le thé lundi. Je serai de retour à quinze heures, après l'inauguration d'une maternité dans les quartiers est de Londres. Disons à seize heures ? Nous pourrons échanger nos impressions.

— Très bien, madame, acquiesçai-je en me levant.

— Je vais sonner Heslop afin qu'il vous raccompagne jusqu'à la sortie. À lundi, donc. Et n'oubliez pas… vous êtes mes oreilles et mes yeux. Je compte sur vous pour être mon espionne.

★

Dès que j'eus franchi le seuil de Rannoch House, Fig me mitrailla de questions.

— Sa Majesté a un plan pour secourir Binky, n'est-ce pas ?

— Oui, elle va déguiser le roi en Robin des Bois et le propulser jusqu'à Scotland Yard depuis Big Ben.

— Cessez de plaisanter, Georgiana. Franchement, vos manières deviennent épouvantables, ces derniers temps. J'avais dit à Binky que c'était du gâchis de vous envoyer dans cette affreuse école si coûteuse.

— Puisque vous voulez tout savoir, Fig, mon entretien avec la reine ne concernait pas Binky du tout, mais la partie de campagne à laquelle elle souhaite que je me rende à partir de ce vendredi.

Je vis d'emblée que cela la contrariait au plus haut point.

— Une partie de campagne ? La reine *vous* invite à des parties de campagne, à présent ?

— Non, elle ne m'a pas invitée. Elle m'y envoie en son nom, répondis-je en savourant chaque seconde de cette conversation.

Le visage de Fig était littéralement violacé.

— Vous représentez maintenant Sa Majesté lors de réceptions officielles ? Vous, dont la mère n'était qu'une girl de music-hall ?

— Elle n'a jamais été girl, Fig. Mais actrice. La reine doit penser que j'ai hérité du talent de ma mère, laquelle sait se montrer amicale et gracieuse en société. Tout le monde ne possède pas ces qualités, vous savez.

— C'est tout simplement incompréhensible, marmonna ma belle-sœur. Votre malheureux frère est sur le point d'avoir la corde au cou et Sa Majesté vous envoie vous amuser à la campagne. Je suis visiblement la seule à soutenir ce pauvre Binky, désormais.

Elle porta un mouchoir en dentelle à son visage et quitta la pièce d'un air fâché. Pour la première fois depuis bien longtemps, je jubilais.

Elle avait pourtant raison. Il fallait vraiment que je mette en œuvre quelque chose de constructif pour Binky. Si seulement quelqu'un pouvait visiter l'un des casinos que de Mauxville avait fréquentés. Il s'était peut-être produit un événement important dans l'un de ces lieux – il avait pu tricher au détriment d'un autre joueur ou récupérer de l'argent auprès d'une de ses victimes. Grand-papa avait parlé du Crockford's, mais je ne pouvais pas me rendre dans un endroit pareil, tout de même… J'avais besoin d'un allié intelligent, à l'aise en société, et qui fréquente les milieux chics… Évidemment !

Je me rendis immédiatement chez Belinda. Elle était levée et habillée, attablée dans sa cuisine, un carnet et un crayon posés devant elle.

— Ne me dérange pas. Je suis en train de créer une nouvelle robe. On m'a passé une vraie commande. Le propriétaire d'une usine d'automobiles va recevoir un titre de pair, et sa femme veut une robe d'aristocrate. Et elle a également l'intention de me payer comptant.

— Je suis contente pour toi, mais je me demandais si tu avais des projets pour ce soir.

— Ce soir ? Pourquoi ?

— Je veux que tu m'accompagnes au Crockford's.

— Au Crockford's ? Tu as décidé de te mettre aux jeux d'argent ? Tu n'es pas de taille, ma chérie. Ce casino est réservé à l'élite... On y joue gros.

— Je n'ai pas envie de jouer. D'après le portier du Claridge's, de Mauxville fréquentait ce casino. Je veux découvrir qui il y a rencontré et s'il s'est produit quelque chose dans ce lieu – une dispute, peut-être.

— J'aimerais bien t'aider, mais j'ai hélas d'autres projets.

Je pris une profonde inspiration.

— Dans ce cas, pourrais-tu me prêter une robe de vamp ? J'irai seule.

— Il faut être membre, Georgie. Ils ne te laisseront pas entrer.

— Je trouverai une solution. Je ferai croire que j'ai rendez-vous avec quelqu'un. Simplement, je dois adopter une autre apparence, ou je risque d'être reconnue. S'il te plaît, Belinda. Il faut bien que quelqu'un s'en charge, et ce n'est pas ma belle-sœur qui en serait capable.

Elle leva les yeux vers moi, soupira et se redressa.

— Oh, très bien. Je continue de penser que ton initiative est vouée à l'échec, mais je devrais pouvoir dénicher un ensemble qui te convienne.

Elle me conduisit à l'étage et me fit essayer plusieurs robes avant de finir par en choisir une qui était longue, noire et moulante. Elle y ajouta une cape rouge ruchée.

— Si on te demande qui l'a créée, n'hésite pas à donner ma carte.

Elle trouva ensuite une toque noire ornée de plumes sous laquelle dissimuler ma chevelure indomptable et me montra les produits de maquillage posés sur sa table de toilette. Le soir venu, lorsque je fus prête, le résultat me parut saisissant. Personne ne reconnaîtrait cette jeune femme sensuelle aux lèvres rouge vif et aux longs cils noirs.

Je restai chez Belinda, laissant Fig se débrouiller pour préparer son propre dîner, puis, à vingt et une heures, je puisai de nouveau dans mes réserves d'argent durement gagné pour prendre un taxi. Je me mis en route, tremblant dans mes bottes – même si je portais en réalité des chaussures à talons hauts empruntées à Belinda, d'une taille trop grande.

Situé dans St James's Street, à deux pas du Brook's, le Crockford's comptait parmi les plus anciens et les plus chics casinos londoniens. Alors que mon taxi s'arrêtait devant l'établissement, je vis des chauffeurs ouvrir les portières de Rolls Royce et de Bentley. Les joueurs qui en sortirent échangèrent des saluts joyeux avant d'entrer dignement dans le club en passant devant le portier en uniforme. J'eus pour ma part plus de difficultés.

— Puis-je vous aider, mademoiselle ? s'enquit-il en se plaçant face à moi.

— Je suis censée rejoindre mon cousin, mais je ne le vois pas, expliquai-je en faisant mine de regarder autour de moi. Il m'avait dit vingt et une heures, mais il est déjà vingt et une heures trente. Pensez-vous qu'il ait pu entrer sans m'attendre ?

— Qui est votre cousin, mademoiselle ?

Je ne pouvais évidemment pas donner le nom d'un de mes véritables cousins.

— Roland Aston-Poley, répondis-je, me félicitant de ma vivacité d'esprit.

Au moins, je le savais en voyage de noces en Italie.

— Il ne me semble pas avoir vu M. Aston-Poley ce soir, dit le portier. Mais veuillez entrer. Je vais demander à l'un de nos employés de s'occuper de vous.

Il me conduisit dans un plaisant vestibule. Au-delà d'un porche, j'aperçus une scène d'une somptueuse élégance – scintillements des lustres et des diamants, cliquetis des jetons, crépitement de la roulette, voix excitées, rires, applaudissements. Pendant un instant, je regrettai de ne pas faire partie des gens qui avaient les moyens de fréquenter des endroits comme celui-ci. Puis je me rappelai que mon père avait justement appartenu à cette catégorie de personnes ; or, il s'était suicidé.

Un petit homme au teint basané s'approcha de nous. Il échangea avec le portier des paroles à voix basse tout en lançant dans ma direction des coups d'œil obliques qui me déplurent.

— M. Aston-Poley, dites-vous ? demanda-t-il. Je ne crois pas qu'il soit encore arrivé, mademoiselle… ?

Il attendait que je me présente. Je n'en fis rien.

— Si vous voulez bien vous asseoir, je vais aller vérifier.

Je pris place dans un fauteuil doré tapissé de satin. Le portier retourna à son poste. D'autres joueurs arrivèrent. Je les observai signer un registre posé sur une petite table. Dès que je fus de nouveau seule, je me levai d'un bond et m'approchai pour le feuilleter. De Mauxville avait été tué le vendredi 29 avril, il fallait donc que je consulte les entrées précédant sa mort… Je ne m'étais pas attendue à ce qu'il y eût autant de visiteurs chaque soir et fus stupéfaite de découvrir qu'un si grand nombre de gens disposaient d'un revenu leur permettant de fréquenter ce lieu. Mais je repérai un nom que je connaissais : Roderick Featherstonehaugh. Il était venu à plusieurs reprises. Puis je vis un autre nom que je n'avais pas imaginé trouver dans ce registre : l'honorable Darcy O'Mara.

Deux hommes fumant le cigare passèrent nonchalamment devant moi.

— J'ai perdu dix mille livres l'autre soir, dit l'un d'eux avec un accent américain. Mais si le pétrole continue de couler à flots, on n'a pas à se plaindre, hein ?

Ils éclatèrent de rire.

Mon cœur battait si fort que j'avais l'impression qu'on pouvait l'entendre d'un bout à l'autre du vestibule.

— Je suis navré, mademoiselle, dit une voix toute proche derrière moi.

Je sursautai. Le petit employé basané était de retour.

— Votre cousin n'est visiblement pas là. Je viens d'aller voir dans la *salle privée**. Êtes-vous certaine de ne pas vous être trompée de date ?

— Oh, ciel, j'ai peut-être fait erreur. Était-il là hier soir ?

Il feuilleta le registre, ce qui me permit d'y jeter un coup d'œil par-dessus son épaule.

— Non, ni hier ni avant-hier. Il semblerait qu'il ne soit pas venu de toute la semaine. Pas depuis samedi dernier.

— Samedi dernier ? laissai-je échapper.

Il opina du chef. Primrose Asquey d'Asquey, désormais Mme Roly Poley, avait apparemment passé son voyage de noces seule – du moins en partie. Rien de surprenant à ce que sa mère souhaitât lui remonter le moral.

— Je regrette de ne pas avoir pu vous aider, reprit le petit homme en m'escortant en direction de la sortie. S'il arrive plus tard, je lui dirai que vous l'avez attendu. Quel nom dois-je lui donner ?

J'essayai d'en inventer un, puis j'eus un éclair de génie.

— Belinda Warburton-Stoke, répondis-je en lui tendant la carte de mon amie.

Son expression changea du tout au tout, se faisant hostile et méfiante.

— Cherchez-vous à me jouer un tour ? s'enquit-il.

— Que voulez-vous dire ?

— Que vous n'êtes pas Mlle Warburton-Stoke. Nous connaissons bien cette jeune dame. Bonne soirée.

Il me laissa devant le casino ; j'avais les joues en feu. Pourquoi Belinda ne m'avait-elle pas dit qu'elle fréquentait le Crockford's ? Comment pouvait-elle se le permettre, financièrement ? Et qu'avait-elle également omis de me confier ?

24.

Rannoch House
Jeudi 5 mai 1932

Belinda s'était heureusement absentée pour la soirée lorsque je passai lui rendre ses vêtements. Quand je rentrai à Rannoch House, Fig était déjà couchée, et j'allai me blottir dans mon lit, complètement démoralisée. Je ne pouvais apparemment plus faire confiance à personne et, dans l'obscurité, je me mis à soupçonner toutes sortes de choses. Belinda avait été assise près de moi sur le bateau. Il me semblait qu'à un moment elle s'était penchée pour rajuster ses bas. Avait-elle alors noué la corde autour de ma cheville ? Et si tel était le cas, pourquoi ?

Au matin, je découvris que Fig avait baissé la température de la chaudière au point que l'eau qui coulait des robinets était tiède. Non que j'eusse envie de prendre un bain, de toute manière. J'avais hâte de passer quelques jours dans le luxe – des repas fastueux, une maison bien chauffée, des invités amusants ; sans compter que, pour une fois, je n'aurais rien à faire, excepté observer une certaine Américaine. Je pris le carton d'invitation posé sur le manteau de la cheminée et me rappelai que lady Mountjoy avait prévu un bal costumé. Je n'avais ni le temps ni les moyens de louer un déguisement coûteux.

Je taillai donc la jupe de mon uniforme de bonne afin qu'elle m'arrivât au-dessus du genou, dénichai un tablier orné de fanfreluches et résolus de me costumer en femme de chambre française. Un choix osé, non ?

J'étais occupée à essayer ma tenue, assez satisfaite de mon travail, quand on sonna à la porte. J'allai répondre sans réfléchir et me retrouvai nez à nez avec Tristram. Il ouvrit la bouche, stupéfait.

— Oh, ça alors, c'est vous, Georgie ! J'ai cru que vous aviez engagé une nouvelle bonne.

— Je n'embaucherais jamais une fille qui porterait une jupe si courte, dis-je en riant. C'est pour un bal costumé. Je suis une femme de chambre française. Qu'en pensez-vous ?

— Plutôt seyant. Mais il vous faut des bas résille et des chaussures à talons hauts pour compléter l'ensemble.

— Bonne idée. J'en achèterai aujourd'hui.

— C'est pour la partie de campagne des Mountjoy, je suppose.

— Vous êtes au courant ?

— Bien entendu. J'ai été invité, moi aussi.

— J'ignorais que vous les connaissiez.

— Quoi de plus normal ? Leur résidence est toute proche d'Eynsleigh. Enfant, je jouais souvent avec les fils Mountjoy.

— Ils ont des fils ? Cette partie de campagne se révélera peut-être plus intéressante que prévu, après tout.

— Ils seront absents, du moins à ma connaissance. Robert est en Inde et Richard à Dartmouth. (Naturellement, il prononça leurs prénoms « Wichard » et « Wobert ».) La famille est dans la marine, vous savez. Et si je vous conduisais chez eux demain ? J'ai réussi à me faire prêter une voiture.

— C'est très aimable à vous. Merci beaucoup. Je me demandais justement par quel moyen j'allais m'y rendre.

Il m'adressa un sourire radieux, comme si je venais de lui faire un cadeau.

— Formidable, dans ce cas. Vers dix heures, cela vous ira ? Hélas, ce n'est qu'une petite voiture. Je n'ai pas pu dénicher de Rolls – qu'il prononça « Wolls », bien entendu.

— C'est parfait. Merci encore.

— Nous aurons peut-être l'occasion de nous promener ensemble jusqu'à Eynsleigh et de revivre le bon vieux temps.

— Tant que vous ne me demandez pas de m'ébattre dans une fontaine en votre compagnie.

— Oh, grands dieux, non ! s'esclaffa-t-il. Ce serait si gênant, ajouta-t-il avant de reprendre son sérieux. Je suis passé vous voir car j'ai pris conscience que la situation de votre frère doit vous bouleverser. C'est affreux, ce qui lui arrive.

— Oui, c'est plutôt choquant. Binky est innocent, évidemment, mais cela ne sera pas facile à prouver. La police semble convaincue de sa culpabilité.

— Ce sont des imbéciles. Ils se trompent tout le temps. Écoutez, il me reste une bonne heure avant de devoir retourner au bureau. Je pourrais tenir ma promesse de vous faire visiter Londres, histoire de vous redonner le sourire.

— C'est très gentil à vous, Tristram, mais, en toute franchise, je ne pense pas être capable de jouer aux touristes aujourd'hui. Je suis beaucoup trop préoccupée. Lorsque les choses iront mieux, peut-être.

— Je comprends parfaitement. Quelle sacrée déveine, tout de même ! Mais que diriez-vous d'un café ? Je suis sûr qu'on doit pouvoir trouver ça dans les environs, et ce ne serait pas de refus avant de devoir retourner travailler.

— Il y a de nombreux cafés sur Knightsbridge, dont un Lyons.

— Pourquoi nous abaisser à fréquenter l'un de ces salons de thé ? Allons-y et nous verrons bien, d'accord ? Après que vous vous serez changée.

— Oh, évidemment, dis-je avec un sourire, jetant un coup d'œil à ma tenue de bonne. Entrez donc et attendez-moi dans le petit salon. C'est en ce moment la seule pièce convenable pour recevoir des invités, expliquai-je en le conduisant au premier étage. Prenez un siège, je ne serai pas longue. Au fait, ma belle-sœur séjourne ici, alors ne soyez pas surpris si une inconnue cherche à savoir qui vous êtes.

Je me changeai rapidement. Lorsque je retrouvai Tristram, il me parut si tendu que je compris qu'il avait fait la connaissance de Fig.

— Votre belle-sœur est un peu à cheval sur les convenances, dites donc, marmonna-t-il tandis que nous sortions de la maison. Elle a déclaré ignorer que vous receviez des hommes sans être chaperonnée, que c'était un comportement indécent alors qu'elle et son mari vous avaient si généreusement autorisée à vous installer à Rannoch House. Elle m'a littéralement fusillé du regard, comme si j'étais Don Juan. Franchement, ai-je une allure de séducteur ?

— Oh, ciel ! m'exclamai-je. D'autres problèmes en perspective. J'ai hâte d'être demain pour enfin me trouver dans un lieu où règnent la paix, la tranquillité et la gaieté.

— Moi aussi, assura Tristram. Si vous saviez à quel point mon travail dans cette étude est assommant. Je classe des documents, recopie des listes, classe de nouveau. Si sir Hubert avait su de quoi il retournait, jamais il ne m'aurait condamné à effectuer mon stage chez ce notaire, j'en suis certain. Lui-même ne l'aurait pas supporté plus de deux minutes. Il serait mort d'ennui.

— Comment va-t-il ? demandai-je. Avez-vous des nouvelles ?

Il se mordit la lèvre, comme un petit garçon.

— Aucun changement. Il est toujours dans le coma. J'aimerais vraiment aller le voir, mais ma présence serait inutile, quand bien même je pourrais me payer ce voyage. Je me sens tellement impuissant.

— Je suis sincèrement navrée.

— Je n'ai que lui au monde. Mais que voulez-vous, ce sont des choses qui arrivent, je suppose. Parlons de choses plus joyeuses. Nous allons drôlement nous amuser, à ce bal costumé. M'accepterez-vous comme cavalier ?

— Bien entendu, si vous tolérez mes médiocres talents de danseuse.

— Vous de même. Nous crierons tous deux « Aïe ! » à l'unisson.

— Quel déguisement avez-vous choisi ?

— Lady Mountjoy a dit qu'elle avait quelques costumes à disposition. Et je crois que je vais accepter son aimable proposition. Je n'ai ni l'argent ni le temps pour faire le tour des boutiques de déguisements du West End. Elle a parlé d'un bandit de grand chemin, et je dois dire que cette idée m'a plutôt séduit. Pour son côté cape et épée, vous voyez.

Ce fut en riant que nous atteignîmes la grande artère animée de Knightsbridge. Nous trouvâmes bientôt un paisible petit café et passâmes commande. Une grosse dame était assise à la table voisine. Elle avait le visage trop ostensiblement maquillé, et le renard enroulé autour de son cou nous adressa un rictus. Tandis que nous prenions place, elle nous sourit, nous saluant d'un signe de tête.

— Belle journée, n'est-ce pas ? Idéale pour que des jeunes gens comme vous aillent en promenade dans le parc. Je m'apprête pour ma part à me rendre chez Harrods, bien que ce magasin ne soit plus ce qu'il était, pas vrai ? De nos jours, ils ne cherchent qu'à attirer les masses, voilà ce que je répète sans cesse.

Elle s'interrompit pendant qu'une serveuse posait une tasse devant elle ; la jeune fille nous servit ensuite nos cafés.

— Merci, mon chou, reprit la dame. Et n'oubliez pas mon mille-feuille, voulez-vous ? J'en ai besoin pour garder la forme.

— Je vais vous le chercher, répondit la serveuse.

Tristram me regarda avec un large sourire.

— Un sucre ? me demanda-t-il avant de lâcher un morceau dans sa tasse et de me tendre le bol.

— Non, merci. Je n'en prends jamais.

Je sentis qu'on me tapotait le dos.

— Excusez-moi, mademoiselle, puis-je vous emprunter votre sucrier ? Je n'en vois pas sur ma table. Franchement, la qualité du service laisse à désirer, de nos jours, vous ne trouvez pas ?

Je pris le bol des mains de Tristram et le tendis à la dame, tout en remarquant ses doigts boudinés, couverts de bagues. Elle mit plusieurs morceaux dans sa tasse avant de me rendre le sucrier, puis leva des yeux pleins d'espoir vers le mille-feuille qui arrivait. À peine m'étais-je retournée vers mon café que j'entendis un bruit, comme si quelqu'un s'étouffait. Je pivotai. Le visage de la grosse dame était devenu presque violet et, paniquée, elle battait l'air de ses mains.

— Elle est en train de s'étrangler !

Tristram se leva d'un bond et entreprit de lui donner des claques dans le dos. La serveuse, intriguée par cette agitation, arriva précipitamment pour lui prêter assistance. En vain. Les bruits étouffés de la dame se transformèrent en gargouillis, puis elle s'effondra sur son assiette.

— Allez chercher de l'aide, vite ! cria Tristram.

Je restai plantée là, sous le choc, tandis que la serveuse partait en hurlant.

— Pouvons-nous faire quelque chose ? demandai-je. Essayez de lui enlever ce qui l'étrangle.

— Le morceau de gâteau est coincé trop loin dans sa gorge, sinon elle l'aurait déjà expulsé. Si je tente quoi que ce soit, je crains qu'elle ne s'étrangle davantage encore, expliqua Tristram, pâle comme un linge. C'est absolument épouvantable. Mieux vaut que je vous raccompagne chez vous, d'accord ?

— Nous devrions attendre l'arrivée des secours, suggérai-je. Même si je ne vois pas ce que nous pouvons faire.

— Elle l'a bien cherché, je le crains. L'avez-vous vue enfourner ce gâteau ?

Les secours arrivèrent – un agent de police et un médecin qui passait par hasard dans la rue. Ce dernier se mit aussitôt à la tâche, prenant le pouls de la dame.

— Il n'y a plus rien à faire, je le regrette, annonça-t-il. Elle est morte.

L'agent prit nos dépositions, puis Tristram et moi rentrâmes chez moi à petits pas. Il lui fallut retourner travailler, et je tâchai de préparer un bagage en prévision de la partie de campagne. Fig était sortie – sans doute était-elle repartie à Scotland Yard. J'errai à travers la maison vide en essayant de chasser un sentiment de terreur qui ne voulait plus me lâcher. Si cela avait été la première fois que je côtoyais la mort, j'aurais réagi différemment. Mais, au vu de tout ce qui m'était arrivé en une semaine – la découverte d'un cadavre dans ma baignoire, ma chute du bateau, l'incident dans le métro –, cette mort pouvait-elle vraiment n'être qu'une coïncidence ? Une pensée troublante s'insinua dans mon esprit : et si le même meurtrier m'avait de nouveau prise pour cible ?

Je repensai au sucrier – la dame m'avait demandé de l'emprunter, et je le lui avais tendu. Quelqu'un avait-il pu empoisonner des morceaux ? Le seul qui en aurait eu l'occasion était Tristram. Je chassai cette idée. C'était impossible. Il n'avait pas touché à ce sucrier avant de se servir et de me le proposer. Il n'aurait pas pu savoir à l'avance où nous allions, puisque c'était moi qui avais suggéré Knightsbridge et choisi le café. Par ailleurs, à ma connaissance, Tristram n'avait pas été à bord du yacht le dimanche précédent.

Puis je me rappelai quelque chose qui me glaça tout le corps. Ma première rencontre avec Darcy dans un salon de thé Lyons. Il avait plaisanté en affirmant que le thé était empoisonné et que l'établissement se débarrassait des cadavres par la porte de service. Or Darcy s'était trouvé sur le yacht d'Eduardo.

Mais je chassai ces noires pensées. Bientôt je serais à la campagne, en sécurité. Vivement le lendemain !

25.

Farlows
Près du village de Mayfield
Sussex
Vendredi 6 mai 1932

Je ne savais plus vraiment que penser. Ce qui était survenu la veille n'était peut-être qu'un accident – une dame gourmande était morte étouffée, cela arrivait ; mais cela s'était produit après que je lui avais passé mon sucrier. Après les divers accidents dont j'avais été victime, difficile de croire à une coïncidence… J'étais à présent presque convaincue qu'un ingénieux complot nous menaçait, mon frère et moi. Et si Darcy, Belinda et, sans doute, même Whiffy Featherstonehaugh étaient de mèche ? Peut-être Tristram y était-il mêlé, lui aussi, quoiqu'il n'eût pas été présent sur le yacht d'Eduardo. La seule chose qui manquait à cette hypothèse était un mobile. Pourquoi voudrait-on m'assassiner ?

Ce fut donc avec appréhension que je m'installai dans la petite voiture à deux places près de Tristram et que je l'observai attacher ma valise dans le coffre. S'apercevant que je le regardais, il m'adressa un sourire guilleret. Il était ridicule de le soupçonner. Il était pourtant tout aussi ridicule de suspecter Belinda ou Whiffy. Je n'avais pas non plus envie que mes soupçons se portent sur

Darcy mais, avec lui, je n'étais sûre de rien. Quoi qu'il en soit, Tristram serait au volant, les deux mains occupées jusqu'à notre arrivée chez les Mountjoy.

Fig avait décrété que voyager seule en compagnie d'un jeune homme était tout à fait inconvenant, surtout s'agissant de quelqu'un dont elle avait jusqu'à présent ignoré l'existence. Il me fallut pratiquement lui arracher le téléphone des mains tandis qu'elle essayait d'appeler un taxi pour me conduire à la gare de Victoria.

— Fig, j'ai vingt et un ans passés, et Binky et vous m'avez clairement fait entendre que je n'étais plus à votre charge, dis-je sèchement. Vous voulez essayer d'exercer votre autorité sur moi ? Dans ce cas, versez-moi à nouveau ma rente et donnez-moi de quoi engager du personnel de maison. Sinon, mes activités et mes fréquentations ne vous regardent pas.

— Personne ne m'a jamais parlé de la sorte, bafouilla-t-elle.

— Il est donc grand temps que cela change.

— Je dois dire que le manque de savoir-vivre hérité de votre mère apparaît maintenant au grand jour, déclara-t-elle d'un ton dédaigneux. Les jeunes hommes peu recommandables vont défiler les uns après les autres, je n'en doute pas, comme avec elle.

Je lui adressai un sourire serein.

— Ah, mais pensez donc à quel point elle s'amuse !

Cette repartie la laissa sans voix.

Tristram et moi roulions donc à présent sans hâte. Nous rejoignîmes la route de Portsmouth, la ville cédant la place à des banlieues verdoyantes. Celles-ci furent remplacées à leur tour par la vraie campagne avec des châtaigniers aux belles ramures, des chênes dans les prés et des chevaux derrière les clôtures. Je sentais que je me délestais peu à peu du fardeau des derniers jours. Tristram bavardait joyeusement. Nous nous arrêtâmes dans une boulangerie pour acheter des friands à la saucisse et des petits pains aux raisins ; puis notre voiture gravit l'un des flancs du Hog's Back[1], au sommet duquel nous fîmes une pause afin d'admirer la vue. Alors que nous mangions notre pique-nique improvisé, assis sur le talus, je poussai un soupir de contentement.

— C'est agréable d'être de retour à la campagne, n'est-ce pas ?

— Tout à fait. La ville vous déplaît-elle autant qu'à moi ?

— Ce n'est pas qu'elle me déplaît ; en réalité, cela serait plutôt divertissant si j'avais de l'argent, mais je suis une fille de la campagne dans l'âme. J'ai besoin de monter à cheval et de me promener le long du loch, de sentir le vent me fouetter le visage...

Il me dévisagea un long moment avant de déclarer :

— Vous savez, Georgie, je ne plaisantais pas l'autre jour. Vous pourriez toujours m'épouser. Je suis conscient de ne pas avoir grand-chose à offrir pour l'instant, mais un jour je vivrai dans une grande aisance. Nous pourrions peut-être habiter à Eynsleigh et faire fonctionner de nouveau les fontaines.

— Vous êtes vraiment gentil, Tris, répondis-je en lui tapotant la main. Mais je vous ai déjà dit que je comptais faire un mariage d'amour. Je vous considère plutôt comme un frère. Et je n'ai pas l'intention de me marier par commodité.

— Très bien. Je comprends. Malgré tout, je peux toujours espérer vous faire changer d'avis, n'est-ce pas ?

Je me relevai.

— Cet endroit est charmant, vous ne trouvez pas ? Je me demande si on a une belle vue derrière ces arbres.

Je me mis à descendre un petit sentier. Je m'étonnai de constater avec quelle rapidité la route et la voiture disparurent derrière moi ; je me retrouvai au milieu d'un bois. Les oiseaux se lançaient des appels depuis les

1. Crête située dans le comté du Surrey, à l'extrémité ouest de la chaîne de collines des North Downs. *(N.d.T.)*

arbres, et un écureuil passa près de moi à vive allure. J'aimais depuis toujours la vie au grand air. Soudain, j'eus l'impression que le bois s'était tu autour de moi. Je me sentais tendue, comme si tout était à l'écoute, à l'affût. Inquiète, je regardai alentour. Je n'étais qu'à quelques mètres de la voiture. Je ne pouvais tout de même pas être en danger. Puis je me rappelai le quai bondé du métro. Je rebroussai chemin et regagnai la route à la hâte.

— Ah, la voilà ! lança une voix chaleureuse. Nous nous demandions où vous étiez passée.

Une autre automobile était garée près de la nôtre ; son conducteur n'était autre que Whiffy Featherstonehaugh, accompagné de Marisa Pauncefoot-Young et de Belinda, à présent occupées à étaler un tapis de pique-nique sur l'herbe.

— Où allez-vous, comme ça ? m'enquis-je.

Question qui fut accueillie par de joyeux éclats de rire.

— Au même endroit que toi, idiote, répliqua Belinda. Nous sommes nous aussi invités à la partie de campagne des Mountjoy.

— Venez vous asseoir, proposa Whiffy en tapotant le tapis près de lui. La mère de Marisa nous a déniché des plats épatants chez Fortnum's.

Je me joignis à eux et partageai un pique-nique beaucoup plus élaboré que le nôtre ; je ne pus cependant faire vraiment honneur au faisan froid, aux tourtes au porc, spécialité de la ville de Melton Mowbray, et au fromage stilton, car j'étais incapable de chasser de mon esprit la pensée que les personnes que j'essayais justement d'éviter séjourneraient à la campagne avec moi.

Nous nous remîmes en route. Je regardai fixement leur Armstrong Siddeley, qui roulait en tête. Était-ce mon sixième sens, hérité de mes ancêtres celtes, qui m'avait mise mal à l'aise dès l'instant où Whiffy et les autres étaient arrivés ? Sans doute.

Tout cela était tellement ridicule. Je connaissais ces gens depuis toujours, ou presque. Je me dis que je dramatisais la situation. Tout ce qui s'était produit au cours de la semaine passée n'avait rien de sinistre ; ce n'avait été que des accidents. Je leur avais accordé trop d'importance à cause du cadavre dans la baignoire. J'allais consacrer les quelques journées à venir à me détendre et à me divertir, et je tâcherais d'oublier ce qui nous était arrivé, à ce pauvre Binky et à moi.

Une fois que l'Armstrong Siddeley, plus puissante, nous eut distancés, notre voiture poursuivit tranquillement sa route le long de verdoyants chemins détournés. Tristram finit par ralentir pour pointer le doigt devant lui.

— Regardez, derrière ces arbres. C'est Eynsleigh. Vous vous rappelez le domaine ?

Je contemplai une longue et élégante voie privée bordée de platanes. Au-delà se dressait un manoir Tudor tarabiscoté de briques rouges et blanches. Des souvenirs heureux me revinrent en mémoire. J'avais remonté cette allée à dos d'un petit poney replet du nom de Squibs. Et sir Hubert m'avait construit une cabane dans les arbres.

— Je comprends aisément pourquoi vous l'aimez autant, dis-je. Dans mon souvenir, c'est un lieu où l'on était très heureux.

Poursuivant notre route, nous approchâmes bientôt d'une autre belle maison. C'était Farlows, la résidence des Mountjoy : une demeure d'époque géorgienne, aux lignes harmonieuses, dotée d'une balustrade surmontée de statues de marbre gréco-latines. D'autres statues encore constituaient la colonnade qui courait le long de la voie privée menant à la maison.

— Un étalage fort impressionnant, n'est-ce pas ? dit Tristram. On gagne manifestement de l'argent lorsqu'on fait commerce d'armes. Il y a toujours une guerre quelque part. Même les statues semblent violentes, vous ne trouvez pas ? Elles sont plus alarmantes encore que l'ange à l'air féroce que vous avez chez vous.

Nous passâmes devant un lac d'agrément d'où jaillissaient des fontaines et nous nous arrêtâmes devant un perron de marbre. Des valets en livrée sortirent aussitôt de la maison en murmurant des « Bienvenue, mademoiselle », tandis qu'ils s'emparaient de ma valise. Le majordome m'accueillit en haut des marches.

— Bonjour, lady de Rannoch. Laissez-moi vous dire combien j'ai été navré d'apprendre par les journaux dans quelle situation désespérée se trouve M. le duc. Lady Mountjoy vous attend dans la grande galerie si vous souhaitez prendre le thé.

J'étais de retour dans un monde dont je connaissais les règles. Je suivis le majordome jusqu'à la grande galerie, où Whiffy et ses compagnes attaquaient déjà des crumpets avec Imogen Mountjoy. Quelques personnes plus âgées étaient assises ensemble, parmi lesquelles je reconnus les parents de Whiffy. Lady Mountjoy se leva et vint à ma rencontre.

— Ma chère, c'est si aimable à vous d'être venue en cette période d'inquiétude. Nous sommes tous peinés pour votre cher frère, le pauvre. Quelle parodie de justice ! Espérons que toute la lumière sera rapidement faite sur cette affaire. Venez saluer Imogen et nos invités américains.

Imogen fit mine d'être aux anges.

— Georgie, je suis tellement ravie !

Chacune de nous embrassa le vide près de la joue de l'autre. Je regardai ensuite autour de moi, m'attendant à voir Mme Simpson, mais les Américains en question étaient en réalité M. et Mme Wilton J. Weinberger.

— J'ai cru comprendre que votre frère était le *diouc* dont on parle dans les journaux, dit ce dernier en me donnant une poignée de main.

— Et voici nos voisins, le colonel Bantry-Bynge et son épouse, annonça lady Mountjoy, m'entraînant vers eux avant que l'Américain pût m'interroger au sujet de Binky.

Je me demandais pourquoi la femme du colonel me semblait vaguement familière, quand je me sentis rougir et attendis d'être démasquée. Le colonel Bantry-Bynge me serra la main.

— Enchaaantééé, dit-il avec chaleur.

Mme Bantry-Bynge me prit elle aussi la main.

— Ravie de vous rencontrer, lady de Rannoch, déclara-t-elle en exécutant une petite révérence.

Ses yeux étaient baissés, et je fus incapable de savoir si elle avait reconnue en moi l'employée de l'agence du Diadème. Si tel était le cas, elle ne comptait manifestement pas le dévoiler, vu ce que je savais sur son compte. Je restai parmi ce groupe, échangeant quelques civilités à propos de « votre charmante campagne anglaise ; Willy est si déçu de n'avoir pu s'essayer à la chasse », avant qu'Imogen vienne fort heureusement m'arracher à cette conversation pour me montrer des photos de son récent voyage à Florence.

— Whiffy et Tristram sont-ils les seuls danseurs sur lesquels nous pourrons compter ? chuchotai-je à son oreille.

Elle fit la grimace.

— Je sais. Déprimant, n'est-ce pas ? Mais maman dit que ce n'est pas vraiment un week-end pour les jeunes gens, qu'elle a tout organisé pour le prince et ses amis. Elle essaie cependant de dénicher deux ou trois autres cavaliers qui ne soient pas des vieux schnocks pour le bal de demain. Whiffy n'est pas mauvais danseur, mais Tristram nous marchera sur les pieds, c'est certain. Il est irrécupérable, pas vrai ? Je détestais ça, quand il venait jouer avec nous. Il cassait tout le temps nos jouets ou tombait des arbres et nous attirait des ennuis.

— Imogen, pourquoi ne pas conduire tes amies jusqu'à leurs chambres ? suggéra lady Mountjoy. Je suis sûre que vous avez des tas de choses à vous raconter, entre jeunes filles.

— Bonne idée. Allez, venez, dit-elle en nous emmenant dans l'escalier en spirale d'un pas ferme et très peu distingué. N'importe quel prétexte est bon pour fuir ces gens affreux, ajouta-t-elle en lançant un coup d'œil vers le rez-de-chaussée. Dieu merci, ce n'est pas la saison de la chasse, ou ce Wilton machin-chose aurait éreinté nos chevaux. C'est pour l'instant complètement assommant, vous ne trouvez pas ? La présence du prince de Galles m'avait donné quelques espoirs, mais j'ai cru comprendre qu'il avait déjà une toquade.

— Laquelle est censée venir en compagnie de son mari, ajouta Belinda en riant.

— Vraiment ? s'étonna Marisa, l'air fasciné.

— Tout à fait. Elle traîne le pauvre homme derrière elle comme un chien en laisse.

Marisa fit une grimace.

— Empêchez-moi de trop boire et de me ridiculiser devant Son Altesse Royale, d'accord ? Vous me connaissez.

Nous atteignîmes le palier du premier étage – une sorte de vestibule majestueux avec des bustes en marbre dans des niches et un imposant couloir qui partait dans deux directions.

— Tu es de ce côté, Georgie, dit Imogen. Tu as droit à l'une des meilleures chambres, un traitement de faveur pour les membres de la famille royale, comme Son Altesse. Nous autres sommes reléguées au deuxième, obligées de dormir à la dure.

— J'espère que d'autres invités dont je tairai le nom seront aussi à cet étage, murmura Belinda. Sinon, on peut s'attendre à de nombreuses allées et venues discrètes dans l'escalier pendant la nuit.

— J'ignore si l'étape des déplacements nocturnes a déjà été franchie, répondit Imogen. En revanche, je sais qu'un couple marié dont je tairai le nom dormira également au premier, mais de l'autre côté du grand escalier, ce qui occasionnera quoi qu'il en soit un long périple – et des pieds froids sur le sol de marbre, glousa-t-elle. Si tu entends un cri perçant, Georgie, ne va pas chercher plus loin – ce sera à cause des pieds glacés !

Ma chambre, située tout au bout du couloir, était tout à fait charmante, avec des fenêtres en saillie qui donnaient sur le lac et le parc. Ma valise avait déjà été défaite et mes vêtements rangés.

— Ta bonne t'a-t-elle accompagnée ou souhaites-tu que j'en fasse venir une pour t'aider à t'habiller ? s'enquit Imogen.

— Elle est encore en Écosse, mais j'ai appris à me préparer seule.

— Vraiment ? Ce que tu peux être futée !

— La mienne arrive par le train, ajouta Belinda. Je pourrai la partager avec toi si tu veux.

Je percevais la tension qui régnait entre nous, et j'ignorais si elle était seulement de mon fait. J'avais remarqué qu'elle ne se montrait plus aussi amicale qu'à l'accoutumée.

— Nous allons te laisser te changer, dans ce cas, pendant que je conduis les deux autres jusqu'à leur humble logis à l'étage du dessus, annonça Imogen. Les cocktails seront servis à dix-neuf heures. Repose-toi bien avant de descendre.

Sur le seuil, elle se retourna.

— Au fait, il y a un petit escalier juste à côté de ta chambre qui mène directement à la grande galerie, où nous prendrons les cocktails.

Une fois seule, je m'étendis sur le lit sans pourtant parvenir à me détendre. Je me relevai et arpentai la pièce. Depuis ma fenêtre, j'aperçus Whiffy Featherstonehaugh qui s'éloignait de la maison à grandes enjambées. À un moment, il leva les yeux vers le bâtiment et pressa le pas. Je l'observai, l'esprit en ébullition. Je le connaissais depuis toujours ou presque – c'était un officier de la Garde royale sans doute un peu guindé, mais certainement pas un assassin. Toutefois, il fréquentait régulièrement le Crockford's et s'y était trouvé en même temps que de Mauxville. Et puis… je me rappelai autre chose… la marque laissée sur le calepin près du téléphone, dans la chambre du Claridge's : *R… 10 h 30. R.* comme Roderick. D'une manière ou d'une autre, il me faudrait trouver un moment pour lui parler sérieusement. Je devais découvrir la vérité. J'en avais assez de me sentir en danger.

J'écartai ces pensées et entrepris de m'habiller pour le dîner. Il me fallait avoir l'air respectable, pour une fois. J'avais apporté une robe de soie crème aux manches bordeaux qui s'harmonisait plutôt bien avec mon teint et dont la forme ample m'évitait de ressembler à une grande perche. Je me risquai à appliquer un peu de fard sur mes joues ainsi qu'un soupçon de rouge à lèvres, et passai autour de mon cou le collier de perles qu'on m'avait offert pour mes vingt et un ans. J'étais assez fière d'avoir su m'apprêter sans l'aide de personne. Ainsi parée, je sortis de ma chambre, bien disposée à aller me mêler aux autres invités. Le fond du couloir n'était pas éclairé, et je descendis prudemment le petit escalier en colimaçon. Une marche. Deux. Je perdis soudain l'équilibre, basculai en avant et dégringolai. Je cherchai une rampe des mains, sans trouver aucune prise sur les murs lisses. Je suppose que tout se passa très vite, mais j'eus comme l'impression d'être projetée vers le bas au ralenti. Une armure se dressa soudain devant moi, et j'entrai en collision avec elle un instant plus tard. Ayant remarqué qu'elle brandissait une hache, j'eus la présence d'esprit de lever les bras pour me défendre. Je la heurtai dans un grand bruit de ferraille et me retrouvai assise par terre, des morceaux de métal pleuvant autour de moi.

Des gens accoururent immédiatement.

— Georgie, est-ce que ça va ?

Des visages inquiets me fixaient ; on m'aida à me redresser. J'époussetai ma robe. Je m'en étais visiblement tirée indemne, hormis quelques égratignures sur les bras et un bas filé.

— J'aurais dû vous prévenir, dit lady Mountjoy. Cet escalier est très mal éclairé. J'en ai déjà parlé à William.

— Franchement, Georgie ! me réprimanda Belinda en essayant de tourner la chose en plaisanterie. Je parie que tu trouverais le moyen de trébucher au beau milieu d'une immense pièce au parquet ciré. Oh, regarde ton bras. Par chance, tu ne portes pas de longs gants, ou tu les aurais abîmés. Retournons dans ta chambre pour nettoyer cette éraflure. Et tu as filé tes bas. En veux-tu une autre paire ?

Tout le monde se montra très gentil. Je les laissai me prodiguer des soins sans manquer d'observer la prudence avec laquelle ils me firent de nouveau descendre l'escalier.

— La voici, saine et sauve, annonça lady Mountjoy, qui paraissait soulagée. Venez que je vous présente à Son Altesse Royale.

Elle me conduisit jusqu'à mon cousin David, qui bavardait avec lord Mountjoy et deux ou trois jeunes hommes guindés – visiblement des officiers appartenant à la maison de S. A. R.

— Eh bien, Georgie, dit le prince avant que lady Mountjoy puisse faire les présentations. On combat des armures, à ce qu'il paraît ?

— Simplement une chute malencontreuse, monsieur, expliqua lady Mountjoy sans me laisser le temps de répondre. Mais tout va bien. Une coupe de champagne, Georgiana ? À moins que vous ne préfériez un cocktail ?

— C'est d'un brandy qu'elle a besoin après cette frayeur, déclara lord Mountjoy.

On m'en apporta un. Je n'aime pas le brandy, mais il aurait été gênant de l'avouer ; du reste, j'étais contente d'avoir quelque chose à siroter. Il s'en faudrait en effet de beaucoup pour me calmer. Tandis que l'on s'était occupé de moi à l'étage, j'avais remarqué un bout de solide fil noir accroché à ma jupe. D'où sortait-il ? Je songeai alors que quelqu'un avait très bien pu le tendre en travers de l'escalier – quelqu'un qui savait que je serais probablement la seule personne à l'emprunter ce soir-là. Mon agresseur se trouvait dans cette maison.

26.

Farlows
Vendredi 6 mai 1932

Je n'eus cependant pas le temps de m'appesantir sur le sujet, car on m'entraîna plus loin pour me présenter aux dames. Je repérai immédiatement Mme Simpson. Vêtue d'un ensemble pantalon qui ressemblait assez à celui que j'avais enfilé quand j'avais joué les mannequins d'une si désastreuse façon, elle tenait salon sur le sofa le plus confortable de la pièce, imitant à cet instant le bégaiement du duc d'York[1] – du moins me sembla-t-il. On nous présenta dans les règles.

— Je crois vous avoir déjà vue quelque part, fit-elle observer d'une voix traînante, tout en me considérant d'un œil critique.

— C'est possible, répondis-je en tâchant de feindre l'indifférence – je n'avais pas oublié combien elle s'était montrée impolie.

— Bon, voyons voir. Vous êtes la fille de cette « actrice » qui s'est dégotté un duc, c'est ça ?

1. Frère du prince de Galles et futur George VI, il régnera de 1936 à 1952. *(N.d.T.)*

Elle prononça le mot « actrice » comme si c'était un euphémisme pour désigner une profession beaucoup moins honorable.

— C'est exact, acquiesçai-je. Si vous avez un jour l'occasion de la rencontrer, peut-être vous donnera-t-elle des conseils sur la façon de se comporter en princesse.

Je lui souris gentiment. Quelques petits rires sots résonnèrent discrètement autour de nous ; de son côté, elle me foudroya du regard. Alors que je m'éloignais poliment, je l'entendis déclarer d'une voix forte :

— Cette pauvre fille, si grande et encore si empruntée. Si elle se marie, ce dont je doute, il lui faudra probablement se contenter d'une brute ou d'un fermier.

— Lequel sera beaucoup plus doué au lit que l'homme qui occupe cette dame en ce moment, quel qu'il soit, murmura une voix à mon oreille.

C'était ma mère, éblouissante dans une tenue bleu canard que complétait une collerette en plumes de paon.

— Quelle est cette histoire absurde à propos de Binky ? S'il a tué quelqu'un, ce ne peut être que Fig, du moins cela me semblerait logique.

— Ce n'est pas drôle, maman. Il pourrait être pendu.

— On ne pend pas les ducs, ma chérie. On le relâchera en invoquant la folie. Tout le monde sait que les aristocrates sont cinglés.

— Mais il est innocent.

— Évidemment. Il n'est pas du genre violent. À la chasse, chaque fois que les chiens attrapaient un renard, il se mettait à vomir.

— Quoi qu'il en soit, que fais-tu ici? demandai-je, pour une fois ravie de la voir.

— Max a des relations d'affaires avec lord Mountjoy. Ils sont tous deux dans le commerce des armes, et il chasse aussi avec S. A. R. Ce qui explique notre présence ici. Viens faire la connaissance de Max. Son anglais est hélas épouvantable.

— Et tu ne parles pas allemand, il me semble. Comment vous débrouillez-vous ?

Elle partit d'un rire charmant, communicatif, celui-là même qui avait rempli les théâtres.

— Parler n'est pas toujours indispensable, ma chérie.

Elle glissa son bras sous le mien et me conduisit vers un homme blond, trapu mais imposant, en pleine conversation avec le prince et lord Mountjoy.

— *Ja*, le sanklier sauvache, l'entendîmes-nous raconter. Bang bang.

— Tu vois ce que je veux dire ? chuchota ma mère. Il est absolument déficient sur ce plan. Mais au lit, c'est divin.

Le fait qu'elle aborde ce sujet me rappela un problème pressant.

— Je me demande qui est censé me tenir lieu de partenaire au dîner. J'espère que ce ne sera pas lord Mountjoy. J'ai horreur d'être obligée de faire la conversation aux personnes âgées.

— Je crois qu'il est le cavalier de cette odieuse Américaine, murmura ma mère. Comme si elle était officiellement avec qui tu sais. Le pauvre vieux M. Simpson, que tu peux voir là-bas, en train de bouder à l'écart, sera contraint de se rendre seul à table en fermant la marche. C'est rudement déplacé, à mon avis.

— Je vais donc me retrouver coincée avec Whiffy Featherstonehaugh ou Tristram, semble-t-il. La conversation sera loin d'être brillante.

— Pauvre petit Tristram. Comment tient-il le coup ?

— Plutôt bien, je crois. Il m'a demandée en mariage.

— C'est affreux, rit-elle. Presque incestueux. Pour l'amour du ciel, vous avez eu la même nourrice ! Il fera toutefois un bon parti si ce pauvre vieux Hubie vient à mourir.

— Il est très gentil, maman, mais peux-tu m'imaginer mariée à lui ?

— Franchement, non. Mais je pensais qu'un jeune homme avait été invité pour te servir de cavalier, d'après les dires de lady Mountjoy.

À cet instant, la double porte s'ouvrit et le majordome apparut sur le seuil de la pièce en annonçant :

— Son Altesse Sérénissime, le prince Siegfried de Roumanie.

Ses cheveux blond pâle lissés en arrière, sa veste militaire d'apparat ornée de plus de décorations et de médailles que celle d'un général, Siegfried entra à grandes enjambées. Il se dirigea ensuite vers lady Mountjoy d'un pas résolu, claqua des talons et s'inclina.

— Très aimable à vous, dit-il.

Il la délaissa pour aller saluer le prince de Galles, devant lequel il claqua encore une fois des talons. Tous deux échangèrent quelques mots en allemand, puis on conduisit Siegfried jusqu'à moi.

— Je crois que vous connaissez déjà lady Georgiana, Votre Altesse ?

— Naturellement. Nous voilà enfin de nouveau réunis, dit-il en se penchant pour me faire un baisemain de ses grosses lèvres froides de poisson. J'ose espérer que vous allez bien.

Je bouillais de rage. *Quelle vieille bique rusée !* songeai-je. Sa Majesté ne m'avait pas envoyée ici pour espionner David. Elle avait tout manigancé afin de m'imposer la compagnie de Siegfried. Elle savait que je m'étais débrouillée pour éviter la rencontre prévue en Écosse, et elle n'avait tout simplement pas l'intention de me laisser lui échapper. Eh bien, de la même manière qu'on ne saurait faire boire un âne qui n'a pas soif, personne ne pourrait m'obliger à épouser un homme que j'abhorrais.

J'avais cependant reçu une bonne éducation. J'écoutai donc poliment et attentivement Siegfried parler de lui.

— J'ai passé des moments merveilleux aux sports d'hiver cette année. Où allez-vous skier, de votre côté ?

Je suis moi-même un skieur magnifique. Je ne connais pas la peur.

Le gong annonçant le dîner retentit, et nous nous rangeâmes afin de rejoindre la salle à manger en procession. Je me retrouvai évidemment avec Siegfried, juste derrière le prince et lady Mountjoy. Nous prîmes place à table, et j'observai les autres convives. Qui parmi eux avait été suffisamment sournois pour tendre un fil en travers de l'escalier ? Il était miraculeux que je fusse encore en vie. Si j'avais atterri légèrement plus loin, la hache de l'armure se serait abattue sur moi, ou bien je me serais brisé le cou. Je fixai Whiffy du regard, puis Tristram. On ne pouvait pas dire qu'ils débordaient d'intelligence. À la différence de Belinda – elle avait été l'une des élèves les plus futées des Oiseaux. Je secouai la tête, incrédule. Pourquoi diable aurait-elle voulu ma mort ?

Il restait une place encore vide à table. Dès l'instant où je m'en aperçus, la porte se rouvrit.

— L'honorable Darcy O'Mara, annonça le majordome.

L'intéressé entra, l'air fringant dans son smoking.

— Monsieur O'Mara, le salua lady Mountjoy alors qu'il se présentait à elle en s'excusant. Vous avez réussi à arriver jusqu'ici après tout, j'en suis si heureuse. Veuillez vous asseoir. Nous n'en sommes qu'à la soupe.

Prenant place face à moi, Darcy me lança un coup d'œil des plus brefs avant de se mettre à parler à Marisa, assise à sa gauche. J'avais les joues en feu, je le savais. Que faisait-il là ? Qui l'avait invité, et pourquoi ?

La voix stridente de Mme Simpson s'éleva au-dessus du murmure poli des conversations :

— Bon, mettons les choses au clair. Faut-il désormais vous appeler *Frau* ou « madame la duchesse » ? À moins que vous ne soyez qu'une simple « madame ».

Elle s'adressait à l'évidence à ma mère, malencontreusement placée à portée de tir.

— « Madame » ira très bien, répondit l'intéressée avec une gentillesse toute fausse. Et vous, qu'en est-il ? Êtes-vous encore mariée ?

Un silence glacial s'installa un moment, puis les convives recommencèrent à parler du temps qu'il faisait et de la partie de golf du lendemain.

— Nous irons faire une promenade à cheval, qu'en pensez-vous ? me proposa Siegfried. Je monte moi-même magnifiquement bien. Je suis un magnifique cavalier. Je ne connais pas la peur.

Comment une chose pareille pouvait-elle m'arriver ? J'étais coincée dans cette pièce en compagnie de ma mère, de Mme Simpson, de Lèvres de Poisson et de Darcy, et de quelqu'un qui cherchait à m'assassiner. À quoi devais-je encore m'attendre ?

Sans savoir comment, je survécus au dîner. Les mets sublimes compensèrent le reste. Rien à voir avec les haricots blancs en boîte dont je me nourrissais habituellement. Les plats se succédèrent, tous plus succulents les uns que les autres – un consommé de tortue suivi d'une sole Véronique suivie d'un pigeonneau suivi d'un rosbif suivi d'une charlotte russe suivie de toasts aux anchois. Je fus stupéfaite de la quantité de nourriture que je réussis à ingérer, vu ma nervosité. On nous servit aussi un vin différent pour accompagner chaque plat.

Je remarquai que Mme Simpson mangeait du bout des dents et jetait sans cesse des coups d'œil en direction du prince, lequel lui lançait bien des regards langoureux.

— Je crains qu'il ne me faille manger comme un moineau en ce moment, sinon je prends du poids, expliqua-t-elle aux convives qui l'entouraient. Vous avez telement de chance, les Allemands aiment les grosses femmes.

Cette dernière remarque était bien entendu adressée à ma mère.

— Auquel cas vous devriez vous nourrir davantage, conseilla celle-ci en décochant un regard au prince, qui comptait parmi ses ancêtres royaux le prince-électeur de Hanovre et le prince Albert de Saxe-Cobourg-Gotha, tous deux allemands.

Elle s'amusait beaucoup, c'était évident. Je fus soulagée lorsque lady Mountjoy annonça qu'il était temps que ces dames se retirent ; nous la suivîmes au salon, où le café nous attendait. Ma mère et Mme Simpson, désormais ennemies jurées, continuaient de s'échanger des piques mielleuses à souhait. J'aurais continué d'assister à ce spectacle avec plaisir si Belinda, assise à côté de moi, ne m'avait proposé d'ajouter de la crème et du sucre dans mon café. Je déclinai l'une et l'autre.

— Pourtant, tu dis toujours que boire du café noir le soir t'empêche de dormir.

Je jetai un coup d'œil à ma mère. Pouvais-je compter sur elle comme alliée ? Elle n'avait pas exactement rempli son rôle maternel, mais elle ne refuserait tout de même pas de protéger sa fille unique. Les messieurs nous rejoignirent peu après.

— David, venez vous asseoir là, dit Mme Simpson en tapotant le sofa sur lequel elle s'était installée.

Le reste de l'assemblée laissa échapper un hoquet de surprise presque perceptible. En public, il convient d'appeler un prince « monsieur », même si l'on est l'un de ses proches amis. Son Altesse se contenta de sourire, puis s'empressa d'aller se percher sur le bras du siège, à côté d'elle. Je remarquai que M. Simpson avait disparu. On m'apprit qu'il était allé jouer au billard. Darcy s'installa entre Marisa et Imogen et ne regarda pas une fois dans ma direction.

— J'ai cru comprendre que vous aviez fait une vilaine chute, me dit Whiffy. Les couloirs sont si mal éclairés, n'est-ce pas ? À notre étage, ce vieux Tris s'est pris les pieds dans une armure. Venant de lui, ça n'a rien de surprenant. Il est empoté comme tout. Au fait, l'avez-vous vu ?

Il apparut à cet instant, en pleine conversation avec le prince Siegfried. Tous deux se dirigeaient vers moi. N'y tenant plus, je pris congé dès que possible et retournai dans ma chambre. J'empruntai le petit escalier et examinai attentivement les lieux, en quête d'indices. Comme il faisait trop sombre pour y voir grand-chose, je m'agenouillai et observai la troisième marche en partant du haut, car c'était à cet endroit que j'avais culbuté. Je ne vis aucun clou auquel on aurait pu attacher une ficelle, seulement un petit trou dans les murs de part et d'autre de l'escalier. Mon agresseur croyait avoir effacé toute trace de son acte, mais il n'avait pu faire disparaître ces trous.

Je regagnai ma chambre et fermai la porte à clé ; je ne parvins pourtant pas à m'endormir. Il y a dans chaque maison un passe-partout que mon assassin pourrait se procurer mais, au moins, je l'attendrais de pied ferme. Je regardai autour de moi, à la recherche d'une arme pouvant me convenir, et décrochai du mur une bassinoire que je posai près de moi. Au moindre bruit derrière ma porte, je serais à l'affût, prête à assommer l'intrus et à hurler afin d'ameuter la maisonnée.

Les heures s'écoulèrent lentement. Un hibou hulula et un cri retentit quelque part dans le parc – sans doute un renard avait-il attrapé un lapin. Puis j'entendis le parquet grincer dans le corridor. Un son à peine perceptible. Je me redressai pourtant sur-le-champ, ma bassinoire bien en main, et me plaçai près de la porte. J'attendis, retenant mon souffle, mais il ne se passa rien. Je finis par perdre patience. Je tournai la clé dans la serrure aussi doucement que possible et jetai un coup d'œil à l'extérieur. Une silhouette en peignoir sombre longeait furtivement le couloir, comme pour ne réveiller personne. Je crus d'abord qu'il s'agissait du prince de Galles qui retournait dans sa chambre après avoir rendu visite à Mme Simpson – ou inversement. Je remarquai alors que ce promeneur nocturne était plus grand que mon cousin ou que l'Américaine. La silhouette passa devant la suite de David et poursuivit son chemin. Elle finit par s'immobiliser devant une autre porte, frappa tout doucement, puis entra.

Je m'engageai à pas de loup dans le couloir tout en essayant de trouver une explication à ce que je venais de voir. Je passai devant la suite du prince de Galles. La chambre dans laquelle le visiteur s'était introduit était celle de Siegfried. Et, d'après les contours de la silhouette qui s'était découpée à la lueur de la lampe du palier, ledit visiteur ne pouvait être que Tristram. Pour quelle raison allait-il le voir au beau milieu de la nuit ? En dépit de ma grande naïveté, je ne pus en tirer qu'une conclusion. Et lui qui, la veille encore, m'avait demandée en mariage ! Tout cela ne rimait à rien, à l'instar de tout ce qui se produisait depuis quelque temps.

27.

Farlows
Samedi 7 mai 1932

Je réussis finalement à m'endormir après avoir coincé une chaise sous la poignée de ma porte ; je fus réveillée par cette même poignée, violemment secouée de l'extérieur, puis on frappa vigoureusement à ma porte. Il faisait grand jour. J'allai ouvrir et me retrouvai face à une bonne qui m'apportait du thé. C'était une belle journée, m'annonça-t-elle, et ces messieurs partaient jouer au golf. Les dames américaines comptaient se joindre à eux. Si je voulais les accompagner, il fallait que je me dépêche.

Je n'avais pas l'intention de m'éloigner de ma mère, de lady Mountjoy et de Marisa. Plus je serais entourée, plus je serais en sécurité. Je m'habillai et descendis à la salle à manger, où Belinda attaquait une assiette de rognons.

— C'est un vrai festin, dit-elle. J'avais oublié à quel point ce genre de chose me manquait.

Je lui souris et me dirigeai vers le buffet pour me servir.

— Tu es terriblement taciturne, reprit-elle. T'inquiètes-tu pour ton frère ?

— Non, pour moi, répondis-je en la regardant droit dans les yeux. Quelqu'un essaie de me tuer.

— Oh, Georgie, je suis sûre que ton imagination te joue des tours. Tu fais partie de ces gens qui ont toujours des accidents, tu le sais bien.

— Plusieurs en une semaine ? Je ne suis tout de même pas maladroite à ce point.

— C'est affreux, je te l'accorde, mais c'étaient néanmoins des accidents.

— Pas hier soir. Quelqu'un avait tendu un fil noir en travers de l'escalier. J'en ai retrouvé un morceau sur ma jupe.

— Et des clous dans le mur ?

— Non, mais des trous indiquent leur emplacement. Mon agresseur a dû les enlever. Il ou elle est manifestement très vif d'esprit.

— Il ou elle ? À ton avis, de qui peut-il s'agir ?

— Je l'ignore, dis-je sans cesser de la fixer. Mais il y a d'une façon ou d'une autre un lien entre cette personne et la mort de Gaston de Mauxville. Dis-moi, Tristram Hautbois était-il à bord du yacht, dimanche dernier ?

— Tristram ? Non.

— Bon, cela démolit ma théorie.

— Je crois vraiment que tu te laisses emporter par ton imagination, déclara Belinda. Nous sommes tous tes amis. Nous te connaissons depuis des années.

— Tu n'as pourtant pas été tout à fait franche avec moi.

— Que veux-tu dire ?

— Tu m'as caché le fait que tu fréquentes le Crockford's. Tu es bien connue des employés.

Elle me regarda en riant.

— Tu ne me l'as pas demandé. Bon, je l'avoue, j'adore les jeux d'argent. En fait, je suis plutôt douée. C'est ce qui me permet de garder la tête hors de l'eau sur le plan financier. Et j'ai rarement besoin d'avancer mes mises. Les hommes plus âgés adorent se lier d'amitié avec une jeune femme vulnérable et charmante, précisa-t-elle en se tamponnant les lèvres avec sa serviette. As-tu découvert quoi que ce soit dans ce casino ?

— Non, en dehors du fait que plusieurs personnes de ma connaissance ne devraient pas jouer autant.

— Nous avons tous besoin de pimenter notre existence, tu ne crois pas ?

Elle se leva et me laissa seule à la table du petit déjeuner ; je ne savais toujours pas s'il fallait la compter parmi les suspects.

Ma mère me rejoignit avant que j'aie terminé, et je ne la lâchai plus d'une semelle. Comme Max était parti jouer au golf, elle était disposée à me consacrer un peu de son temps. Elle m'entraîna dans sa chambre pour y passer un moment « entre filles » et me fit essayer d'innombrables produits de beauté et divers parfums. Je feignis d'être intéressée tout en réfléchissant à la façon de lui expliquer que ma vie était en danger. La connaissant, elle me dirait simplement d'arrêter de raconter des sottises et ferait comme si de rien n'était.

— À quoi t'occupes-tu en ce moment ? me demanda-t-elle. J'espère que tu ne travailles plus chez Harrods, affublée de cette hideuse blouse rose ?

— Non, j'ai été renvoyée, par ta faute.

— Renvoyée à cause de *moi** ? Comment est-ce possible ?

— On m'a dit que j'avais été grossière avec une cliente, et je ne pouvais tout de même pas leur avouer que la cliente en question était ma mère.

Elle éclata d'un rire sonore.

— C'est vraiment trop drôle, ma chérie !

— Non, pas quand on a besoin de gagner sa croûte. Mon frère ne me donne plus rien, tu sais.

— Pauvre Binky. Il n'est sans doute plus en mesure de se montrer généreux envers qui que ce soit, désormais. Quelle épouvantable affaire. Comment se fait-il que cet horrible de Mauxville ait pu se retrouver chez vous ?

— Tu le connais ?

— Évidemment. Tout le monde le connaît sur la Côte d'Azur. Un odieux personnage. Son meurtrier a rendu service au monde entier.

— Si ce n'est que Binky sera probablement pendu pour un crime qu'il n'a pas commis. À moins que je ne démasque le coupable.

— Laisse la police se charger de ce genre de choses, ma chérie. Je suis sûre qu'ils résoudront l'affaire facilement. Ne t'en inquiète pas. Je veux que tu prennes du bon temps. Sors de ta coquille, flirte un peu plus. Il est temps que tu te dégottes un mari.

— Maman, je m'en trouverai un le moment venu.

— Que dirais-tu de ce jeune prince qui a dîné à côté de toi, hier soir ? Jamais tu ne rencontreras un homme bardé d'autant de décorations et de médailles.

— Ni doté de lèvres aussi flasques, répliquai-je. Il ressemble à une morue, maman.

Elle s'esclaffa.

— Oui, tu as raison. Et il est mortellement ennuyeux, j'imagine. Mais devenir reine un jour, ce n'est pas à dédaigner.

— Tu as voulu être duchesse, et tu ne l'es pas restée longtemps.

— Ce n'est pas faux, acquiesça-t-elle en me dévisageant d'un œil critique. Tu as besoin de renouveler ta garde-robe, maintenant que tu sors dans le monde, cela saute aux yeux. Je tâcherai de soutirer une petite somme à Max. Dommage que tu ne fasses pas ma taille. Je n'arrête pas de jeter des tenues absolument exquises que je ne peux plus porter parce qu'elles sont passées de mode. Bien entendu, si le pauvre Hubie finit par mourir, j'imagine que tu auras les moyens de t'offrir des toilettes convenables, ainsi qu'une maison.

Je la regardai fixement.

— Tu as dit qu'il m'avait couchée sur son testament, mais…

— Il est riche comme Crésus, ma chérie, et à qui d'autre pourrait-il léguer sa fortune ? Le pauvre petit Tristram touchera probablement sa part, mais Hubie voulait être certain que tu serais à l'abri du besoin, du moins m'a-t-il semblé.

— Vraiment ?

— Il avait tant d'affection pour toi. J'aurais sans doute dû rester avec lui pour cette seule raison, mais tu sais que je ne pouvais plus supporter de faire abstinence durant les mois où il partait remonter le fleuve Amazone en radeau ou escalader quelque montagne. Allons nous promener, d'accord ? proposa-t-elle en m'aidant à me lever. Je n'ai pas encore eu l'occasion d'explorer le domaine.

— Très bien, acceptai-je, songeant que j'en profiterais pour lui parler de mes « accidents ».

Nous descendîmes au rez-de-chaussée bras dessus bras dessous. La maison était singulièrement silencieuse. La plupart des invités étaient apparemment sortis jouer au golf. Une fois dehors, constatant que le vent soufflait en rafales, ma mère décida d'aller chercher un fichu pour couvrir ses cheveux – elle craignait de « faire peur à voir ». Je l'attendis devant la maison, l'esprit absorbé par de nombreuses questions. Mettons que sir Hubert ait prévu de me léguer de l'argent ; Tristram avait alors un motif pour vouloir m'épouser. Mais me tuer ? C'était absurde. Il recevrait lui aussi sa part d'héritage. En outre, il ne s'était pas trouvé sur le yacht, et je ne l'avais pas non plus aperçu sur le quai du métro. Sans compter qu'il était apparemment de ces gens qui s'évanouissent à la vue du sang. Il m'avait en tout cas semblé sur le point de tomber dans les pommes lorsque la dame était morte étouffée sous nos yeux.

J'entendis un bruit au-dessus de moi. Je levai la tête. Au même instant, ma mère hurla :

— Attention !

Je bondis en arrière, et l'une des statues de marbre qui ornaient la balustrade s'effondra près de moi. Pâle comme un linge, maman dévala les marches du perron.

— Est-ce que ça va ? Comment une chose aussi affreuse a-t-elle pu se produire ? Mais le vent souffle si fort aujourd'hui. Et cette statue était probablement en équilibre précaire depuis des années. Dieu merci, tu n'as rien. Dieu merci, je n'étais pas à côté de toi quand c'est arrivé.

Des domestiques accoururent. Tout le monde essaya de me réconforter. Mais je repoussai leurs attentions et me précipitai dans la maison. J'étais lasse d'être une victime. Je ne me laisserais plus faire ! Je m'élançai dans l'escalier, passai le premier étage, attaquai la volée de marches suivante. Et me cognai à Whiffy Featherstonehaugh, qui descendait en courant.

— Vous ! criai-je en lui barrant le passage. J'aurais dû m'en douter sur le bateau, quand vous n'avez pas plongé pour me secourir. Je peux comprendre le meurtre de De Mauxville, mais qu'avez-vous contre Binky et moi, hein ? Allez-y, parlez !

Whiffy déglutit, sa pomme d'Adam tressautant de haut en bas, ses yeux affolés regardant de tous côtés.

— Je regrette, mais je ne comprends rien à ce que vous racontez.

— Vous étiez sur le toit il y a un instant, n'est-ce pas ? Inutile de le nier.

— Le toit ? Grands dieux, non ! Qu'aurais-je fait là-haut ? Les autres ont accaparé tous les meilleurs déguisements. Lady Mountjoy m'a alors dit qu'il y avait une autre malle pleine de costumes dans le grenier, mais je ne l'ai pas trouvée.

— Une excuse commode, rétorquai-je. Vous avez de la présence d'esprit. Vous êtes visiblement plus futé que vous le prétendez. Sinon, comment auriez-vous attiré de Mauxville à Rannoch House pour le tuer ? Mais pourquoi chez nous ? C'est ce que j'aimerais savoir.

Il m'observait comme si j'appartenais à une nouvelle et dangereuse espèce animale.

— Écoutez, Georgie. Je ne vois pas de quoi vous voulez parler. Je… je n'ai pas tué de Mauxville. Je n'ai rien à voir avec sa mort.

— Vous voulez dire qu'il ne vous faisait pas chanter ?

Il en resta bouche bée.

— Comment diable le savez-vous ?

Cela me gênait de lui dire que je l'avais seulement deviné. Cette supposition m'était soudain venue dans un éclair d'inspiration, en remarquant qu'il était grand, brun et distingué.

— Vous correspondez à la description de l'homme qui lui a rendu visite au Claridge's, et j'ai aperçu votre nom dans le registre du Crockford's. De Mauxville avait également griffonné sur un calepin qu'il avait rendez-vous avec un certain R.

— Oh, sapristi ! Dans ce cas, la police doit aussi être au courant.

Vu que je me trouvais dans un escalier en compagnie d'un assassin potentiel, je n'étais pas bête au point d'admettre que la police ne savait rien.

— J'en suis convaincue, assurai-je. Avez-vous décidé de le tuer pour mettre un terme à son chantage ?

— Mais je ne l'ai pas assassiné ! protesta-t-il, l'air à présent désespéré. Sa mort m'a réjoui, je ne vais pas vous mentir, mais je jure que je suis innocent.

— Aviez-vous des dettes de jeu ? Lui deviez-vous de l'argent ?

— Pas exactement, dit-il en détournant les yeux. Il a découvert que je fréquentais un certain club.

— Le Crockford's ?

— Oh, ciel, non ! Ce casino est un endroit convenable. La moitié de la Garde royale le fréquente.

— Quel club, dans ce cas ?

Il lançait des coups d'œil autour de lui, pareil à un animal pris au piège.

— Je préférerais ne rien en dire.
— Une boîte de strip-tease ?
— Pas tout à fait, dit-il, m'observant comme si j'étais plutôt bouchée. Écoutez, Georgie, cela ne vous regarde absolument pas.
— Si, justement, nom d'un chien ! Mon frère a été arrêté pour un meurtre qu'il n'a pas commis. Je suis en danger et, jusqu'à présent, vous êtes le seul à avoir un mobile pour le meurtre de De Mauxville. Je vais appeler la police de ce pas, afin qu'ils découvrent le fin mot de cette affaire.
— Non, n'en faites rien. Pour l'amour du ciel ! Je ne l'ai pas tué, je le jure, Georgie. Mais il ne faut surtout pas que ma famille apprenne quoi que ce soit.
Soudain, la vérité m'apparut. Je me rappelai la conversation que j'avais entendue chez Whiffy… Et, la nuit dernière, Tristram s'était rendu en catimini dans la chambre du prince Siegfried.
— Vous voulez parler d'un club de rencontres entre garçons, c'est ça ? Vous êtes de l'autre bord, Tristram et vous.
Il devint cramoisi.
— Vous imaginez donc ce qui se passerait si cela s'apprenait. Je serais aussitôt viré de la Garde royale. Quant à ma famille… jamais ils ne me le pardonneraient. Nous sommes des militaires depuis la victoire de Wellington à Waterloo, vous savez.
Une autre idée germait dans mon esprit.
— Mais alors, comment avez-vous pu acheter le silence de Gaston de Mauxville ? Pas avec votre solde d'officier de la Garde, je suppose.
— C'était bien là le problème : où trouver l'argent ?
— Vous avez donc dérobé des objets dans la maison londonienne de vos parents, n'est-ce pas ?
— Bon sang, Georgie ! Vous êtes une voyante ou quoi ? Oui, j'ai fauché quelques bricoles ici et là. Je les

ai remises à un prêteur sur gages, à l'extérieur de Londres. J'avais la ferme intention de les récupérer.

— Et vous ne savez pas qui a pu tuer de Mauxville ?

— Non, mais je suis rudement content qu'il soit mort. Dieu bénisse son meurtrier.

— Au fait, avez-vous aperçu quelqu'un, en montant au grenier ?

— Non, personne. Mais je veux bien aller jeter un coup d'œil avec vous, si vous voulez.

J'hésitai. Si je devais affronter un assassin, être accompagnée d'un officier bien bâti n'était pas une si mauvaise idée. Je n'avais cependant pas envie de me retrouver piégée sur le toit seule avec lui.

— Nous demanderons aux domestiques d'explorer les lieux, décidai-je avant de redescendre avec lui.

La fouille se révéla vaine. Personne ne se cachait sur le toit. Mon assaillant avait eu largement le temps de s'éclipser pendant que j'interrogeais Whiffy. Tout le monde, moi exceptée, semblait penser que ce qui s'était produit n'était qu'un horrible accident. Je ne me sentais plus en sécurité nulle part. Il fallait pourtant que je m'assure d'une chose. Je me faufilai hors de la maison, profitant de ce que personne ne me regardait, et remontai la voie qui menait à l'extérieur de la propriété. Au bout d'un peu moins d'un kilomètre, je m'engageai dans une longue allée, en direction du vaste manoir Tudor de sir Hubert.

La bonne qui m'ouvrit alla aussitôt chercher le majordome.

— Je suis désolé, mais mon maître ne séjourne pas ici en ce moment, dit celui-ci en venant à ma rencontre. Je suis Rogers, le majordome de sir Hubert.

— Je me souviens de vous, Rogers. Je suis lady Georgiana. J'ai bien connu cette maison par le passé.

Son visage s'illumina.

— La petite Georgiana. Ça alors ! Vous êtes maintenant une vraie jeune lady. Bien entendu, nous avons suivi vos débuts dans les journaux. La cuisinière a découpé les photographies de votre présentation à la cour. C'est très aimable à vous de nous rendre visite en ces jours sombres.

— J'ai été navrée d'apprendre ce qui était arrivé à sir Hubert. Mais je suis en réalité ici pour une affaire très délicate, et j'espère que vous serez en mesure de m'aider.

— Je vous en prie, passons au salon. Voulez-vous une tasse de café ou un sherry, peut-être ?

— Rien, merci. C'est au sujet du testament de sir Hubert. Ma mère m'a laissé entendre que j'y étais couchée. Je ne suis pas intéressée par son argent, je préfère de loin qu'il reste en vie, je vous assure. Mais des choses étranges sont récemment arrivées à ma famille, et je me suis dit que cela avait peut-être un rapport avec ce testament. Je souhaite donc savoir s'il est possible qu'il en ait conservé une copie chez lui.

— Je crois qu'il y en a une dans le coffre-fort.

— En temps normal, il ne me viendrait pas à l'esprit de demander à consulter ce document, mais j'ai des raisons de penser que ma vie est en danger. Connaîtriez-vous la combinaison du coffre, par hasard ?

— Hélas non, lady Georgiana. C'était le genre d'information que mon maître gardait pour lui.

— Oh, je vois, peu importe, soupirai-je. Ça valait la peine d'essayer. Pourriez-vous me donner le nom des notaires de sir Hubert ?

— Henty et Fyfe, à Tunbridge Wells.

— Merci, mais je suppose qu'ils ne seront pas joignables avant lundi, dis-je, à présent au bord des larmes. J'espère qu'il ne sera pas trop tard.

Rogers se racla la gorge.

— Justement, lady Georgiana, je connais la teneur de ce testament, car je l'ai signé en tant que témoin.

Je levai les yeux vers lui.

— Il comprend quelques petits legs en faveur du personnel de maison, ainsi qu'une généreuse donation à la Société géographique royale. Le reste de sa fortune a été divisé en trois parts égales, réparties entre maître Tristram, vous-même et le cousin de maître Tristram, l'un des parents français de sir Hubert : un monsieur du nom de Gaston de Mauxville.

28.

Samedi 7 mai 1932

Je le regardai fixement en essayant de digérer la nouvelle.

— Je suis censée hériter d'un tiers de ses biens ? Il doit y avoir erreur, bredouillai-je. Sir Hubert m'a à peine connue. Il ne m'a pas vue depuis des années…

— Ah, mais il a gardé beaucoup d'affection pour vous, lady Georgiana, répondit le majordome avec un sourire bienveillant. Il aurait bien voulu vous adopter, vous savez.

— À l'époque où j'étais une adorable enfant de cinq ans qui aimait grimper aux arbres.

— Il n'a jamais cessé de s'intéresser à vous, même après que votre mère fut partie vers de nouveaux…

Il termina sa phrase par une toux discrète.

— À la mort de votre père, il s'est beaucoup inquiété, reprit-il. « L'idée que cette fille grandira sans un sou vaillant ne me plaît pas », m'a-t-il dit un jour. Il était clair que votre mère vous laisserait totalement démunie, c'est ce qu'il m'a fait entendre.

— C'était vraiment gentil de sa part, murmurai-je, manquant pleurer d'émotion. Mais sir Hubert aurait tout de même dû léguer la part du lion à M. Hautbois. Il est son pupille, après tout.

— Mon maître estimait que ce n'était pas dans l'intérêt de M. Tristram de posséder trop d'argent, répliqua sèchement Rogers. Ni dans celui de *monsieur** de Mauxville, qui était pourtant le fils unique de sa sœur. Il s'adonnait apparemment avec passion aux jeux d'argent et fréquentait des cercles louches.

Je m'efforçai de garder mon calme tandis que le majordome me conduisait à l'office pour saluer la cuisinière ; il me fallut ensuite manger une part de son fameux gâteau de Savoie, que j'avais tant aimé enfant. Pendant ce temps, la plus grande confusion régnait dans mes pensées. Le testament fournissait à Tristram un mobile pour vouloir se débarrasser de Gaston de Mauxville et de moi-même, mais je n'avais aucune preuve de sa culpabilité. Et j'avais peine à croire que le fluet Tristram ait été capable d'assassiner le robuste Gaston. À moins qu'il n'ait eu un complice. Je me rappelai la conversation entre Whiffy et Tristram, le jour où je lavais le sol des Featherstonehaugh et que tous deux ignoraient que je comprenais le français. Peut-être s'agissait-il finalement d'un complot, profitable à l'un comme à l'autre. Ce qui signifiait que je serais maintenant doublement en danger à mon retour à Farlows.

La meilleure chose à faire était d'aller trouver la police, voire d'appeler le commissaire Burnall à Scotland Yard, mais je pris conscience que je n'aurais que de pures suppositions à lui offrir. Mon agresseur avait été extrêmement malin. Chacune des tentatives de meurtre dont j'avais fait l'objet pouvait passer pour un accident. Quant à Gaston de Mauxville, rien ne liait Tristram à sa mort.

Alors que je m'engageais sur la route, une autre idée me vint à l'esprit. Et si Tristram n'était pas le meurtrier ? Qui hériterait de la fortune de sir Hubert si Tristram et moi venions à mourir ? Je l'ignorais. Whiffy avait brièvement raconté que Tristram avait trébuché sur une armure la veille au soir. Et si quelqu'un d'autre était tapi dans l'ombre, attendant l'occasion de se débarrasser de lui aussi ?

J'avais atteint l'impressionnante entrée de pierre menant à Farlows ; je m'immobilisai, hésitante. Était-il vraiment sage d'y retourner ? Puis je résolus d'affronter la situation. Il fallait que je sache la vérité. Longeant la colonnade, je levai brièvement les yeux vers les statues. Elles me rappelaient quelque chose… Je fronçai les sourcils, mais la mémoire me fit défaut. Non loin du lac, je croisai Marisa, Belinda et Imogen en promenade.

— Oh, te voici, dit Marisa. Tout le monde se demandait où tu étais passée. Le pauvre Tristram se morfondait, pas vrai, Belinda ? Il nous a toutes assommées de questions à ton propos.

— Je suis juste allée revoir une maison voisine où j'ai vécu autrefois. Où est Tristram, à présent ?

— Aucune idée, répondit Marisa. Mais il a l'air terriblement épris, Georgie. Je le trouve si gentil – on dirait un petit garçon perdu, n'est-ce pas, Belinda ?

Celle-ci haussa les épaules.

— Si c'est le genre d'homme qui t'attire, Marisa.

— Et où sont passés les autres invités ? demandai-je nonchalamment.

— La plupart des golfeurs ne sont pas encore rentrés, dit Imogen. Mme Simpson est apparemment partie faire des emplettes à Tunbridge Wells – comme si les boutiques allaient être ouvertes un samedi après-midi.

— C'est juste un prétexte pour être seule avec le prince, tu le sais bien, déclara Marisa.

— En revanche, nous savons exactement où se trouve ton cher prince Face de Poisson, annonça Belinda avec un grand sourire. Il a fait une chute en voulant faire sauter son cheval au-dessus d'un portail. Il a franchi l'obstacle, mais sans sa monture. J'imagine qu'il ne sera pas des nôtres au bal de ce soir.

En dépit des circonstances, je ne pus réprimer un rire.

— Tu auras finalement Tristram sur le dos, et il aura tout loisir de te piétiner les orteils, ajouta Imogen en glissant son bras sous le mien. À moins que certains de nos voisins ne se joignent à nous. C'est toujours tellement plus simple quand mes frères sont là.

Nous nous dirigeâmes vers la maison en longeant les dernières statues de la colonnade.

— J'ai cru comprendre que l'une d'elles avait manqué t'écraser, reprit Imogen. Décidément, la malchance te poursuit, Georgie.

Je saisis soudain ce qui m'avait préoccupée : Tristram s'était trahi en comparant ces statues à celle de l'ange exterminateur de Rannoch House ! S'il connaissait son existence, cela signifiait qu'il s'était déjà trouvé sur le palier du deuxième étage, où se situait justement la salle de bains.

Au moins, je savais maintenant qui était mon adversaire. Je restai perdue dans mes pensées jusqu'à notre retour à la maison, où lady Mountjoy nous annonça que le thé était servi ; elle nous conseilla de manger à notre faim, car nous ne souperions pas avant vingt-deux heures. Nous la suivîmes dans la grande galerie, où ma mère avait déjà attaqué son assiette. Pour une femme petite et mince, elle ne manquait décidément pas d'appétit. Mme Bantry-Bynge essaya de bavarder avec elle, sans grand succès. Ma mère avait beau être née dans un milieu roturier, elle était plutôt douée pour battre froid à toute personne qu'elle considérait de basse extraction.

— Si l'une de vous a besoin de faire repasser un déguisement, n'hésitez pas à m'en informer, annonça lady Mountjoy. J'espère que vous en avez toutes un. À la différence des jeunes hommes ! Avec eux, c'est toujours pareil, ils n'apportent jamais ce qu'on leur demande. Ce matin, il m'a fallu leur dénicher des costumes au pied levé, et le jeune Roderick s'est plaint, refusant un déguisement d'ancien Celte. « Tant pis pour vous », lui ai-je dit. J'avais réussi à rassembler les accessoires nécessaires à un bandit de grand chemin et à un bourreau pour Tristram et M. O'Mara, mais rien d'autre, en dehors des peaux de bête et de la lance du Celte. Je l'ai envoyé en quête d'un autre costume dans le grenier. Qui sait ce qu'on peut trouver là-haut.

Ce que m'avait raconté Whiffy n'était donc pas entièrement faux. Et je savais maintenant que Darcy serait déguisé en bourreau, ce qui me permettrait de le repérer aisément. Je restai dans la galerie aussi longtemps que possible, mais ni Darcy ni Tristram ne nous y rejoignirent. Quand arriva le moment de se changer, je proposai aux autres filles de se préparer dans ma chambre, si spacieuse et munie de grands miroirs. J'étais ainsi certaine d'être en sécurité jusqu'à ce que le bal débute.

Tandis qu'elles papotaient avec enthousiasme, j'étais de mon côté un paquet de nerfs. Si je voulais prouver la culpabilité de Tristram sans l'ombre d'un doute, je devrais m'offrir comme appât. J'avais toutefois besoin qu'une personne garde l'œil sur moi – une personne qui pourrait ensuite servir de témoin.

— Écoutez, les amies, dis-je. Quoi que vous en pensiez, je crois que quelqu'un dans cette maison essaie de me tuer. Si l'une de vous me voit quitter la salle de bal en compagnie d'un homme, qu'elle nous suive et ne nous quitte pas des yeux, d'accord ?

— Et si nous vous trouvons enlacés dans une étreinte passionnée ? demanda Belinda. Souhaites-tu que nous restions là à vous observer ?

Elle continuait de prendre les choses à la légère, c'était évident. Je décidai alors que Darcy était mon seul espoir. Il était assez fort pour affronter Tristram. Mais, après la façon dont je l'avais traité, avais-je encore le droit de compter sur son aide ? Il ne me restait plus qu'à mettre mon sort entre ses mains dès que j'aurais l'occasion d'être seule avec lui.

Ma nervosité ne s'était pas dissipée lorsque je descendis l'escalier d'honneur en compagnie de Belinda et

Marisa. Un orchestre jouait un entraînant two-step, et d'autres invités arrivaient peu à peu dans le vestibule. En bas des marches, un valet avec un plateau proposait des masques à ceux qui n'en portaient pas encore. Marisa en prit quelques-uns et nous les passa.

— Pas celui-ci, dit Belinda. Il couvre la bouche, et je tiens à souper sans être gênée. Ce masque de bandit de grand chemin m'ira mieux, il est plus fin.

— Justement, il y a un bandit de grand chemin de ce côté, chuchota Marisa. Ce doit être Tristram. J'ignorais qu'il avait des jambes aussi bien galbées.

— Je cherche un bourreau, précisai-je. Si vous le voyez, faites-moi signe.

— J'espère que tu n'as pas envie de suivre les traces de tes ancêtres qui ont eu la tête sur le billot, fit remarquer Marisa.

— C'est Darcy O'Mara, espère d'andouille, répliqua Belinda en me décochant un regard entendu.

Souriante, je plaçai un doigt sur mes lèvres. La salle de bal se remplissait rapidement. Nous trouvâmes une table. À peine assise, Belinda fut entraînée par un cavalier. Déguisée en danseuse de harem, elle se dirigea vers la piste en remuant le derrière, aguicheuse. Whiffy Featherstonehaugh s'approcha de nous ; il paraissait fort mal à l'aise en ancien Celte, avec des peaux de bête drapées sur les épaules.

— Cela vous dirait de faire quelques pas de danse, ma vieille ? me proposa-t-il.

— Non, merci, pas pour le moment. Pourquoi ne dansez-vous pas avec Marisa ?

— Bien. Je tâcherai de ne pas lui marcher sur les pieds, ajouta-t-il en lui prenant la main pour la conduire vers la piste.

Je restai seule, à siroter un verre de Pimm's. Tout le monde s'amusait, dansait et riait avec insouciance. Je remarquai le bandit de grand chemin, qui m'observait depuis l'autre bout de la salle de bal. Au moins, je ne courais aucun danger parmi tant de gens. Si seulement je pouvais trouver Darcy !

Je repérai enfin le bourreau, reconnaissable à son capuchon noir et à sa hache, qui se frayait un passage dans la foule au fond de la salle. Je me levai pour aller à sa rencontre.

— Darcy ? dis-je en l'attrapant par la manche. Il faut que je vous parle. Je veux m'excuser. J'ai vraiment besoin de votre aide. C'est très important.

L'orchestre entama le « Galop du cor de postillon », et des couples commencèrent à s'élancer à la charge à travers la vaste pièce en poussant des cris de joie et en hurlant des « Taïaut ! ».

Je saisis le bras de Darcy.

— Sortons, s'il vous plaît.

— Très bien, finit-il par marmonner.

Je l'entraînai jusqu'à la terrasse située à l'arrière de la maison.

— Alors ? demanda-t-il.

— Darcy, je suis navrée de vous avoir accusé. J'ai cru… que je ne pouvais pas vous faire confiance. Je ne savais plus que penser. Le jour où vous êtes venu chez Whiffy, je ne pouvais croire que c'était simplement pour me voir… Sans compter que tant d'événements étranges s'étaient produits. Je ne me sentais pas en sécurité. Je sais maintenant qui est derrière tout ça, mais j'ai besoin que vous m'aidiez. Nous devons le prendre sur le fait. Il nous faut des preuves.

— De qui s'agit-il ?

Il chuchotait, alors même que nous étions seuls. Je me penchai vers lui.

— Tristram. C'est lui qui a assassiné de Mauxville, et il essaie de me tuer à présent.

— Vraiment ?

Il se tenait tout près de moi. Avant que je puisse comprendre ce qui se passait, une main gantée de noir se plaqua sur ma bouche et on me traîna en arrière jusqu'au bord de la terrasse, dans l'ombre.

Je me tortillai et réussis à jeter un regard au visage en partie dissimulé sous le capuchon noir. Ce n'était pas le sourire de Darcy. Je me rendis compte, mais trop tard, qu'il avait mal prononcé le « r » de son « Vraiment ? ».

— Ce satané O'Mara s'est approprié le costume de bandit, dit Tristram tandis que je me débattais, furieuse. Mais cela m'a plutôt arrangé, en fin de compte. Je lui ai fauché son foulard.

Je m'efforçai de lui mordre les doigts pendant que le foulard en question s'enroulait autour de mon cou. Je tentai de le frapper, de lui donner des coups de pied, de lui griffer les mains, mais, placé derrière moi, il avait l'avantage. Il était en outre beaucoup plus fort que je ne m'y étais attendue. La main toujours plaquée contre ma bouche, il m'entraînait, lentement et sûrement, loin de la maison illuminée et de la sécurité qu'elle m'offrait.

— Quand on vous retrouvera au fond du lac, le foulard d'O'Mara suffira à l'incriminer, chuchota-t-il à mon oreille. Et personne ne me soupçonnera jamais.

Il tordit le foulard d'un mouvement féroce. Je m'efforçai de respirer tandis qu'il continait à m'attirer en arrière.

Le sang me battait aux oreilles et des points lumineux dansaient devant mes yeux. Je devais agir avant qu'il ne fût trop tard. À quelle réaction de ma part ne s'attendait-il pas ? Plutôt que de m'écarter de lui afin d'essayer de lui échapper, je rassemblai mes forces vacillantes et heurtai violemment mon crâne contre son visage. Le choc dut lui être fort douloureux, car j'eus moi-même très mal. Il poussa un hurlement. Peut-être était-il plus vigoureux que je ne l'avais cru, mais il ne pesait pas bien lourd. Il bascula brutalement sur le dos et je le suivis dans sa chute, me retrouvant étendue sur lui.

— Allez au diable, dit-il, haletant, en serrant de nouveau le foulard.

Alors que j'essayais de me relever, il me tira violemment vers le sol avec un grognement bestial, tout en entortillant le foulard autour de mon cou. Dans un dernier effort, je me redressai, puis me laissai brutalement retomber sur lui. Il poussa un glapissement et, l'espace d'une seconde, le foulard se desserra. Cette fois, je m'empressai de m'écarter de lui à quatre pattes et tâchai de me remettre debout. Il essaya de s'emparer de moi. J'ouvris la bouche afin d'appeler à l'aide, mais aucun son n'en sortit.

— Dire que vous jouiez les vierges effarouchées ! s'exclama soudain une voix au-dessus de nous. Cela faisait des années que je n'avais pas assisté à des ébats aussi torrides. Il faudra que vous m'enseigniez certaines de ces positions lors de notre prochain rendez-vous.

Le bandit masqué apparut, une main tendue vers moi. Je me relevai, chancelante, et il me soutint pendant que je reprenais mon souffle en toussant.

— Tristram, murmurai-je. Il a voulu me tuer. Empêchez-le de s'échapper.

Justement, l'intéressé se redressait, non sans peine. Il se mit à courir. Darcy s'élança en avant et le plaqua à terre.

— Vous n'avez jamais été brillant au rugby, pas vrai, Hautbois ? dit-il, s'agenouillant sur le dos de Tristram et ramenant l'un de ses bras derrière lui. J'ai toujours pensé que vous étiez une crapule. Un menteur, un tricheur, un voleur, toujours à attirer des ennuis aux autres à l'école – c'est ce que vous étiez, hein, Hautbois ?

Tristram poussa un cri quand Darcy, avec une satisfaction non dissimulée, lui cogna le visage contre le gravier.

— Mais un meurtrier ? Vraiment ? Pourquoi a-t-il voulu vous tuer ? me demanda-t-il.

— Pour obtenir ma part d'héritage. C'est pour la même raison qu'il a assassiné de Mauxville, parvins-je à expliquer, bien que ma gorge fût encore irritée.

— Je me doutais qu'il se tramait quelque chose de bizarre. Depuis votre chute du bateau, précisa Darcy.

— Lâchez-moi, vous me faites mal, geignit Tristram. Je n'ai jamais voulu lui nuire. Elle exagère, c'était juste pour rire.

— J'ai assisté à la scène, et elle n'avait rien d'amusant, répliqua Darcy.

Un bruit de pas sur le gravier se fit entendre derrière nous, et il leva les yeux.

— Que se passe-t-il ? demanda lord Mountjoy.

— Appelez la police ! lui lança Darcy. J'ai surpris ce type en train d'essayer de tuer Georgie.

— Tristram ? s'exclama Whiffy. Que diable…

— Aide-moi, Whiffy ! O'Mara n'a rien compris ! hurla Tristram. C'était un simple jeu. Je ne pensais pas à mal.

— Drôle de jeu ! intervins-je. Vous auriez laissé mon frère être pendu à votre place.

— Non, ce n'était pas moi. Je n'ai pas tué de Mauxville. Je n'ai tué personne.

— Si, justement, et je peux le prouver, affirmai-je.

On obligea Tristram à se relever, et il se mit à pleurer comme un veau. Tandis qu'on l'emmenait, Darcy m'enserra la taille.

— Comment vous sentez-vous ?

— Beaucoup mieux à présent. Merci d'être venu à la rescousse.

— Il m'a semblé que vous vous en tiriez plutôt pas mal toute seule. J'ai pris plaisir à vous voir faire.

— Vous voulez dire que vous êtes resté là à m'observer sans lever le petit doigt ? m'étonnai-je, indignée.

— Je voulais être certain de pouvoir témoigner du fait qu'il s'agissait vraiment d'une tentative de meurtre. Je dois admettre que vous êtes combative, ma petite, ajouta-t-il. Ne me regardez pas ainsi. Je serais intervenu plus tôt si je vous avais vue quitter la salle de bal en douce.

Belinda exécutait une danse de harem, et j'ai été distrait pendant quelques secondes.

Je me dégageai et m'éloignai avec raideur.

— Non, attendez, Georgie. Revenez..., reprit-il en s'élançant derrière moi.

Je m'enfonçai dans l'obscurité, puis m'immobilisai devant la balustrade qui surplombait le lac.

— Georgie ! répéta Darcy.

— Je me moque bien de ce que vous faites, Belinda et vous.

— Chose étrange, je n'ai jamais rien fait avec Belinda, hormis jouer à la roulette à côté d'elle. Ce n'est pas mon genre de femme. Trop facile. Personnellement, j'aime les défis, précisa-t-il en passant un bras autour de mes épaules.

— Darcy, si vous étiez arrivé plus tôt, vous m'auriez entendue m'excuser. Je vous croyais déguisé en bourreau, voyez-vous. Je m'en veux terriblement de vous avoir accusé de toutes ces choses affreuses.

— Une supposition tout à fait naturelle, vu les circonstances.

J'étais parfaitement consciente de la chaleur de son bras.

— Pourquoi m'avoir suivie chez les Featherstonehaugh ?

— Simple curiosité de ma part. Et c'était aussi l'occasion de me retrouver seul avec vous.

Il prit une profonde inspiration.

— Écoutez, Georgie. J'ai un aveu à vous faire. À la réception de mariage, j'étais un peu éméché. Et j'ai parié que j'arriverais à coucher avec vous avant la fin de la semaine.

— Si je comprends bien, quand vous m'avez ramenée chez vous, après l'accident sur le bateau, vous vous fichiez complètement de moi. Vous cherchiez simplement à gagner un pari stupide, c'est ça ?

Il me serra plus fermement l'épaule.

— Non, cela ne m'a absolument pas traversé l'esprit. Après vous avoir tirée de l'eau, j'ai pris conscience que je tenais vraiment à vous.

— Mais vous avez quand même essayé de m'attirer dans votre lit.

— Bon, je ne suis pas parfait, et vous me regardiez comme si vous vous étiez entichée de moi. C'est bel et bien le cas, n'est-ce pas ?

— Peut-être, dis-je en détournant les yeux. Si j'avais la certitude que…

— Le pari est annulé.

Il me tourna vers lui et m'embrassa à pleine bouche. Ses bras me broyaient les os. J'avais la sensation de me fondre en lui, et je ne voulais pas que cela s'arrête. Le brouhaha qui résonnait encore sur la terrasse s'évanouit peu à peu, jusqu'à ce que nous soyons seuls dans tout l'univers, lui et moi.

Plus tard, alors que nous regagnions la maison dans les bras l'un de l'autre, je lui demandai :

— Avec qui aviez-vous fait ce pari ?

— Votre amie Belinda. Elle avait affirmé que je vous rendrais service.

29.

Rannoch House
Dimanche 8 mai 1932

L'aube se levait presque quand je pus enfin m'écrouler sur mon lit. J'avais passé le reste de la soirée à faire ma déposition à la police. Le commissaire Burnall était arrivé de Scotland Yard pendant la nuit, et j'avais dû tout lui raconter à nouveau. Des agents avaient fini par emmener Tristram, qui hurlait et pleurait de manière abjecte. Sir Hubert aurait été honteux de son comportement. À en croire Darcy, Tristram avait toujours été un sale type, même à l'école – il trichait lors des examens et avait réussi à faire punir Darcy pour un vol qu'il avait lui-même commis.

Le dimanche après-midi, je rentrai à Londres en automobile avec Whiffy, Belinda et Marisa ; j'arrivai à Rannoch House à temps pour assister au retour triomphant de Binky. Dès que la nouvelle avait été annoncée, un attroupement s'était formé devant la maison et, quand mon frère descendit de la voiture de police, la foule l'acclama. Le rose monta aux joues de Binky, qui paraissait bien content.

— Je ne te remercierai jamais assez, ma vieille, me dit-il lorsque nous fûmes à l'intérieur et qu'il nous eut servi un verre de scotch. Tu m'as sauvé la vie, littéralement. Je te serai à jamais redevable.

En guise de remerciement, il aurait pu trouver un moyen de me verser à nouveau ma rente, mais cela me gênait de le lui suggérer.

— Alors, comment ont-ils découvert que c'était ce bougre de Hautbois le meurtrier ? A-t-il avoué ? On ne m'a fourni que des informations très vagues, pour l'instant.

— Il a été surpris en train de m'étrangler, expliquai-je. Une chance, car la police n'avait aucun moyen d'établir un lien entre lui et le meurtre de Gaston de Mauxville. Sans parler des tentatives d'assassinat dont j'ai été victime.

— Des tentatives d'assassinat ? s'étonna Binky.

— Oui, Tristram a assidûment cherché à me pousser sur une voie de métro, à m'empoisonner, à me faire chuter dans un escalier et à m'écraser sous une statue. Autant dire que je suis heureuse d'avoir survécu.

Apparemment, la seule chose dont il ne s'était pas rendu coupable était de m'avoir fait tomber du bateau. Ça avait bel et bien été un incident bizarre, qui lui avait cependant fait comprendre qu'il lui serait sans doute facile de se débarrasser de moi.

— Vu que tout le monde sait que je suis sujette aux accidents, personne n'aurait jamais pensé à un meurtre, précisai-je, frissonnant bien malgré moi.

— La police n'avait donc aucune preuve de sa culpabilité ?

— Ce n'est plus le cas, maintenant. Une autopsie a révélé que de Mauxville avait été empoisonné au cyanure, tout comme la pauvre dame tuée par hasard.

— De quoi veux-tu parler ?

— Tristram avait l'intention de m'empoisonner avec un morceau de sucre additionné de cyanure, mais cette dame, à qui j'avais passé le sucrier, est morte à ma place.

Binky semblait ébahi.

— Comment savait-il que tu prendrais le bon morceau ? Avait-il saupoudré de cyanure tout le sucrier ?

— Non, il a été tout aussi chanceux qu'opportuniste. Il avait le poison dans sa poche, attendant l'occasion de s'en servir. Quand la dame assise à la table voisine s'est mise à me parler, je me suis tournée vers elle, assez longtemps pour permettre à Tristram d'empoisonner un morceau. Puis il en a pris un très ostensiblement avant de me présenter le sucrier, avec le morceau empoisonné bien en évidence sur le dessus.

— Ça c'est trop fort ! s'exclama Binky. Malin, l'oiseau.

— Oui, très. Il a si habilement joué son rôle de sympathique nigaud que personne ne l'a jamais soupçonné.

— Et tout ça pour de l'argent, fit Binky, écœuré.

— Il est très utile d'en avoir. On ne s'en rend compte que quand on en manque.

— C'est certainement vrai. À ce propos, pendant mon incarcération, j'ai eu le temps de réfléchir, et j'ai eu une idée brillante : nous allons ouvrir le château de Rannoch au public. Nous ferons venir de riches Américains afin de leur faire vivre une partie de chasse dans les Highlands. Fig pourra leur préparer du thé et des petits gâteaux.

— Fig ? m'esclaffai-je. L'imagines-tu en train de servir des roturiers arrivés dans des autocars bondés ?

— Bon, elle ne fera pas exactement le service elle-même. Elle prendra les visiteurs en main. Ils pourront saluer Mme la duchesse, tu vois…

Mais j'étais encore hilare. Je riais comme une folle, le visage ruisselant de larmes.

30.

Palais de Buckingham
Westminster
Londres
Quelques jours plus tard

— Extraordinaire, dit Sa Majesté. D'après les journaux, j'ai cru comprendre que ce jeune homme était un parent de sir Hubert Anstruther.

— Un parent éloigné, madame. En fait, sir Hubert était allé le chercher dans la France en guerre.

— Un Français, dans ce cas ? Et l'individu qu'il a assassiné l'était lui aussi, me semble-t-il. Ma foi, les choses s'arrangent pour le mieux, n'est-ce pas ? ajouta-t-elle en me dévisageant par-dessus sa tasse de porcelaine Wedgwood. Je n'ai toutefois pas saisi la raison pour laquelle il avait choisi de commettre son crime à Rannoch House.

— Tristram, qui savait pourquoi de Mauxville était à Londres, a compris que mon frère et moi aurions un excellent motif de vouloir le tuer.

— Un jeune homme futé, en ce cas.

On lui présenta une assiette, sur laquelle elle prit une fine tranche de pain complet.

— Je trouve toujours tellement dommage que l'on gâche ainsi son intelligence, poursuivit-elle, levant les yeux vers moi avant d'opiner du chef d'un air approbateur. Vous semblez avoir employé la vôtre à très bon escient, Georgiana. Félicitations. J'ai appris que votre frère, à son retour en Écosse, avait été accueilli en héros.

Je hochai la tête. Sans que je puisse me l'expliquer, j'avais la gorge serrée. Je n'avais jusqu'alors pas pris conscience de l'affection que je portais à Binky.

— Avec tous ces scandales, je n'ai pas encore eu l'occasion de m'enquérir de la partie de campagne, reprit la reine. Je suppose que mon fils et cette femme étaient tous deux présents ?

— En effet, madame.

— Et alors ?

— Son Altesse m'a semblé très épris. Il ne pouvait détacher son regard d'elle.

— S'est-elle également entichée de lui ?

— Je crois que ce qui lui plaît, c'est l'idée d'avoir de l'ascendant sur lui. Il est déjà sous sa coupe, c'est certain.

— Oh, mon Dieu ! C'est exactement ce que je craignais. Espérons que ce ne sera qu'une autre toquade passagère du prince, ou qu'elle se lassera de lui. Je dois en parler au roi. Le temps est sans doute venu d'envoyer David faire une longue tournée de visites dans les colonies.

Elle mordit délicatement dans sa tranche de pain. Je venais pour ma part d'en prendre une deuxième, en espérant que Sa Majesté ne tenait pas le compte de ce que je mangeais.

— Et vous, Georgiana ? demanda-t-elle. Comment entendez-vous vous occuper maintenant que toute cette agitation est retombée ?

— Nous venons de recevoir une bonne nouvelle : sir Hubert est sorti du coma et rentrera bientôt en Angleterre. J'envisage d'aller lui tenir compagnie à Eynsleigh. Il sera tellement bouleversé quand il apprendra ce que Tristram a fait.

— Tout cela en vain. Sir Hubert est réputé pour sa solide constitution. Je pense qu'il lui reste de nombreuses années à vivre.

— Espérons-le, madame, répondis-je, tout en songeant qu'il me faudrait malgré tout reprendre mon activité de femme de ménage.

— Lorsque vous rentrerez de chez sir Hubert, faites-le-moi savoir, dit Sa Majesté. Je crois avoir une autre petite mission à vous confier…

Remerciements

Je souhaiterais remercier les personnes suivantes pour leurs précieuses suggestions et leurs critiques bienveillantes : mes consœurs auteures de romans policiers Jane Finnis et Jacqueline Winspear, mon époux, John (qui connaît le Bottin mondain sur le bout des doigts), mes filles, Clare et Jane, ainsi que Meg et Kelly, mes formidables agentes, qui toujours m'encouragent.

Merci également à Marisa Young, qui a bien voulu prêter son nom à une débutante anglaise.

Retrouvez la suite des aventures de
Son Espionne royale dans…

SON ESPIONNE ROYALE ET LE MYSTÈRE BAVAROIS

Tome 2

Londres, 1932.

La reine d'Angleterre a confié à Georgie une nouvelle mission très délicate. Non contente de lui fourrer dans les pattes une invitée royale, Hanneflore « Hanni » de Bavière, Sa Majesté charge Georgie de faire se rencontrer la princesse bavaroise et son fils, le prince de Galles, dans l'espoir que ce dernier se détourne de son amante américaine et se marie enfin.

Entre une propension à séduire tout ce qui porte une moustache (Hanni sort tout juste du couvent et rêve de rencontrer l'amour), un langage de charretier (elle a appris l'anglais en regardant des films de gangsters américains) et une fâcheuse tendance au vol à l'étalage (a-t-elle vraiment oublié de rendre ce sac à main chez Harrods ?), Georgie a fort à faire pour garder un œil sur la princesse.

Et comme si tout cela ne suffisait pas, Hanni se retrouve mêlée malgré elle à l'assassinat d'un communiste. Pour éviter un scandale diplomatique, Georgie remet sa casquette de détective amateur et se résout à démasquer le véritable coupable.

Tome 3 : *Son Espionne royale et la partie de chasse*
Tome 4 : *Son Espionne royale et la fiancée de Transylvanie*
Tome 5 : *Son Espionne royale et le collier de la reine*

PARUS DANS

LA BÊTE NOIRE

Tu tueras le Père
(Finaliste du prix Le Point du polar européen 2016)
Sandrone Dazieri

Les Fauves
Ingrid Desjours

Cœur de lapin
Annette Wieners

Serre-moi fort
(Prix Griffe noire du meilleur polar français 2016)
Claire Favan

Maestra
L. S. Hilton

Baad
(Prix du Meilleur Polar des lecteurs de Points 2017)
Cédric Bannel

Les Adeptes
Ingar Johnsrud

L'Affaire Léon Sadorski
(Prix Libr'à Nous 2017, catégorie polar)
Romain Slocombe

Une forêt obscure
Fabio M. Mitchelli

La Prunelle de ses yeux
Ingrid Desjours

Chacun sa vérité
(Grand Prix de littérature policière 2017,
domaine étranger
Prix Nouvelles voix du polar 2018,
roman étranger)
Sara Lövestam

Brutale
Jacques-Olivier Bosco

Les Filles des autres
Amy Gentry

Dompteur d'anges
Claire Favan

Ragdoll
(Prix Griffe noire du polar de l'année 2017)
Daniel Cole

Kaboul Express
Cédric Bannel

Domina
L. S. Hilton

Tu tueras l'Ange
Sandrone Dazieri

Les Survivants
Ingar Johnsrud

L'Étoile jaune de l'inspecteur Sadorski
Romain Slocombe

Le Zoo
(Prix Transfuge du meilleur polar étranger 2017)
Gin Phillips

Le Tueur au miroir
Fabio M. Mitchelli

Sous son toit
Nicole Neubauer

La Griffe du diable
Lara Dearman

Ça ne coûte rien de demander
Sara Lövestam

Toute la vérité
Karen Cleveland

Coupable
Jacques-Olivier Bosco

Là où rien ne meurt
Franck Calderon, Hervé de Moras

L'Appât
Ragdoll, tome 2
(Prix Bête noire des libraires 2018)
Daniel Cole

Rendez-vous avec le crime
Les Détectives du Yorkshire, tome 1
Julia Chapman

Ultima
L. S. Hilton

L'Échange
Rebecca Fleet

Rendez-vous avec le mal
Les Détectives du Yorkshire, tome 2
Julia Chapman

Sadorski et l'ange du péché
Romain Slocombe

Sur le toit de l'enfer
(Prix Bête noire des libraires 2019)
Ilaria Tuti

Imprimé en France par CPI
en juin 2020

MIXTE
Papier issu de
sources responsables
FSC® C003309
FSC
www.fsc.org

L'Éditeur de cet ouvrage s'engage
pour la préservation de l'environnement
et utilise du papier issu de forêts gérées de manière responsable.

N° d'édition : 60528/01 – N° d'impression : 3038853